अनजाना हमसफ़र

रोमांस के पल

(VOL-3)

देव गोयल 'देव'

KAVYA
PUBLICATIONS

Publisher:

SDR INNOWAYS INDIA PVT. LTD.
667, Rajaward, Kulpahar, Mahoba - 210426

Imprint:
KAVYA PUBLICATIONS
Abhinav R.H.4, Awadhpuri, Bhopal - 462002

Centre:
Kavya Publications
107c, hanuman khand. street no 8, Gulab Vatika
Near Jawahar Nagar, Delhi NCR

Mob. : 7905266820, 9918801353
Website : www.kavyapublications.com
E-Mail : editor@kavyapublications.com

ISBN : 978-93-6431-579-1
Price : 299/-INR
Year : 2025

This book is printed at MTL and published by author Ajay Agrawal, CEO of SDR Innoways India Pvt. Ltd. Kulpahar Mahoba with its imprint and centre, Kavya Publications Delhi.

समर्पण

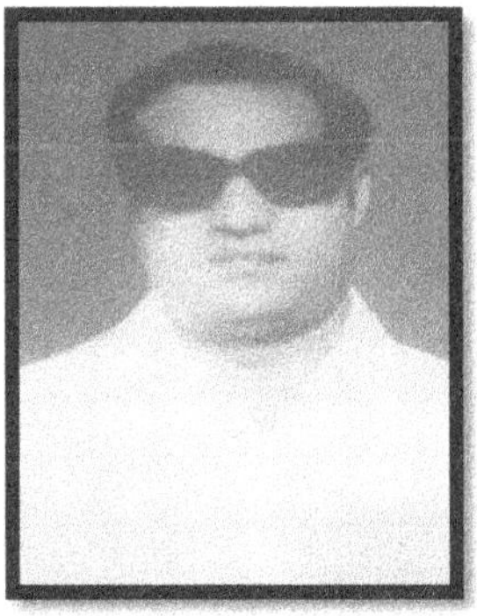

प्रस्तुत उपन्यास खंड 'अनजाना हमसफ़र' अपने इलाक़े के सुविख्यात उद्योगपति व मेरे बहनोई श्रद्धेय जयदेव प्रसाद जी जिंदल के चरणों में सादर समर्पित करता हूँ जिस महान आत्मा के आशीर्वाद से आज मै इस मुक़ाम तक पहुँचने में सफल हुआ। उनका हृदय गति रुक जाने से असामयिक निधन परिवार जनों के लिए वज्राघात से कम नहीं रहा। प्रकृति के क्रूर हाथों ने उन्हें हमसे छीन लिया। आज उनके दोनों सुपुत्र जयदेव पार्क, ईस्ट पंजाबी बाग़, दिल्ली में रहते हुए उनके यश में अभिवृद्धि कर रहे हैं।

मैं परम पूज्य जयदेव प्रसाद जी जिंदल को विनम्रतापूर्वक श्रद्धांजलि अर्पित करता हूँ व प्रभु श्री के चरणों में निवेदन करता हूँ कि दिवंगत आत्मा को शांति प्रदान करे।

विनीत
देव गोयल 'देव'

लेखक की क़लम से

October 1971 की वह सांझ मेरे जीवन में सवेरा बन कर अवतरित हुई, जब मैं ऑनर्ज इन हिंदी के लिए एस.डी. कॉलेज पानीपत में परीक्षार्थी था। उस शाम जो घटाएँ उमड़- घुमड़ कर गगन-विहार करने लगीं तो अगले दिन के एग्ज़ाम की परवाह किए बग़ैर मेरा लेखक मन काग़ज़ के पन्नों पर कुछ उकेरने को तड़प उठा और कुछ समय में ही अनेकों पृष्ठ रंग डाले। उस समय मैंने अपने जीवन के उन्नीसवें वर्ष में प्रवेश किया था। तत्पश्चात् अन्य साहित्यिक गतिविधियों से तो जुड़े रहे पर वे पृष्ठ अनछूए ही अँधेरों में गुमनाम रहे।

जीवन तो चलता ही रहता है चाहे हमारी गतिविधियाँ अवरुद्ध हो गई हों। 2011 में प्रिंसिपल पद से सेवानिवृत्त होने के कई साल बाद अचानक एक दिन पुराने मित्र श्री धर्मवीर 'आर्य' ब्लॉक शिक्षा अधिकारी से घर पर ही गुफ़्तगू हो रहीं थीं। मेरी साहित्यिक अभिरूचि से वे प्रभावित हुए व उन पृष्ठों को पुस्तक में बदलने का प्रेरक सुझाव दिया और उसी प्रेरणा के वशीभूत होकर मेरी साहित्यिक सरिता अपनी मंज़िल पाने हेतु किसी अनजान सागर की ओर बह निकली। असल में सेवानिवृत्ति के बाद मुझे 2011, 13, 15, 19 व 2023 में अमेरिका जाने का अवसर प्राप्त हुआ। वहाँ मुझे अपने कनिष्ठ पुत्र कुमार आशीष से भी उत्साह वर्धक सुझाव मिले।

कवि, लेखक, समीक्षक, कोई भी साहित्यिक प्रतिभा धनोपार्जन के लिए नहीं बल्कि समाज व राष्ट्र को कुछ श्रेष्ठ देकर अपने कर्तव्य पथ पर अग्रसर होती है। इसी अवधारणा को गाँठ में बाँधे यह उपन्यास मनोरंजन के साथ- साथ कुछ सामाजिक लक्ष्यों को भी साथ लेकर आगे बढ़ा है लेकिन वे लक्ष्य पाठक के मनोरंजन, रोमांस व हास्य- विनोद के अधिकारों का अतिक्रमण नहीं करते।मुझे विश्वास व उम्मीद है कि यह उपन्यास -सीरिज़ हर धारा के जनमानस के लिए उपयोगी व प्रेरणादायी साबित होगी।

विनीत

देव गोयल 'देव'

पाठक वृंद से

खंड दो में हम कथानक पर चर्चा कर रहे थे। कथानक जब कल्पना मिश्रित होकर कहानी या उपन्यास का स्वरूप धारण करता है तो सभी घटनाएँ, पात्रों के क्रिया कलाप व कुछ सहगामी कथाएँ उसके अंग बन जाते हैं जिन्हें अलग करना उसे प्राण रहित करने जैसा होता है। 'अनजाना हमसफ़र' हालाँकि लगभग एक हज़ार छः सौ पन्नों से सजा- संवरा उपन्यास है पर हम इससे एक भी घटना, पात्र को बाहर निकाल कर फेंक नहीं सकते। अगर उपन्यास के कथानक में कल्पना की बजाय विचारों का समावेश करें तो यह एक गद्य ग्रंथ बन कर रह जाएगा। कल्पना जिस लेखक की जितनी ऊंची उड़ान भरेगी व स्वाभाविकता तथा सच्चाई के क़रीब होगी, उसकी रचना उतनी ही प्रभाव पूर्ण होगी । बिना रोचकता के भला कौन सोलह सौ पृष्ठ अपनी आँखों को सुपुर्द करेगा ?

'अनजाना हमसफ़र' उपन्यास में कल्पना सार्थक, स्वाभाविक व सत्य के क़रीब है जो पाठकों को भटकने नहीं देती बल्कि रूचिपूर्ण ढंग से जोड़े रखती है। सभी पात्रों, घटनाओं, प्रासंगिक कथाओं में 'देव' एक प्रमुख पात्र है व उपन्यास के हर पात्र से ज़ुड़ा है। पूरे उपन्यास में उसका विस्तार है व सभी को प्रभावित भी करता है। उपन्यास के सभी पात्र अपने से व सभी घटनाएँ, कथाएँ अपने पर घटित जैसी प्रतीत हों, वही कल्पना सार्थक एवं अमूल्य बनती है। पाठक यह नहीं कह सके कि “ऐसा कैसे हो सकता है ?” कल्पना भी सत्य प्रतीत हो व पाठक उसमें मस्त होकर घुल मिल जाए। 'अनजाना हमसफ़र' एक ऐसी रचना है जो कल्पना का चोला पहने हुए वास्तविक घटनाओं का सागर लगता है। हमने प्रयास किया है कि पाठक कहीं भी ऊब महसूस न करे व उसकी रोचकता हर शब्द के रस से आप्लावित रहे।

क्योंकि उपन्यास में कल्पना की उड़ान भरने की लेखक को पूरी छूट मिल जाती है इसलिए वह पाठक को बांधे रखने के लिए कल्पना को सत्यता व रोचकता

से जोड़ने में सफलता हासिल कर लेता है। कल्पना में सृजनात्मक **(Creativity)** का अभाव कृति के प्रति पाठक के मन में विकर्षण का भाव उत्पन्न करता है। अतः लेखक को बहुत सावधानी से अपनी कल्पना के पंख उन्मुक्त करने की इजाज़त देनी चाहिए। कल्पना की डोर का नियंत्रण लेखक के लिए अहम है। 'अनजाना हमसफ़र' उपन्यास से संतुष्ट हूँ कि कल्पना इतनी सटीक व धारदार बनी है कि पाठक वृंद ऊब महसूस न करके रोचकता के साथ अपने मंतव्य की ओर बढ़ता है। लगभग एक वर्ष के कार्यकाल को मैं साढ़े तीन साल में लिख पाया हूँ। मुझे ख़ुशी है कि मैं समाज व राष्ट्र को कुछ ऐसा दे रहा हूँ जो अमूल्य व सारगर्भित है व मनोरंजन के साथ- साथ अपना उद्देश्य भी प्राप्त करने में सफल तो है ही।

कथानक के बाद अब हम 'अनजाना हमसफ़र' को भाषा शैली की कसौटी पर परखेंगे।

भाषा- शैली —- उपन्यास में भाषा पात्रानुकूल हो तो प्रभावशाली रहती है। पात्रों की स्थिति व पॉज़िशन का ध्यान रखना आवश्यक होता है। भावों के अनुसार उतार चढ़ाव भी ज़रूरी है। सांकेतिक भाषा का अगर प्रयोग किया गया है तो वह सुस्पष्ट हो। भाषा की मर्यादा, शालीनता व शुद्धि प्रत्येक पात्र के लिए आवश्यक है। पात्र बोलते समय उचित स्थान पर विराम ले व लेखक विराम चिह्नों का प्रयोग स्पष्ट तौर पर करे। यहाँ यह कहना आवश्यक है कि भाषा पात्रों के अनुकूल तो होनी ही चाहिए, भावो के अनुरूप भी हो। एक ही वाक्य या शब्द से उसका अर्थ परिवर्तित हो जाता है। पात्र की भाव-भंगिमा भाषा व भावों के अनुसार हो। ख़ुशी के अवसर पर वह हंसमुख दिखे व ग़म की अवस्था में गमगीन। क्लिष्ट शब्दों का प्रयोग उपन्यास का मज़ा किरकिरा कर देता है व पाठक ऊब महसूस करता है। उपन्यास के प्रकार अनुसार भाषा का प्रयोग हो व स्थान तथा समय का भी विशेष ध्यान रखना ज़रूरी है।

'अनजाना हमसफ़र' उपन्यास की भाषा सरल, प्रभाव पूर्ण व पात्रानुकूल है। भाषा सुस्पष्ट, समयानुकूल व स्थान का भी ध्यान रखा गया है। उपन्यास की

शैली कहीं वर्णनात्मक, कहीं पात्रातमक व कहीं व्याख्यात्मक है ।शैली ही लेखक की सफलता का आधार है। हमारा उपन्यास रोचक शैली व प्रभावी एवं सुस्पष्ट भाषा में लिखा गया है। शब्दों का चयन भाषा व शैली को पैनापन देता है जो बख़ूबी उपन्यास में झलकता है । शेखर व शालू के संवाद, आपसी बातचीत प्रभावशाली भाषा एवं शैली के प्रतीक हैं। उपन्यास में कहीं भी अमर्यादित भाषा व संवाद को स्थान नहीं मिला है।

संक्षेप में कहा जाए तो 'अनजाना हमसफ़र' उपन्यास भाषा व शैली की दृष्टि से एक अनुपम रचना है।

विनीत
देव गोयल 'देव'

शुभकामनाएँ

श्री देव गोयल देव द्वारा लिखित उपन्यास 'अनजाना हमसफ़र' एक अनुपम रचना है। अद्भुत लेखन कौशल व प्रतिभा का परिचय है यह सामाजिक उपन्यास जो रोचक, आकर्षक एवं उद्देश्यपूर्ण भी है। मैं उपन्यास के अगले खंडों की बेताबी से प्रतीक्षा में हूँ।

डॉ. प्रमोद बंसल M D
(Chest Specialist)
जींद - हरियाणा।

उपन्यास 'अनजाना हमसफ़र' अपने समय का एक नायाब तोहफ़ा है। कथानक, भाषा, पात्र सब अद्वितीय हैं। उपन्यास मनोरंजक एवं जिज्ञासा से परिपूर्ण है व लेखक श्री देव गोयल देव की साहित्यिक प्रतिभा का प्रामाणिक दस्तावेज भी।

रविंद्र गोयल
(दवा विक्रेता)
मालेरकोटला- पंजाब।

भाषा एवं भावों का अद्भुत संगम है उपन्यास 'अनजाना हमसफ़र'। सीधे- सादे शब्दों व चुटीले अंदाज़ ने उपन्यास को दिलकश बना दिया है। मैं लेखक देव गोयल देव का समाज को अमूल्य एवं अनुपम कृति देने के लिए धन्यवाद करता हूँ।

डॉ. सुरेश जैन
M S
(बाल रोग विशेषज्ञ)

Contents

1.	तरुण की शादी के बाद रश्मि व तान्या का कॉलेज लौटना	1
2.	शुभम-शिवि के कॉलेज लौटने के बाद परिवार मे रिक्तता का भाव	6
3.	राजीव - दिव्या की हनीमून से घर वापसी व राकेश से मुलाक़ात	11
4.	कॉलेज के बाद रश्मि व तान्या मामा जी के घर मिठाई देने पहुँचीं	16
5.	कॉलेज स्टूडेंट्स का मुम्बई का टूर प्रोग्राम	22
6.	तरुण - लक्ष्मी का जींद शहर अपनी ससुराल में आगमन	26
7.	कांति का क्रंदन व मित्रों संग सरिता भ्रमण	36
8.	रश्मि तान्या की मामा के घर से वापसी व तान्या समीर के रोमांटिक पल	42
9.	ट्रेनिंग कॉलेज के स्टूडेंट्स की टूर से वापसी	48
10.	संपादक मंडल के चारों सदस्य डॉ. गुप्ता के घर डिनर पर	51
11.	सनातन धर्म विद्यालय में प्रबंध समिति के चुनाव के लिए मतदान	62
12.	राकेश का दीक्षांत समारोह में यमुनानगर जाना व रश्मि-तान्या से मुलाक़ात	65
13.	दीक्षांत समारोह के बाद राकेश और रश्मि के रोमांटिक पल	73
14.	दीक्षांत समारोह से लौट कर, तनेजा रेस्टोरेन्ट में कांति व राजीव से गुफ़्तगू	77
15.	डॉ. गुप्ता का पत्नी व बेटी के बारे में रहस्योद्घाटन	81
16.	राजीव व दिव्या डॉ. भगवत स्वरूप के घर आमंत्रित	86
17.	डॉ. भगवत स्वरूप के घर से आने के बाद राकेश का चिंतन	97
18.	नताशा का देर से मामा के घर पहुँचना	100
19.	राकेश व कांति का राजीव के घर पहुँचना	106
20.	लक्ष्मी - तरुण के साथ नीतिका का गणतंत्र दिवस परेड दर्शन व नताशा से भेंट	113

21.	डॉ. जैन के घर डॉ. राकेश का बधाई देने जाना व व उनसे दार्शनिक गुफ़्तगू	124
22.	ट्रेनिंग कॉलेज में मातृभाषा दिवस समारोह का आयोजन	134
23.	विधानसभा का सत्र व दोनों नव निर्वाचित विधायकों का शपथ-ग्रहण	140
24.	शेखर बाबू का ऑफिस में कुछ बाहरी लोगों से मिलना	144
25.	रश्मि तान्या की प्यारी- प्यारी बातें	149
26.	दीक्षित जी की आज की तारीख़ के केस की फाइल नदारद	154
27.	नेहा का आत्म चिंतन	160
28.	डॉ. आर्य की व्याकरण विषय पर क्लास	164
29.	पं. शंकर प्रसाद को मंत्री पद तथा देव व साथियों की डॉ. गुप्ता से घर पर मुलाक़ात	167
30.	तरुण लक्ष्मी की हनीमून पर जाने की अकुलाहट	172
31.	शेखर बाबू पर ऑफिस में ही विजीलैंस की दबिश	177
32.	प्रिंसिपल मैडम की दर्शन शास्त्र पर क्लास	182
33.	राकेश, कांति व राजीव की गप्पशप	187
34.	सतलोक की सपरिवार अपनी ससुराल (भिवानी) की यात्रा शुरू	192
35.	डॉ. जैन व डॉ. राकेश का दार्शनिक मंथन	198
36.	डॉ. गुप्ता की 'सीखने की प्रक्रिया' पर क्लास	204
37.	मेडिकल कॉलेज में प्रिंसिपल का छात्र-छात्राओं को अंतिम संबोधन	209
38.	संपादक मंडल के चारों स्टूडेंट्स की डॉ. गुप्ता व आर्य सर से भेंट व नीलिमा को बहन मानकर गोद लेने की प्रार्थना	213
39.	राकेश, कांति व राजीव का नदी भ्रमण	218
40.	फ्री डेज में घर जाने से पहले रश्मि, श्रेया व तान्या का समीर के साथ फ़िल्म दर्शन	224

1

तरुण की शादी के बाद रश्मि व तान्या का कॉलेज लौटना

माँ तृप्ता ने सुबह- सवेरे जागकर रश्मि व तान्या के लिए नाश्ता तैयार किया ताकि बिना परेशानी के सफ़र तय हो, साथ ही नसीहत भी दे डाली कि शायद अब तुम परीक्षा से निबटकर ही घर लौटोगी। बेटी, प्यार गले का हार तो होता ही है, क़दमों की ज़ंजीर न बन जाए इसलिए इसे पवित्र रखना अहम होता है। प्यार जब मांसल होने लगे तो समझो कि उसका स्तर निम्न हो रहा है। संसार का कोई भी प्यार (लगाव) प्राणी को शक्ति हीन करता ही है।

तान्या —- माँ मैं समीर से केवल तीन बार मिली हूँ और वह भी रश्मि की मौजूदगी में। हाँ, मैंने समीर में प्यार की गंगा बहती अवश्य नज़र की है जो पवित्र एवं निर्मल है।

तृप्ता — मुझे अपनी बेटी पर नाज है। प्यार की सही दिशा जीवन में उन्नति, संतोष व ख़ुशी के द्वार खोल देती है और इसका कुरूप मार्ग जीवन को अंधकार की गहराइयों में धकेल देता है।

रश्मि —- आंटीजी, आप ज़्यादा भावुक न बनो, हम अब कोई बच्ची नहीं रहीं, डॉक्टर बनने जा रही हैं।

तृप्ता —- क्या डॉक्टरों के दिल में प्यार का दीपक नहीं जलता रश्मि बेटी? प्यार प्राणी को बच्चा ही बनाए रखता है, बूढा नहीं होने देता। प्यार में प्रेमी कब्र में भी अपने महबूब का इंतज़ार करते हैं। ख़ैर छोड़ो इन लफड़ों को, तरुण अभी तक नींद से उठा नहीं है क्या ?

तान्या —- वह बाहर गाड़ी में बैठा प्रतीक्षा कर रहा है।

तृप्ता —- तुमने बताया क्यों नहीं ? सर्दी का मौसम है, तुमने भी अपने सर्दी के कपड़े डाल लिए होंगे ?

तान्या —- हाँ, तभी तो बैग इतना फूला- फूला सा दिख रहा है।

तृप्ता — रश्मि बेटी, तुमने भी सर्दी से बचने का इंतज़ाम कर रखा होगा?

रश्मि —- यस आंटीजी, जब दिवाली पर घर गई थीं तब गर्म कपड़े ले आईं थीं। कुछ ज़्यादा सर्दी हुई तो मामा जी के यहाँ से भी कंबल बगैरह ले सकती हूँ।

तृप्ता — ठीक है बेटी, अब दोनों जाओ, तरुण इंतज़ार में हैं।

(रश्मि व तान्या कार में सवार होकर)

तान्या — चलो भैया। तुमने कुछ प्रोग्राम बनाया क्या हनीमून पर जाने का ?

तरुण —- अमेरिका तो नहीं जा रहा। वहाँ से मित्रों ने ज़्यादा सर्दी व बवंडर की चेतावनी दी है, अभी वहाँ सर्दी का प्रकोप कुछ ज़्यादा ही बढ़ गया है।

तान्या — हाँ भैया, जान है तो जहान है। जानबूझकर स्वयं को ख़तरे में डालना बुद्धिमत्ता नहीं है। अपने यहाँ भी सुंदर व आकर्षक हनीमून डेस्टीनेशन हैं। दक्षिणी भारत के राज्यों केरल, कर्नाटक, तमिलनाडु में भी ज़ाया जा सकता है ?

तरुण —- (बस स्टॉप पर कार में ब्रेक डालते हुए) लो, तुम्हारा डेस्टीनेशन आ गया, इक्का दुक्का यात्री ही नज़र पड़ रहे हैं। सर्दी में इतना सवेरे कौन घर से बाहर निकलेगा?

तान्या —- अभी पाँच बजे की बस आने में दस मिनट शेष हैं, तुम अगर घर जाना चाहो तो बेशक चले जाओ। हम दोनों आराम से बस में सवार हो जाएँगी। कोई भारी सामान भी हमारे पास नहीं है।

तरुण —- नहीं, मैं तुम्हें बस में सवार करके ही जाऊँगा। मम्मी ने ऐसा करने के लिए कई बार दोहराया है। रश्मि दीदी, समीर भैया को कहना है कि मैं उसे बहुत मिस कर रहा हूँ। सगाई-शादी पर न पहुँच पाने का शिकवा मुझे ताउम्र याद रहेगा। शायद तुम्हें पता नहीं होगा जब हम बिलासपुर में थे तो मैं प्रति दिन

यमुनानगर पढ़ने के लिए उसी कान्वेंट स्कूल में आता था जिसमें समीर भी पढ़ता था। समीर बचपन में बहुत शर्मीला व शरीफ़ था पर इंटेलिजेंट अवश्य था।

रश्मि —- भाई साहब, वह तो अब भी वैसा ही है। गर्दन झुका कर ही चलता है। मजाल है कि सरे राह किसी लड़की पर नज़र पड़ जाए ?

तरुण —- ख़ानदानी परिवारों के नौनिहाल उत्तम संस्कारों से लैस होते हैं। इधर-उधर नज़रें नहीं घुमाते ?

रश्मि — तभी तो एक साल कॉलेज में रहकर भी अकेला ही लौट आया। कॉलेज में दो ही काम किए- शर्माना व सेरेमिक पर लेक्चर देना।

तरुण — रश्मि दीदी, मामा जी व मामीजी को मेरा प्रणाम कहना और हाँ तान्या, मुझे याद आया, काम्या के लिए ली गई जींस तुमने बैग में रख ली है न ?

तान्या — वह मैंने रश्मि के बैग में डाल दी थी, मेरा बैग ज़रा ज़्यादा ठूस गया था। लगता है कि बस आ रही है ?

तरुण —- हाँ, लाइट्स तो बस की ही लग रही है पर ट्रक भी हो सकता है, पास आने पर ही निश्चित मालूम होगा ?

रश्मि —- मुझे तो बस ही लग रही है।

तान्या —- हाँ मुझे भी। ट्रक बगैरह तो आउटर रिंग रोड से ही निकलते हैं।

तरुण —- हाँ तान्या, यह बस ही है। चलो बैग मैं उठाकर रखूँगा, तुम पहले बस में चढ़ जाना।

बस के पास आने पर तरुण बैग बस में रख देता है व दोनों सहेलियाँ भी बस में सवार हो जातीं हैं व तरुण अपनी कार ड्राइव कर घर की तरफ़ निकल लेता है।

तरुण —- (घर पहुंच कर) मम्मी, अभी पिताजी तो नहीं जगे होंगे ? मैं भी कुछ देर आराम करना चाहता हूँ। रात में भी कुछ ख़ास नींद नहीं आई।

तृप्ता —- तुम्हें आज ससुराल भी जाना हैं, कितने बजे निकलने का प्रोग्राम बनाया है ?

तरुण —- अगर वक़्त से निकले तो कम वक़्त लगेगा क्योंकि सड़क पर ट्रैफ़िक कम होगा। सूरज निकलने के बाद यातायात बढ़ता ही जाएगा।

(तरसेम लाल का दोनों की बातचीत सुनकर आगमन)

तरसेम लाल —- दोनों लड़कियाँ चली गई होंगी ?

तृप्ता —- हाँ, अभी तरुण अपनी कार से छोड़ कर आ रहा है। दोनों को आराम से सीट मिल गई थी। बहुत लंबा सफ़र है।

तरसेम लाल —अब तो कुछ दिनों की ही बात रह गई है। कोर्स पूरा होते ही इसके हाथ भी रंग देंगे। बेटा तरुण, तुमने क्या प्लान तैयार किया है ?

तरुण —- अमेरिका का प्लान कैंसिल कर दिया है। रात्रि में कुछ और दोस्तों से सलाह मशविरा किया, पर सभी का एक ही सुझाव था। आगे क्या करना है, इसका फ़ैसला जींद से लौटकर ही लेंगे ?

तरसेम लाल —- तरुण बेटा, तुम संतुष्ट तो हो न अपने शादी प्रोग्राम से ? सब जल्दी में ही हो गया, रिश्तेदारों को भी आमंत्रित नहीं कर सके ?

तरुण —- आज कल तो बस शादी में आना जाना ही रह गया है, न ही सुख- दुख की बातें होती, न घर - परिवार के हालात की।

तरसेम लाल —- सब भागदौड़ की ज़िंदगी हो गई, मानव का मशीनीकरण हो गया है। कोई भी किसी के सुख दुख में हस्तक्षेप करने से बच रहा है।

तरुण —- इसी कारण से मनों में दूरियाँ बढ़ रही हैं। परिवार बिखर रहे हैं।

तृप्ता —- तरुण बेटा, यह तो समय की हवा है, बदलती रहती है। तुम कुछ देर विश्राम कर लो, मैं भी सुबह से एक पाँव पर खड़ी हूँ।

तरुण —- ठीक है मम्मी जी, आप भी आराम कर लो, अभी कुछ अंधेरा बचा है व सर्दी भी है।

(फ़ोन की घंटी बजती है ।)

तरसेम लाल —- हैलो !

राज तनेजा— (दूसरी ओर से) हैलो, समधी जी ! गुड मार्निंग ।

तरसेम लाल —- गुड मार्निंग समधी जी, कहो सब कुशल है ?

तनेजा —— जी, सब ऊपर वाले की कृपा है । मैं निवेदन करने की इजाज़त चाहूँगा कि नैतिक आपके पास दस बजे तक पहुँच जाएगा लक्ष्मी बिटिया को लेने के लिए ।

तरसेम लाल —आप यह तकलीफ़ न करें, तरुण व लक्ष्मी बिटिया आपके पास दस बजे तक पहुँच जाएँगे । लंच के बाद चलकर सायं तक वापस आ सकते हैं?

तनेजा —- जैसा आप आदेश करें, वैसे नैतिक को आने में कोई परेशानी नहीं है ।

तरसेम लाल —- मैं आपके विचारों की कद्र करता हूँ फिर भी बच्चों को क्यों परेशान करें ?

तनेजा —- जैसी आपकी इच्छा, नमस्कार ! (फ़ोन रख देते हैं)

तृप्ता —- आपने ठीक ही कह दिया, तरुण कोई बच्चा थोड़े ही रह गया है, दोनों चले जाएँगे ।

तरसेम लाल —- हाँ मैंने तनेजा साहब को यही कहा है ।

(तीनों विश्राम के लिए चले जाते हैं)

***

2
शुभम-शिवि के कॉलेज लौटने के बाद परिवार में रिक्तता का भाव

शुभम व शिवि के जाने के बाद रंजन गुप्ता कुछ रिक्तता महसूस करने लगे थे। शॉप से जब भी घर लौटते, मुख पर उदासी के लक्षण स्पष्ट नज़र आते। दोनों बेटियाँ एग्ज़ाम नज़दीक आने के कारण अपनी पढ़ाई में व्यस्त रहतीं। ट्यूशन पर आने-जाने में भी दोनों का बहुत समय बर्बाद हो जाता। चार बजे तक तो स्कूल से लौटतीं और आते ही ट्यूशन की फ़िक्र। माँ रंजना गुप्ता भी दोनों को हर काम में मदद करती व बच्चों के खाने- पीने का हर दम ख़्याल रखतीं। आज दोनों लड़कियाँ वक़्त रहते घर आ गईं थीं, शायद कोई प्रोफ़ेसर अपने किसी रिश्तेदार के यहाँ शादी कार्यक्रम में चले गए थे। दोनों ने डिनर तैयार किया व पापा की राह देखने लगीं। माँ रंजना ने बहुत कहा कि डिनर लेकर तुम अपनी पढ़ाई करो, तुम्हारे पापा तो नौ बजे के क़रीब आएँगे लेकिन पापा को समय पूर्व ही घर पहुँचने पर दोनों गद्गद हो गई थी।

रंजना —- क्या हुआ, आज इतना वक़्त से कैसे आ गए ? चेहरा भी उदासी से भरा लग रहा है। किसी से कोई कहासुनी तो नहीं हुई ?

रंजन गुप्ता —- आज मेरा चेहरा ही नहीं मन भी उदास है। जब से शिवि बिटिया को देखा है, शुभम की पसंद की दाद देने लगा हूँ।

रंजना — शुभम का इसमें क्या रोल हैं ? अचानक ही दोनों में दोस्ती हो गई और मौसी के सख़्त व्यवहार के चलते वह घर छोड़ने पर विवश हुईं।

रंजन गुप्ता —- हाँ, हो सकता है यह सब संयोग मात्र हो पर हमें एक सुंदर व गुणवती बहू मिल गईं। दोनों मिलकर नौकरी करेंगे तो घर में धन वृद्धि होगी, दोनों लड़कियों की पढ़ाई सुचारू रूप से चलेगी।

रंजना—— आपकी बातों व चेहरे की उदासी में मुझे कुछ शंका सी हो रही है। दोनों आपस में विपरीत हैं। लगता है आप मुझसे कुछ छिपा रहे हैं ?

रंजन गुप्ता —- रंजना, मुझ पर अविश्वास का तुम्हारा कारण निराधार है। लाओ कुछ खाने के लिए, डिनर तैयार है क्या ?

रंजना —- हाँ दोनों लड़कियों ने तैयार कर लिया है, ट्यूशन से जल्द लौट आई थी। कह रही थी कि फ़िज़िक्स के प्रोफ़ेसर कहीं शादी- ब्याह में गए हैं।

रंजन गुप्ता —- (डिनर लेना आरंभ करते हुए) सपना बेटी, तुम्हें अपनी भाभी कैसी लगी ?

सपना —— बहुत प्यारी हैं शिवि भाभी, बहुत शांत स्वभाव व समझदार व्यवहार। शुभम भैया का जीवन बदल देंगी भाभी ?

अल्पना —— हाँ पिताजी, मुझे भी शिवि भाभी बहुत पसंद हैं। बहुत परिश्रमी व उत्तम संस्कार लिए हुए हैं।

रंजन गुप्ता—- देखो रंजना, हमारी बेटियाँ कितनी पारखी हो गई हैं। एक रात में ही सारे गुण खोज डाले।

रंजना —- आज कल बच्चे बड़े होशियार हो गए हैं। बड़ी- बड़ी किताबें पढ़ने से बड़े विद्वान बन गए हैं।

रंजन गुप्ता — पुस्तकें पढ़ने से ही कोई विद्वान नहीं बन जाता। परिवार, संस्कार, परिवेश सबका योगदान होता है और सबसे ज़्यादा वंशावली का।

सपना —- हाँ पिताजी, शिवि भाभी का भी ऐसे ही परिवार में जन्म हुआ है। विचार, संस्कार सब अच्छे हैं।

रंजन गुप्ता —- बेटी सपना, तुम्हारा जीवन में क्या बनने का लक्ष्य है ? क्या तुम उसी दिशा में बढ़ रही हो ?

सपना —- पिताजी, मैं एक ऐसा डॉक्टर बनना चाहती हूँ जो निःस्वार्थ भाव से लोगों की सेवा करे। पैसे की बनिस्बत परमार्थ को प्राथमिकता दे। अपने रोगियों के प्रति आत्मीयता व दया का भाव रखे।

रंजन गुप्ता —- पढ़ाई के दौरान तो सभी यही विचार रखते हैं लेकिन जब डॉक्टर बन जाते हैं तो ये शुभ विचार काफ़ूर हो जाते हैं। तब परिवार व रिश्तों की दुहाई देकर धन एकत्रित करने की लालसा बलवती हो उठती है।

सपना —- हर तरह के लोग हैं इस विचित्र संसार में लेकिन हमारा ध्यान मक्खी की तरह अशुद्धता व असभ्यता पर ही टिक जाता है। हम आरंभ में ही अविश्वास के झंडे गाड़ देते हैं। विश्वास कर सकारात्मक रहने से अच्छे लोग भी दिखाई देंगे।

रंजन गुप्ता —- कितनी समझदार हो गई है मेरी बेटी, वाक़ई डॉक्टर बनने के काबिल है। अल्पना बेटी ! तुम क्या लक्ष्य लेकर आगे बढ़ रही हो? तुम भी डॉक्टर बनोगी क्या ?

अल्पना —- पिताजी, अभी मैं दसवीं स्टैंडर्ड में हूँ, एग्ज़ाम के बाद कुछ निर्णय ले सकती हूँ। वैसे आप मुझे क्या बनते हुए देखना चाहते हैं ? मुझे क्या कुछ करना चाहिए ?

रंजन गुप्ता —- तुम भी सपना बहन की तरह अपना मार्ग स्वयं निर्धारित करो। किस विषय में ज़्यादा रूचि है, उसी अनुसार फ़ैसला लेना पड़ेगा?

अल्पना —- मैं शुभम भैया व शिवि भाभी से विचार - विमर्श करके ही निर्णय लूँगी। अप्रैल में दोनों के व मेरे भी एग्ज़ाम ख़त्म हो जाएँगे तब।

रंजना —- ठीक है बेटी, जो क़िस्मत में होगा बन जाओगी। अब अपना डिनर करो, बातों में ही समय निकल गया।

रंजन गुप्ता —- हम समय का सही उपयोग कर रहे हैं रंजना। बच्चों के विचारों को जानना माँ- बाप के लिए बेहद महत्वपूर्ण व आवश्यक है। यही समय है जब हम इनके मित्र की तरह बन कर मार्गदर्शक हो जाएँ।

रंजना —- हमें अपने बच्चों पर नाज है। वैसे भी परिश्रम का फल स्वादिष्ट होता है और हमारे बच्चे बहुत मेहनत कर रहे हैं।

रंजन गुप्ता —- ठीक है तो सब अपना डिनर शुरू करें व भरपूर नींद लें।

रंजना —- (डिनर कर बच्चों के जाने के बाद) । मुझे पता नहीं क्यों, कुछ शंका सी सता रही है । तुम मुझसे कुछ छिपा रहे हो ?

रंजन गुप्ता —— शायद कुछ छिपाने को मिल जाता, कुछ समय लगेगा तब कुछ स्थिति साफ़ हो सकती है ?

रंजना —- आप अब भी कुछ गोल- मोल कर रहे हैं, स्पष्ट क्यों नहीं बताते ?

रंजन गुप्ता —- अभी मुझे भी कुछ स्पष्ट नहीं है ।

रंजना —- किस विषय की बात कर रहे हो ? विचार सांझा करने से ही समस्या की कड़ियाँ खुलती हैं ।

रंजन गुप्ता —अपने यहाँ टेलिफोन एक्सचेंज में जो तुम्हारे मामा का लड़का केशव है न, आज अचानक शॉप पर आ गया था । बातों - बातों में मैंने जब शिवि के घर की जानकारी लेनी चाही तो उसने बताया कि अंबाला कैंट में शेखर नाम का जे. ई. है व उसकी कुछ दिन पहले ही एस. डी. ओ. के पद पर तरक़्क़ी हुई है (मुझे देविना ने भी उस दिन प्रोमोशन की बात कही थी) केशव कह रहा था कि पहली पत्नी की मृत्यु के बाद शेखर कुछ बिखर सा गया है ।

रंजना —- केशव की शिवि के पापा से क्या- कैसे पहचान है ?

रंजन गुप्ता —- दोनों एक ही महकमे में हैं न, कहीं न कही से खबर मिल ही जाती है ।

रंजना —- पत्नी की मौत से परेशानी तो बढ़ती ही है, आख़िर गाड़ी दोनों पहियों पर ही चलती है ।

रंजन गुप्ता —- गाड़ी के तो चार पहिए होते हैं ।

रंजना —- तुम्हारी शब्दों को पकड़ने की आदत सी हो गई है । मैं तुम्हारे वाली गाड़ी की नहीं, गृहस्थी की गाड़ी की बात कर रही हूँ ।

रंजन गुप्ता —- अच्छा ! मुझे आज असलियत में मालूम हुआ कि हमारे बच्चे इतने समझदार क्यों हैं ?

रंजना —- मज़ाक़ छोड़ो, आगे बताओ क्या रहा ?

रंजन गुप्ता —-परेशानी तो दूसरी पत्नी लाने से हुई, वह अपने साथ अपनी बहन के लड़के को भी ले आईं व हमेशा रुपए- पैसे के बारे में ही सोचतीं रहती है।

रंजना —- तो इसमें दिक़्क़त क्या है ? हर गृहिणी ही ऐसा करती है।

रंजन गुप्ता —- केशव चुपके ही कान के नज़दीक आकर बता रहा था कि पत्नी की डिमांड पूरी करने के लिए शेखर ऑफिस के फ़ंड में सेंध लगाने लगा है।

रंजना —- तो तुम्हारी उदासी का यही कारण है। हमें आम खाने से मतलब है, पेड़ गिनने से नहीं ?

रंजन गुप्ता —- कैसे ?

रंजना —- हमें शुभम के लिए अच्छी लड़की मिल गई, पिता कैसा भी हो, क्या फ़र्क़ पड़ता है ?

रंजन गुप्ता —- अब तुम भी नए जमाने की बात करने लगीं हो। सो जाओ, रात काफ़ी हो गई है।

रंजना —— ओ. के. गुड नाइट !

***

3
राजीव - दिव्या की हनीमून से घर वापसी व राकेश से मुलाक़ात

रामजी व रानी दोनों ने तीन-चार दिन एक - एक पल गिन कर गुज़ारे। हालाँकि राकेश व कांति उनकी हर ज़रूरत का भरपूर ध्यान करते व जब भी वक़्त मिलता, दोनों से बतियाते। कांति उन्हें अपनी कोर्ट - कचहरी के मुक़दमों के क़िस्से सुनाता तो राकेश अपनी डॉक्टरी के। कांति की कोर्ट - कचहरी में वे ज़्यादा रुचि नहीं दिखाते थे क्योंकि राजीव भी उन्हें कई बार मुक़दमों का संदर्भ बताता था। राकेश के दांतों का वर्णन उनकी अपनी समस्या का निदान करता था इसलिए वे बड़े ध्यान से सुनते व जहां-तहाँ ज़रूरी समझते, शंका समाधान के लिए प्रश्न करते। आज पुत्र राजीव व बहू दिव्या के हनीमून से सकुशल लौट आने पर दोनों फूले नहीं समा रहे थे। बहू ने घर में प्रवेश करते ही दोनों के चरण स्पर्श किए व आशीर्वाद प्राप्त किया। क्योंकि दिल्ली आई. जी. आई. एयरपोर्ट से निवास स्थान पहुँचने में क़रीब साढ़े तीन घंटे लग गए इसलिए थकान के साथ- साथ भूख भी चमकने लगीं थीं। माँ रानी ने खाना बनाने को पूछा तो राजीव ने रेस्टोरेन्ट जाने की बात कही। दोनों सफ़र की ड्रेसेज़ बदलकर व हाथ-मुंह धोकर तनेजा रेस्टोरेन्ट की ओर पैदल ही निकल पड़े ताकि इतने लंबे समय तक बैठे रहने से उत्पन्न हुए आलस से मुक्ति पा सकें। रेस्तराँ के नज़दीक पहुँचे तो ठिठक गए। सब दरवाज़े बंद पाकर घड़ी की सुई जब निहारी तो रात्रि के बारह बज रहे थे। अब शायद कहीं खाना नहीं मिलेगा ? यह सोच कर घर लौट आए। माँ को सच बताया तो वह खाना बनाने की ज़िद करेगी इसलिए चुपके रह कर सोने की तैयारी करने लगे।

दिसंबर मास के अंतिम सप्ताह के अंतिम दिन थे, ठंड अपने पूरे यौवन पर थीं। कमरे में दोनों रज़ाई का सहारा लिए ठंडक का मुक़ाबला कर रहे थे। पेड़ से ओसकणों के समूह से बनी बूंदें नीचे झड़े हुए शुष्क पत्तों पर गिरकर ऐसी

मधुर झंकार उत्पन्न कर रहीं थीं मानो देवलोक से कोई मंदगामिनी निर्झरी अपने नायक के कानों में रस घोल रही हो। राजीव व दिव्या बहुत थके हुए थे इसलिए शीघ्र ही सपनों में खो गए। राकेश व कांति को अपने मित्र के हनीमून से लौटने की खबर लग गई थीं इसलिए राकेश सुबह की सैर के समय ही राजीव से मिलने उसके घर पहुँच गया था। कांति ने कोर्ट में ही मिलने का विचार बना लिया था। पूरा परिवार राकेश को अपने बीच पाकर खुश हुआ। रामजी पिता व रानी माँ ने राजीव को राकेश व कांति की पूरा ध्यान रखने एवं सेवा करने की बातें बताई तो राकेश चुप नहीं रह सका ?

राकेश —- अंकल - आंटी, मैं आप लोगों की सेवा कर कृतार्थ हुआ। आपका आशीर्वाद मेरे लिए किसी वरदान से कम नहीं है ?

रामजी —- बेटा, आज जमाना बदल चुका है, अब बच्चे अपने माता-पिता की ही सेवा से कतराने लगे हैं। तुमने तो जो निःस्वार्थ भाव से हमारे सुख-दुख का ध्यान रखा, वह कोई साधारण बात नहीं है ?

राकेश —- राजीव भैया ने जाते वक़्त कहा था कि अपने माता-पिता समझकर ही ध्यान रखना।

राजीव —- हाँ पिताजी, मुझे तुम्हारे फ़िक्र से मुक्ति ज़रूरी था ।फिर राकेश से अच्छा कौन हो सकता था।

राकेश —राजीव भैया, आप मुझे शर्मिंदा न करें। अंकल - आंटी ने मुझे सेवा करने के ज़्यादा अवसर नहीं दिए। कांति और मैं केवल इनके विश्वास का सहारा अवश्य बने रहे। (दिव्या की ओर देख कर) अरे दिव्या भाभी, तुम तो बहुत बोलने वालों में थीं, आज कैसे चुप्पी साध रखी है ?

दिव्या —- जीजा जी, अब यह रेस्टोरेन्ट तो है नहीं, घर है, जहां कुछ क़ायदे क़ानून निभाने अनिवार्य हैं।

राकेश —- लगता है शादी के बाद एकदम बदल गई हो ?

दिव्या —- शादी के बाद लड़की के जीवन में महान परिवर्तन आते हैं। पिता का सजा- संवरा घर छोड़कर पति के अनजान घर में एडजस्ट करना होता है।

राकेश — बड़ी समझदार हो गई दिव्या भाभी ! लगता है कि संस्कार पाने के लिए पढ़ाई - लिखाई इतनी ज़रूरी नहीं जितना संस्कारी परिवार में जन्म पाना।

राजीव —- राकेश भैया, सुना है कि एक और जोड़ी हनीमून के लिए तैयारी कर रही है ?

राकेश —- वकील हो, सारी जानकारी रखते हो। जब तक डॉ. भगवत स्वरूप इस वसुधा पर विराजमान हैं, तब तक जोड़ियाँ बनतीं ही रहेंगी और हनीमून की यात्राएँ जारी रहेंगी। तनेजा साहब की डॉक्टर लड़की लक्ष्मी का विवाह संपन्न हो गया है।

राजीव —- मेरे चार दिन बाहर रहने में ही सब हो गया।

राकेश —- लड़का भी डॉक्टर है। सगाई करने गए थे पर शादी करके लौटे। रश्मि भी यमुनानगर से आईं थीं शादी में।

राजीव —- अच्छा ! पीछे से बड़े - बड़े गुल खिलाए हैं साहब जी ने ?

राकेश —मेरी तो रश्मि से मुलाक़ात तक नहीं हुई। डॉ. दादा के कारण दोनों दूर हो रहे।रश्मि की सहेली तान्या का भाई ही तो दुल्हा था।

राजीव —- फिर तो रश्मि भाभी तान्या के साथ ही आई होगी, पर तुमसे मिले बिना ?

राकेश —- राजीव भाई, तुम्हारे सिवाय कौन समझता है इस निरीह प्राणी के कष्ट को। नेहा व कांति भी उस दिन मेरे लिए पराए हो गए थे। ख़ैर छोड़ो, तुम अपने हनीमून की सुनाओ।

राजीव —-सायंकाल में सैर के लिए जब कांति भैया के साथ चलेंगे तभी सुनाऊँगा सब व्यथा- कथा।

राकेश —- ओ. के. मिलते हैं इवनिंग में नदी के मुहाने।

राजीव —- (छोड़ने के लिए बाहर तक आते हुए) ओ. के. डॉ. साहब! (अदर आकर व तैयार होकर कोर्ट जाने से पहले) दिव्या, मैं कोर्ट जा रहा हूँ।

कल हमें भिवानी जाना है, अपनी पूरी तैयारी कर लेना। शायद कई दिन लग जाएँगे।

दिव्या—- हाँ कल ही जाना पड़ेगा पर ज़्यादा दिन ठहरने की आवश्यकता नहीं। आजकल तो प्रचार के लिए एक सप्ताह ही मुश्किल से मिलता है।

राजीव —- तुम भिवानी पिताजी से फ़ोन मिला लेना, जितना समय तक कहेंगे, उसी हिसाब से तैयारी कर लेना। मैं लंच टाइम में क़रीब एक बजे कोर्ट से लौटूँगा, तुम मेड सर्वेंट से घर की सफ़ाई व खाना बनाने का सब इंतज़ाम कर लेना।

दिव्या —- आप बेफ़िक्र हो कर अपना काम करें, मैं सब संभाल लूँगी ।सर्दी का मौसम है, मम्मी पापा का धूप लेना ज़रूरी है, बाहर लॉन में एक कुर्सी व चारपाई डाल दूँगी।

राजीव —-गुड ! वैरी गुड !! जहां- जैसे पिताजी कहें, व्यवस्था कर देना। और हाँ, सब्ज़ी के लिए ठेला वाला आएगा क़रीब ग्यारह बजे, तुम देख लेना।

दिव्या —आप निश्चिंत होकर अपना काम सँभालिए, यहाँ मैं सब संभाल लूँगी।

राजीव —-ज़रा एक बार इधर आना।

दिव्या — अब क्या है ? (पास आकर) बोलो, कुछ और याद आ गया है?

राजीव —- (पकड़ कर एकांत में मुख पर लंबा किस डालते हुए) रात रोटी से भी भूखा रहा और प्यार से भी।

दिव्या — अगली रात तक इंतज़ार नहीं हो सकता था क्या ? अब जाओ कोर्ट, इच्छा मिट गई होगी ?

राजीव — इच्छा तो और बढ़ गई, एक किस से क्या संतुष्टि मिलेगी ? दूसरी ओर भी एक किस चलेगा ?

दिव्या —- हाँ चलेगा, पर अभी नहीं, इंतज़ार करना पड़ेगा ? अब जाओ भी, दस बज रहे हैं, कई दिनों के बाद कोर्ट खुल रहीं हैं।

राजीव — ओ. के.बाय !

दिव्या —-बाय -बाय ! !

***

4

कॉलेज के बाद रश्मि व तान्या मामा जी के घर मिठाई देने पहुँचीं

दोनों सहेलियाँ ऐन वक़्त से कॉलेज पहुँच गईं थीं। सुबह - सवेरे की यात्रा में न भीड़, न शोर- शराबा, केवल शांति व खामोशी। सिर्फ़ एक बार मुरथल ढाबे पर नाश्ते के लिए स्टे किया, उसके बाद करनाल में कुछ विश्राम लिया और साढ़े नौ बजे यमुनानगर तथा दस बजे कॉलेज कैम्पस में। सब एक दूसरे से गले मिल रहे थे, कॉलेज में जैसे किसी फ़िल्म की शूटिंग चल रही हो। चार पीरियड पढ़ाई के बाद जब लंच का समय हुआ तो दोनों मेस की ओर पहुँच गईं थीं। सुबह चार बजे के बाद पेट में कुछ पड़ा नहीं था। नाश्ते पर तान्या ने बहुत कहा कि थोड़ा बहुत ले लो, पर बस में तबीयत ख़राब होने के डर से कुछ नहीं लिया। क्लास में भी नींद के झूले लेते रहे। एक बार प्रोफ़ेसर मैडम ने अलर्ट भी जारी किया पर शादी के काम की थकान व कई घंटों का सफ़र, शरीर कहाँ तक बर्दाश्त कर पाएगा ?

रश्मि —- (मेस में पहुँच कर) सोनू काका, नमस्ते !

सोनू काका —अरे रश्मि बिटिया है का ?

रश्मि —- हाँ काका, तान्या दीदी भी मेरे साथ है। भूख के मारे बेहाल हो गए हैं, खाना लगाओ ?

काका —- बिटिया एक दो मिठाई का टुकड़ा चख लेतीं, सब भूख छूमंतर हो जातीं।

रश्मि —- काका मिठाई कहाँ से आएगी ?

काका —- हमें सब जानकारी है बिटिया, दिल्ली में विवाह से लौटीं हो।

रश्मि —- काका, तुमने कैसे जाना ?

काका —- बिटिया, कल से पहले दिन की रात में घर में चर्चा हो रही थी कि समीर भैया दिल्ली नहीं जा सके किसी डॉक्टर तरुण गुप्ता की शादी में।

रश्मि —- सोनू काका, तान्या दीदी के बड़े भाई हैं तरुण गुप्ता। तुम्हें फ़ैक्ट्री में सब बातों का पता चल जाता है ?

काका —- अब फ़ैक्ट्री में रोज़गार है तो कुछ मालूम पड़ ही जाता है।

रश्मि —- हाँ काका, समीर भैया के बचपन के दोस्त हैं डॉ. तरुण गुप्ता, पहले यहाँ बिलासपुर में ही रहते थे।

काका —तान्या बिटिया, तब तो तुम्हें लड्डू खिलाने चाहिए, डॉ. भाई की शादी करके लौट रही हो ?

तान्या —काका, सुबह आते ही रूम पर बैग रखकर कॉलेज चले आए, शाम को सँभालेंगे, क्या कुछ निकलेगा बैग से ? तुम्हें मिठाई ज़रूर खिलाएँगे।

सोनू काका —- हाँ बिटिया, हमें किसी के भी शादी- ब्याह होने की बहुत ख़ुशी होती है और मिठाई का प्रसाद मिल जावे तो मन से आशीर्वाद भी निकलता है। ग़रीबों की दुआओं का बड़ा प्रभाव होता है बिटिया !

तान्या —- काका, हम तुम्हें मिठाई ज़रूर खिलाएँगे। अब हमें गर्मागर्म लंच करवाओ, आज पाँच बजे तक प्रेक्टीकल भी चलेंगे।

काका —-खाना समझो टेबल पर लग गया बिटिया, तुम बैठो, आज खूब मज़ेदार लंच बनाया है।

रश्मि —- क्या बना है काका ?

काका —- पकौड़ी वाली कढ़ी व चावल बने हैं, साथ ही सरसों का साग व मकई की रोटी। खूब पेट भरकर खाना।

रश्मि —— काका जल्दी करो, मुँह में पानी का दरिया बहने लगा है।

काका —- शाम को जब डिनर करने आओ तो मेरे लिए मिठाई ज़रूर लाना ताकि मेरे मुँह में भी सागर बहने लग जाए।

तान्या —- ठीक है सोनू काका, शाम को डिनर में क्या रहेगा ?

काका —- माह चने की दाल व चपाती। (लंच टेबल पर रखते हुए) लो पहले लंच का आनंद लो फिर डिनर की बात करना।

तान्या व रश्मि दोनों लंच व प्रैक्टिकल निपटा कर क़रीब सायं छ बजे ही मामा जी के घर मिठाई देने पहुँच गईं थीं। दरवाज़े पर बेल दबाईं तो समीर बाबू ने ही दरवाज़ा खोला।

समीर —- (दोनों को देख कर) आओ रश्मि बहन, तुम दोनों शादी से कब लौटीं हो ?

रश्मि —- मामीजी घर में हैं न, वहीं चलकर सब बातें करेंगे, आओ तान्या।

तान्या —- सर, गुड इवनिंग।

समीर —- गुड ईवनिंग! तान्या, मैं काफ़ी देर से तुम दोनों की इंतज़ार कर रहा था। तरुण का फ़ोन मिला था।

तान्या —- क्या कह रहे थे भैया, सर जी !

समीर —- अंदर आओ दोनों, बैठ कर मम्मी के साथ सारी बातें करेंगे।

रश्मि —- मामीजी अब तो पूरी तरह से ठीक हो गई होंगी ?

समीर —- तन से तो ठीक हो गई, अब मन से बीमार हो गई हैं। जब भी घर आता हूँ, बहू, बहू, पुकारने लगती है। अब मैं कहाँ से लाऊँ नई - नवेली ?

रश्मि —- (दोनों मामीजी के पास आकर प्रणाम करती हुई) समीर भैया, तुम तो सारी उम्र कुंवारे ही बिता दोगे, मुझे ही कुछ करना पड़ेगा ?

समीर —- तुम तो बिल्कुल दादा जी पर गईं हो रश्मि, वे भी जोड़ियाँ बना कर बहुत खुश होते हैं।

रश्मि —- मामीजी, लो, ले आईं बहू और ये लो मिठाई का डिब्बा, मुंह मीठा करो।

रेखा मामी —तेरे मुँह में घी- शक्कर रश्मि बेटी, तान्या बेटी, एक बार मेरे गले से लग जाओ, तरस गईं हूँ बहू के लिए।

तान्या —- (मामीजी के गले लगते हुए) मम्मी पापा ने मिठाई भिजवाई है तरुण की शादी की। आप सब भी आ जाते तो अच्छा रहता।

रेखा मामी —- सब जल्दी- जल्दी में हो गया, पहले तो सगाई का ही प्रोग्राम बना था ?

तान्या —- हाँ मामीजी, अचानक ही सब की सहमति बन गई। आज भैया- भाभी फेरा लगाने जाएँगे ससुराल में।

रेखा मामी— कहीं बाहर घूमने- फिरने का प्रोग्राम नहीं बना क्या ?

तान्या —- पहले अमेरिका जाने का विचार था, टिकट भी बनवा लिए थे परंतु भैया के मित्रों ने वहाँ से फ़ोन पर गंभीर सर्दी व तूफ़ान की सूचना दी तो प्रोग्राम टालना पड़ा। भैया ने टिकट भी कैंसिल करवा लिए हैं।

रेखा मामी —- अमेरिका तो जाएँगे ही, तरुण नहीं तो तान्या सही। कोर्स ख़त्म होते ही सब ख़ुशियाँ मेरी झोली में डाल दो तान्या बेटी।

रश्मि —- मामीजी, अब तो कुछ ही दिनों की बात रह गई है।मैंने सबको विश्वास में ले लिया है।

रेखा मामी —- (प्यार से रश्मि का माथा चूमते हुए) रश्मि बेटी, तुमने मेरी मुराद पूरी कर दी है।

समीर —- (बीच में ही) मम्मी, इस ख़ुशी मे एक बर्फ़ी खा लूँ।

रेखा —- हाँ बेटा, मुझे भी खिला दो, आज मिठाई की मिठास कुछ अच्छी लगती प्रतीत हो रही है।

काम्या —- (ट्यूशन से लौट कर) समीर भैया, आज कैसी मिठाइयाँ उड़ रहीं हैं ?

समीर —काम्या, मेरे दोस्त तरुण की शादी थी न, रश्मि व तान्या मिठाई लेकर आईं हैं।

काम्या —- और क्या करती ? तुम्हें तो शादी से डर ही लगता है। न शादी में शामिल हुए न अपनीं शादी की फ़िक्र।

समीर —- काम्या बहन, अपनी शादी तो मम्मी ने फ़िक्स कर दी है, लो तुम भी खाओ लड्डू।

काम्या —- क्या कह रहे हो भैया ? रश्मि दीदी, क्या मैं अब तान्या दीदी को भाभी कह सकती हूँ ?

रश्मि —- अभी एग्ज़ाम चल रहे हैं, रिज़ल्ट की इंतज़ार करो ।सहज पके से मीठा होय।

काम्या —- ये शादी का एग्ज़ाम हैं रश्मि दीदी, इसका रिज़ल्ट पहले निकलता है, एग्ज़ाम बाद में चलते रहते हैं।

(काम्या की वाक्- पटुता पर सभी खिलखिलाते हैं)

रेखा मामी —- रश्मि बेटी, तुम्हारा डॉ. बाबू क्या कर रहा है ? दिल्ली शादी में आए थे क्या ?

रश्मि —- हाँ आए थे मामीजी, पर शादी में सब लोग बहुत व्यस्त रहे थे।

मामी —- अच्छा तो हमारी लाड़ली कुएँ से प्यासी लौट आईं। यह प्यास भी संतुष्टि व आनंद देने वाली है रश्मि बेटी। इंतज़ार में प्यार फलता - फूलता है।

रश्मि —- मामीजी, अब तो एग्ज़ाम के बाद ही कुछ होगा। मामा जी तो देर शाम लौटेंगे ?

मामी —- बहुत काम में बिजी रहते हैं तुम्हारे मामा जी। रोज़ रोज़ की मीटिंग, कभी इधर, कभी उधर, आना- जाना लगा ही रहता है। अब तरुण की शादी के समय दोनों बापू - बेटा को कोर्ट में तारीख़ पर जाना पड़ा।

रश्मि —- आशु का क्या चल रहा है मामीजी ?

मामीजी —- अभी उसका इंजीनियरिंग का अंतिम साल ही है।

रश्मि — अब हमें जाना है मामीजी, अंधेरा छाने से पहले हॉस्टल पहुँच जाएँ तो अच्छा रहेगा।

मामी —- बेटा समीर, तुम कह रहे थे कि रश्मि बहन को कार में कॉलेज छोड़ कर आऊँगा। कहाँ है तुम्हारी कार ?

समीर —- मैं अभी कार से ही तो घर आया था। चलो रश्मि - तान्या, बैठो कार में। (काम्या को पुकारता है) काम्या, देखो, रश्मि दीदी जा रही हैं। तुम पढ़ाई में ही गर्दन टेढ़ी किए रहोगी ?

काम्या —- (रूम से बाहर आकर) रश्मि दीदीं, जा रही हो ? तान्या भाभी, नमस्ते ! दोनों काम्या को गले से लगाकर प्यार करती है। उधर समीर ने अपनी ड्राइविंग सीट संभाल ली है।

***

5
कॉलेज स्टूडेंट्स का मुम्बई का टूर प्रोग्राम

एक चमचमाती टूरिज़्म की बस की गद्देदार सीटों पर बैठ कर आनंद मनाते हुए सभी पचास छात्र/छात्राएँ नई दिल्ली रेलवे स्टेशन क़रीब तीन बजे ही पहुँच गए थे। नॉन स्टाप बस ने तीन घंटे में ही भिवानी से दिल्ली का सफ़र तय कर लिया था। टूर इंचार्ज अरुण सिंह तेवतिया सभी को वेटिंग रूम के सामने खुली जगह पर संबोधित करते हुए बोले —- हम राजधानी एक्सप्रेस से ही मुम्बई जा रहे हैं जो नई दिल्ली रेलवे स्टेशन से चार बजकर पैंतालीस मिनट पर रवाना होगी व अगले दिन सुबह आठ बजे मुम्बई सेंट्रल पहुँचेगी। गाड़ी प्लेटफ़ॉर्म पर क़रीब चार बजे के आसपास लग जाएगी। इससे पहले ही हम प्लेटफ़ॉर्म पर पहुँच करेंगे। किसी छात्र/ छात्रा को चाय -नाश्ता की ज़रूरत हो तो हम प्लेटफ़ॉर्म पर ही लेंगे। मि० राजपाल, तुम ज़रा सूचना पटल पर देख कर आओ कि राजधानी एक्सप्रेस (दिल्ली से मुम्बई) कौनसे प्लेटफ़ॉर्म नंबर पर आएगी ?

राजपाल —- सर, आपके पीछे ही इलेक्ट्रॉनिक सूचना पट पर टाइम टेबल लगा है व लेट - लतीफ़ गाड़ियों की सूचना भी प्रसारित हो रही है, मैं नज़दीक जाकर देखता हूँ। (लौट कर) सर, गाड़ी प्लेटफ़ॉर्म नंबर एक पर लगेगी।

तेवतिया — अब हमें अपना - अपना सामान लेकर चेक पोस्ट तक जाना होगा, जहां सामान की जाँच होगी। सब अपना सामान संभाल लें, अभी बस यहीं खड़ी है, आप सब लोग कहेंगे तभी बस वापस लौटेगी।

सभी छात्र/ छात्राएँ अपने सामान की जाँच करवा कर प्लेटफ़ॉर्म नंबर एक पर पहुँच कर पहले से ही खड़ी गाड़ी में सवार हो गए थे। सभी पचास स्टूडेंट्स के लिए कोच एस- 4 रिज़र्व किया हुआ था। हेल्थ शिक्षा की प्रोफ़ेसर वर्षा सिंह ने छात्राओं की उपस्थिति दर्ज की व सीटों पर बैठाया। सभी छात्र भी हाज़िरी के बाद यथा स्थान बैठ गए थे। गाड़ी छूटने की उद्घोषणा के साथ ही

इंजन ने सीटी की व रफ़्तार पकड़नी शुरू कर दी। अभी फ़रीदाबाद भी नहीं पहुँचे थे कि शुद्ध जल की एक लिटर की बॉटल सबको थमा दी गई थी।अंधकार व सर्दी का प्रकोप बढ़ना आरंभ हो गया था इसलिए सभी ने अपने- अपने कंबल, बेड- सीट, तकिया व हैंड टॉवल संभाल लिए थे। कुछ ही पलों में डिनर सर्विस चालू हो गई थी जिसमें चार चपाती, चावल- दाल, अचार व सलाद, एक मिष्ठान का टुकड़ा तथा मटर- पनीर की सब्ज़ी भी शामिल थीं। डिनर का आनंद ले चुकने के बाद तेवतिया जी ने बताया कि ठीक सुबह आठ बजे हम मुम्बई सेंट्रल पहुँचेंगे जहां अपनी बुक की हुई बस तैयार मिलेगी जिसमें बैठ कर हम मुम्बई दर्शन करेंगे। अब सब लोग रात्रि विश्राम करें, हाँ, अगर किसी को बेड टी की आदत है तो वह अपना सीट नंबर मुझे बता दें ताकि मैं रेल सहायक को नोट करवा सकूँ।

ज्यों ज्यों राजधानी एक्सप्रेस की गति बढ़ रही थी त्यों त्यों छात्र/ छात्राओं की नींद गाढ़ी हो रही थी। उन्हें नहीं पता कब रतलाम निकला व कब सूरत आया। कब बड़ोदरा छूट गया ? छः बजे सभी को जगाया गया ताकि प्रात क़ालीन कार्यों से निवृत्त हो सकें। सात बजे तक सबको नाश्ता मिल गया था। शाकाहारी नाश्ते में दो कटलेट, दो ब्रेड व चाय,जिसे अंडे से परहेज़ नहीं है वह आमलेट ले सकता है। मुम्बई के दादर रेलवे स्टेशन पर गाड़ी ने ब्रेक दिखाया तो कुछ यात्री उतरे व कुछ मिनटों में ही यात्रा पुनः आरंभ हो गई।ठीक आठ बजे ट्रेन मुम्बई सेंट्रल पहुंच गई थी।

आज पहले दिन का प्रोग्राम स्थानीय स्थलों के दर्शन का ही था। स्टेशन से बाहर निकले तो सामने ही चकाचक बस तैयार खड़ी थी।सभी छात्र - छात्राओं ने अपना-अपना सामान संभाल कर बस की छत पर रखा व चल पड़े अपनी मंज़िल की ओर। सबसे पहले सिद्धिविनायक मंदिर के दर्शन का विचार बना। यहाँ पहुँचने से पूर्व बस की दिशा गोरेगाँव की ओर हो गई थी जहां पास ही उत्तर भारतीय भवन बना था। हर वर्ष जब भी कॉलेज से टूर का आयोजन होता है,, यही भवन स्टूडेंट्स की आश्रय स्थली बनता है। दस बजे बस भवन के सामने थीं, सभी ने अपना सामान बस से उतारा व स्नान आदि कर मंदिर की ओर गमन किया। मुम्बई के प्रभादेवी (दादर) इलाक़े में बना यह भगवान

गणपति का विश्व विख्यात मंदिर है ।मुख्य द्वार पर पहुँचे तो सुरक्षा जाँच से गुजरना पड़ा। मंदिर में पूर्वी द्वार ही मुख्यतः श्रद्धालुओं के लिए खुला रहता है, जहां कड़ी सुरक्षा व्यवस्था की गई है। मंदिर परिसर में प्रवेश करते ही सब को लाइन में लगना पड़ा। क़रीब आधे घंटे बाद ही गर्भ गृह में प्रवेश मिला ।गणपति बाबा के दर्शन किए, पुष्प अर्पित किए व वंदना की। कुछ पल सब करने के बाद बाहर की तरफ़ आए तो दाईं तरफ़ ही वीर हनुमान के दर्शन किए व प्रसाद लेकर मंदिर परिसर में ही स्थित चाय की दुकान पर सभी ने छोले - पूरी का स्वाद चखा। कुछ ने इडली- डोसा का भी आनंद लिया। मिठाई की शॉप से रंग बिरंगी व शुद्ध मिठाई का भी स्टूडेंट्स ने चाय के साथ सेवन किया। तेवतिया सर ने सभी को आगाह किया कि इसे ही अपना लंच समझें।

अगला लक्ष्य समुद्र के मध्य बनीं हाजी अली की दरगाह का दर्शन था। बस से उतरकर क़रीब एक किलोमीटर पैदल यात्रा पर समुद्र में बनी हैं यह दरगाह। पर्यटकों की भीड़ आज कुछ ज़्यादा ही थीं लेकिन आने-जाने के मार्ग को डिवाइड कर देने से किसी को कोई परेशानी नहीं हो रही थी। दोनों छोर पर भिक्षुओं ने अपना मोर्चा संभाला हुआ था और पर्यटकों पर मीठी वाणी का प्रहार कर उनसे कुछ देने की गुहार लगाते। कुछ सफल होते तो कुछ निराश लेकिन हताश नहीं बल्कि अगले पर्यटक पर वाणी का और मधुर प्रहार करते। दरगाह के दर्शन कर कुछ स्टूडेंट्स समुद्र के अंदर उतर गए थे। तेवतिया सर ने उन्हें चेताया कि समुद्र का पानी कभी भी छलांग लगाने की क्षमता रखता है इसलिए सावधानी बरतें व ज़्यादा देर समुद्र के अंदर न रहें। अब सभी स्टूडेंट्स महालक्ष्मी मंदिर में माँ लक्ष्मी के दर्शन कर रहे थे ।मंदिर की भव्यता देखकर सभी विमुग्ध थे।

अब दोपहर के लगभग दो बजे की समय हो गया था। मुम्बई में सर्दी का कोई नामोनिशान नहीं था व धूप भी ज़्यादा तेज नहीं थी, ऐसे में बस का रुख़ घाटकोपर उपनगर में बने आर. सिटी मॉल की ओर हुआ। इतने सुंदर व आकर्षक मॉल में आकर सभी गदगद थे। यहाँ बड़ी व नामी कंपनियों के आउटलेट्स आकर्षक एवं मनमोहक लग रहे थे। बच्चों के लिए यहाँ मनोरंजन केंद्र किडजेनिया नाम से स्थित है, खूब मौज मस्ती करते हैं यहाँ छोटे बच्चे।

कई तरह के स्किल गेम बच्चों का मनोरंजन एवं बौद्धिक विकास में सहायक बनते हैं। इस मॉल से दो- तीन किलोमीटर की दूरी पर पवई झील विश्व विख्यात आई. आई. टी. संस्थान के बिल्कुल पास स्थित है। अब मुम्बई आए हैं और फ़िल्म सिटी न जाएँ तो अजीब सा महसूस होगा। लगभग 520 एकड़ में फैला यह स्थान फ़िल्म स्टूडियोज़ का विस्तृत परिसर है। हरी भरी घास से परिपूर्ण यह क्षेत्र फ़िल्मों की शूटिंग के लिए उत्कृष्ट स्थान है। लगभग बीस इंडोर स्टूडियोज़ में एक हज़ार सेट बनाए जा सकते हैं।

भीड़भाड़ से दूर अब बस जुहू बीच पर पहुँच चुकी थी। अरब सागर के सामने एक शानदार तट, यहाँ स्टूडेंट्स ने पानी- पूरी, भेलपूरी, बड़ा पाव व बर्फ़ का गुल्ला का स्वाद चखा।यह बीच फ़िल्म निर्माताओं के लिए पसंदीदा अड्डा है। आज का यह आख़िरी भ्रमण स्थल था। मरीन ड्राइव लगभग तीन किलोमीटर लंबी सड़क जो दक्षिणी से उतरी मुम्बई के तट तक फैली है। यह अनायास ही पर्यटकों को आकर्षित करती है। ढलते सूरज का मनोरम दृश्य देखकर छात्र / छात्राएँ मुग्ध हो रहे थे। ताड़ के पेड़ों से घिरा यह स्थल बेहद सुंदर दिखता है। यूँ तो मुम्बई में अनेक ऐतिहासिक, धार्मिक व वन्य जीव स्थल हैं लेकिन स्टूडेंट्स के लिए जो प्रेरणादायी थे, उन्हें ही चिह्नित किया गया था। अब सूर्य भगवान विश्राम के लिए अपने भवन में पहुँच चुके थे, पूरे दिन की घुमाई के बाद अब आराम भी आवश्यक था इसलिए बस सीधे ही अपने भवन की ओर मूव करने लगी जहां सभी के लिए डिनर एवं रात्रि विश्राम की पूरी व्यवस्था की गई थी।

***

6

तरुण - लक्ष्मी का जींद शहर अपनी ससुराल में आगमन

डॉ. तरुण गुप्ता अपनी नई नवेली पत्नी लक्ष्मी के साथ क़रीब दस बजे राज तनेजा के यहाँ जींद में अपनी ससुराल पहुँच गए थे। पूरा तनेजा परिवार दामाद की सेवा में जुटा था। आज क्रिसमस की छुट्टियों का आख़िरी दिन था। लता तनेजा, पुत्र नैतिक व पुत्री नीतिका कल से ही आवाभगत के लिए भिन्न-भिन्न व्यंजन जुटाने में व्यस्त थे। मिठाइयाँ, सब्ज़ियाँ, फल, ड्राइ फल भरपूर मात्रा में ख़रीद लिए थे। चाय के साथ समोसा, कचौड़ी, पनीर- पकौड़ा या कोई नमकीन काजू - बादाम न हो तो चाय का क्या मज़ा ? इसलिए भुने बादाम व काजू के पैकेट मँगवा लिए गए थे व ऐन वक़्त पर गर्मागर्म समोसे के लिए भी प्रबंध कर लिया था।

सर्दी के मौसम का आज सुहावना दिन था, धूप कुछ नरम खिल रही थी जो आनंद प्रदान करने वाली थी। चाय के बाद तरुण गुप्ता ने डॉ. भगवत स्वरूप जी से मिलने की इच्छा जताई। नैतिक ने फ़ोन घुमा कर क्लीनिक पर पूछा तो सकारात्मक जवाब मिला क्योंकि डॉ. साहब लगभग ग्यारह बजे ही क्लीनिक पर पहुँच जाते हैं। नैतिक अपने जीजा तरुण गुप्ता के साथ क्लीनिक पर पहुँचा और सामने बैठे डॉ. भगवत स्वरूप के चरण स्पर्श किए और तरुण गुप्ता ने भी डॉ. साहब को सम्मान पूर्वक प्रणाम किया।

डॉ. भगवत स्वरूप— कैसे हो बरखुरदार, ससुराल का आनंद मना रहे हो ?

तरुण —- आपका आशीर्वाद है, दस बजे ही पहुँचे थे दिल्ली से। चाय-बगैरह लेकर नैतिक के साथ आपके दर्शनों के लिए चला आया।

डॉ. भगवत स्वरूप —- (नैतिक से) तुम राज तनेजा के बड़े लड़के हो? क्या कुछ पढ़ाई - लिखाई कर रहे हो ?

नैतिक —- बड़े अंकल, छोटा- बड़ा मैं एक ही लड़का हूँ, मेरी दो बहनें हैं। मैं आई. आई. टी. रुड़की से इंजीनियरिंग कर रहा हूँ।

डॉ. भगवत स्वरूप —— होशियार बच्चे मालूम पड़ते हो, कौनसा साल चल रहा है ?

नैतिक —— अभी तीसरा साल चल रहा है। मेरी छोटी बहन का भी इस वर्ष जुलाई में एम.बी.बी.एस., एम्स दिल्ली में दाख़िला हुआ है।

डॉ. भगवत स्वरूप —- वाह ! तनेजा का सारा परिवार ही इंटेलीजेंट मालूम पड़ता है। तुम्हारी मम्मी तो हमारे स्कूल में ही लेक्चरर है न ?

नैतिक —— यस बड़े अंकल, आपकी कृपा से।

डॉ. भगवत स्वरूप —- (तरुण गुप्ता से) आप तो पी. जी. डॉक्टर हैं ?

तरुण —- हाँ सर ! मैंने एम. एस. किया है व दिल्ली के अग्रसैन अस्पताल में सेवाएँ दे रहा हूँ।

डॉ. भगवत स्वरूप —- रश्मि चली गई थी तुम्हारी बहन तान्या के साथ ?

तरुण —- हाँ आज सुबह ही निकली हैं। मैं सुबह- सवेरे दोनों को कार से बस स्टॉप पर ले गया था व बस में बैठा कर ही घर लौटा था। तान्या ने पहुँच का फ़ोन भी मुझे कर दिया है।

डॉ. भगवत स्वरूप —- तुम्हारी बहन भी अंतिम वर्ष में ही है ?

तरुण —- यस बड़े अंकल, मार्च- अप्रैल में एग्ज़ाम हो जाएँगे।

डॉ. भगवत स्वरूप ——- उसके लिए भी मैंने एक सुंदर लड़का ढूँढ लिया है। जब तुम्हारे पापा तरसेम लाल कहेंगे, बात बन जाएगी।

तरुण —- आपका हमारे परिवार पर आशीर्वाद है। रश्मि दीदी का शादी में काम का बड़ा सहारा रहा। मम्मी व तान्या के साथ जुटी रहीं।

डॉ. भगवत स्वरूप ——- काम तो मानव का कर्म है, जितना ज़्यादा करोगे उतना ही भाग्य बढ़ेगा।

तरुण —- जिसके घर जाएगी, गुलों- गुलज़ार कर देंगी। अभी एग्ज़ाम के बाद ही कोई फ़ंक्शन कर रहे हो ?

डॉ. भगवत स्वरूप —- दोनों का एक साथ ही कर देंगे। तुम हनीमून के लिए अमेरिका जा रहे थे, क्या रहा ?

तरुण —— वहाँ सर्दी का प्रकोप बढ़ गया है, बर्फीले तूफ़ान की चपेट में पूरा अमेरिका आया हुआ है। मेरे दोस्तों ने आने को मना कर दिया था, शायद साउथ का ही प्रोग्राम बनेगा। अच्छा बड़े अंकल, अब इजाज़त दें।

नैतिक —- हाँ बड़े अंकल, मम्मी का लंच के लिए फ़ोन आया है।

डॉ. भगवत स्वरूप — हाँ ठीक है, जब भी इधर आना हो, मिलकर ज़ाया करो।

तरुण —- अवश्य बड़े अंकल।

(दोनों नमस्कार कर निकल जाते हैं।)

खाना अच्छा बना है न बेटा ? लता तनेजा ने पूरे आत्मविश्वास से तरुण को पूछा।

तरुण —- हाँ मम्मी जी, बहुत स्वादिष्ट व लज़ीज़ बना है।

लता तनेजा —- बेटा, खाने वाले भी डॉक्टर और बनाने वाले भी डॉक्टर।दोनों बहनों ने मिलकर तैयार किया है।

तरुण —- यह बहुत अच्छी बात है मम्मी जी, वरना आजकल तो लड़कियाँ किचन की ओर ताकतीं भी नहीं।

लता तनेजा —- हमने बचपन से ही बच्चों को काम करने की आदत डाली है, अपना हाथ, जगन्नाथ ! दूसरों के भरोसे कब तक बैठा रहा जा सकता है। बेटा, यह मक्के की रोटी व सरसों का साग खाकर देखो, बहुत मेहनत से

तैयार किया है मैंने। स्वादिष्ट तो बना ही होगा, अति पौष्टिक व आयरन से भरपूर भी है।

नीतिका —हाँ जीजा जी, मम्मी के बनाए साग को खाओगे तो उँगलियाँ चाटते रह जाओगे।

तरुण — और नहीं खाया तो हाथ मलते रह जाओगे। (सभी हंसते हैं)

लता —- लक्ष्मी बेटी, तुम भी खाओ न दिल लगाकर, संकोच कैसा ?

तरुण —— हाँ लक्ष्मी, देर शाम तक पहुँचेंगे घर, भरपेट भोजन करो। नैतिक, तुम भी बहुत धीरे-धीरे खा रहे हो।

नैतिक —— जीजा जी, मुझे ठंडा करके खाने की आदत है। हॉस्टल में भी साथी मेरा मज़ाक़ उड़ाते हैं कि चपातियों को भी दर्द नहीं होने देता।

नीतिका —— हाँ भैया, हॉस्टल में तो कैसे भी खाओ, मज़ाक़ बनता ही है। क्या जीवन है हॉस्टल का भी, सूखीं चपातियाँ भी बादाम लगतीं हैं।

तरुण —- अच्छा तो तुम्हारा पहला साल ही चल रहा है, एम्स दिल्ली में ही दाख़िला है ना ?

नीतिका —— यस जीजा जी, मेरा प्रथम वर्ष पूरा होने वाला है। मैं आपको व दीदी को घर पर या अस्पताल में मिलतीं रहूँगी। आज भी आपके साथ ही दिल्ली चलूंगी। आप लोग हनीमून पर कब जा रहे हैं ?

तरुण ——- अभी नया प्रोग्राम तय नहीं हुआ है। पहले बना अमेरिका का टूर सर्दी के कारण रद्द करना पड़ा।

नीतिका —— अब तो ट्रेवल एजेंट भी हनीमून के लिए जाने की विशेष व्यवस्था करने लगे हैं। यूरोपीय देशों के भी अच्छे पैकेज मिलने लगे हैं।

तरुण —- सर्दी के मौसम में यूरोप काफ़ी ठंडा हो जाता है। कहीं अपने देश में ही खोज करना होगा।

राज तनेजा ——- (बाहर से अंदर आते हुए) हम आ गए बेटा, किसी खोज की ज़रूरत नहीं है।

(सब ठहाका लगाकर हंसते हैं)

लता तनेजा —- बैठिए, आप भी लंच ले सकते हैं।

राज — हाँ, आज कोई इतना ज़्यादा ग्राहक नहीं था रेस्टोरेन्ट पर इस लिए लंच टाइम कर चला आया।

(तरुण व लक्ष्मी दोनों पिताजी के चरण स्पर्श करते हैं)

राज —— ख़ुश रहो मेरे बच्चों !

तरुण —- मैं तो नैतिक से आपके बारे में बार-बार पूछ रहा था ?

राज —- हाँ बेटा, क्रिसमस के बाद अब कुछ दिन मंदी का आलम रहेगा। नए साल पर फिर रौनक़ लौट आएगी। तुम्हें कैसा लगा जींद शहर ?

तरुण —— बहुत शांत व प्रदूषण रहित। शुद्ध हवा में साँस लेना रुचिकर लग रहा है।

नीतिका —— पिताजी, मैं जीजा जी व जीजी के साथ ही जा रही हूँ।

राज —— लक्ष्मी बिटिया भी आज ही जा रही हैं क्या ?

लता —- हाँ अभी लंच के बाद चाय लेकर पाँच बजे के क़रीब निकलेंगे।

राज —- लाओ, फिर तो मुझे भी लंच करवाओ, तरुण को राकेश से मिलवाने भी ले जाना है। चलोगे न तरुण बेटा ?

तरुण —— हाँ पिताजी, डॉ. भगवत स्वरूप जी से तो मैं नैतिक के साथ जाकर मिल आया था, अब डॉ. राकेश से भी मिल लेंगे। आप अपना लंच ले लें।

राज ——अभी पंद्रह मिनट में चलते हैं। लता, तुम इतने तक लक्ष्मी के जाने की तैयारी करो।

नीतिका —- और मेरी भी ?

राज तनेजा— (रूम में प्रवेश करते हुए) डॉ. राकेश जी, नमस्कार !

डॉ. तरुण —- मेरा भी आपको नमस्कार !

डॉ. राकेश —- (कुछ विस्मित हो कर) अरे तनेजा जी आप और डॉ. तरुण भी साथ में, सब कुशल मंगल है ?

तनेजा —- सब एकदम चकाचक है, अस्पताल में पेशेंट के अलावा स्वस्थ लोग भी आते हैं।

राकेश —- सावन के अंधे को हरा ही हरा नज़र आता है। हमारी नज़रें कुछ ऐसी हो गई हैं कि हमें यहाँ सब पेशेंट दिखाई देते हैं।

तनेजा —— इसीलिए मैं डॉ. साहब को साथ लिया हूँ।

राकेश —— अहोभाग्य हैं हमारे जो हमें इस लायक़ समझा। डॉ. तरुण गुप्ता तो अग्रसैन अस्पताल दिल्ली के जाने माने सर्जन हैं।

डॉ. तरुण —प्रशंसा के लिए धन्यवाद सर !आपका रुतबा भी कोई कम नहीं है शहर में। डॉ. भगवत स्वरूप जी के यहाँ क्लीनिक पर गए थे दोपहर में, बड़ी तारीफ़ कर रहे थे आपकी।

तनेजा —— आपके विनम्र स्वभाव के सब क़ायल हैं।

राकेश —- मैं अभी एक रुपए का सिक्का हूँ, सौ का मत बनाइए सर।

तनेजा —- यही तो आपकी दरियादिली है।

राकेश —- बड़े अंकल कह रहे थे कि नैतिक के साथ डॉ. तरुण गुप्ता क्लीनिक पर आए थे।

तनेजा —- आपकी उनसे कब मुलाक़ात हुई ?

राकेश —- कुछ ही समय पहले, वे अपने दांत के दर्द के उपचार के लिए यहाँ आए हैं। डॉ. ज्ञान चंद्र जैन के पास हैं फिलहाल, कुछ ही समय में आएँगे यहां। मुझे आशीर्वाद दिए बिना नहीं निकलते।

डॉ. तरुण —- बड़े नेक इंसान हैं डॉ. साहब, हमेशा औरों की भलाई करने की ही सोचते रहते हैं। आप तो उनके रिश्तेदार बनने वाले हैं न ?

राकेश —- हाँ मुझे ऐसा सौभाग्य मिला है।

तनेजा —- डॉ. भगवत स्वरूप जी इस शहर के नामी लोगों में गिने जाते हैं। गरीब- अमीर, छोटे- बड़े सब उनका दिल से सम्मान करते हैं।उनका सान्निध्य पाकर अपने आप को गौरवान्वित महसूस करते हैं। कुछ साल पहले विधानसभा का चुनाव भी लड़ा था पर दुर्भाग्य से मात्र दो सौ वोटों से शिकस्त खा बैठे।

राकेश —-हाँ मैंने भी सुना था, रश्मि शायद आठवें स्टैंडर्ड में थी उस समय।

तरुण —- हाँ, तान्या के साथ अभी अंतिम वर्ष में है। उसके साथ गहरी दोस्ती बनी है।

तनेजा —- अभी शादी में दिल्ली आईं थीं तान्या के साथ। नेहा से बहुत प्यार करती है। अच्छा डॉ. राकेश बाबू ! अब इजाज़त दें, तरुण बाबू व लक्ष्मी को सायं पाँच बजे तक निकलना है। सर्दी का मौसम है, धुंध व कोहरा होने से दृश्यता बहुत कम हो जाती है।

राकेश —- आपने डॉ. तरुण गुप्ता से मिलवा कर बहुत अच्छा किया। संबंधों में प्रगाढ़ता व मिठास मिलने- जुलने से ही बनीं रहती है। यह ऐसी मिठास है, जिसके सेवन से मधुमेह भी ठीक हो जाता है।

सभी ठहाका लगाकर हंसते हैं। अंदर आपरेशन थियेटर से डॉ. भगवत स्वरूप व डॉ. ज्ञान चंद्र जैन बाहर आकर।

डॉ.भगवत स्वरूप—-अरे तनेजा साहब ! आप यहाँ अस्पताल में, कोई दांत की तकलीफ़ है क्या ?

तनेजा —- डॉ. साहब, दामाद जी व बिटिया आए हुए थे, सोचा कि डॉ. राकेश से मुलाक़ात करवा दें।

डॉ.भगवत स्वरूप —- बड़ा नेक काम किया। दामाद जी तो आज यहीं रहेंगे ?

तनेजा — बस जा ही रहे थे कि राकेश बाबू ने आपके यहाँ होने की बात कही तो मन बना कि मिलकर ही जाएँगे। क्या दांतों में ज़्यादा परेशानी है ?

डॉ.भगवत स्वरूप—- सर्दी के मौसम में सब तकलीफ़ शुरू हो जाती हैं। ये तो डॉ. जैन हमारे शुभचिंतक है, उनकी रक्षा में लगे रहते हैं।

डॉ. जैन —- इस उम्र में आपके दांत बहुत मज़बूत हैं। कई बार लापरवाही हो जाती है जिससे परेशानी बढ़ती है। रात में सोने से पहले माउथ वास करने से काफ़ी समस्या दूर हो जाएगी।

डॉ भगवत स्वरूप —- जैन साहब, माउथ वास क्या हम तो पूरा फ़ेस ही वास कर लेंगे, फिर तो सब नाक, कान, आँख ठीक काम करेंगे। (सभी हंसते हैं) तनेजा जी, नई रिश्तेदारी पसंद आई ?

तनेजा —- आपने जो आशीर्वाद दिया है, सब अच्छा ही रहेगा।

डॉ. भगवत स्वरूप —- मैडम तनेजा की सर्विस ठीक चल रही है,कोई परेशानी है तो मेरे नोटिस में लाना।हमारे अपने बच्चों को परेशानी हुई तो हमारा क्या फ़ायदा ?

तनेजा —- सब कुछ ठीक चल रहा है आपकी कृपा से, अब इजाज़त चाहूँगा। डॉ. जैन, (मिठाई का बॉक्स सौंपते हुए) क्षमा चाहता हूँ, शादी में आपका निमंत्रण था पर सगाई के साथ ही सब संपन्न हो गया।

डॉ. जैन—— धन्यवाद मि० तनेजा, अभी तो हमारे दो बच्चे और हैं, आगे मत भूलना, वरना दांत निकालने में ज़्यादा दर्द सहन करना पड़ेगा।

तनेजा —- आप व डॉ. राकेश जब तक यहाँ मौजूद रहेंगे तब तक हमें परवाह करने की ज़रूरत नहीं।

डॉ. जैन —- मि० तरुण गुप्ता, आप तो दिल्ली अग्रसैन अस्पताल में प्रैक्टिस कर रहे हैं ?

तरुण —- जी डॉ. साहब, लक्ष्मी भी वहीं पर है। घर के पास ही है अस्पताल।

डॉ. जैन —- मैं भी एक दिन संडे को रोहिणी जाता हूँ। यहाँ एक जूनियर डॉक्टर क्लीनिक संभालता है। कोई आप्रेशन बगैरह हो तो संडे को ही होता है।

तरुण —- रोहिणी अस्पताल के नज़दीक है, घर तो रोहिणी में ही है। कभी दर्शन दो, अच्छा लगेगा। (अपना एड्रेस कार्ड देते हुए) आपका क्लीनिक कौनसे सेक्टर में है ?

डॉ. जैन —- सेक्टर आठ में है, अशोक नगर, तीसरा माला।

तरुण —- सेक्टर आठ में ही हमारा घर है, अशोक नगर, रामा सोसायटी।

डॉ जैन ——ठीक है, मैं कभी फ़ुरसत पाकर ज़रूर मिलूँगा।

तरुण — जी, आपका स्वागत रहेगा, अब हमें आज्ञा दें।

तनेजा —- हाँ डॉक्टर साहब, शायद कुछ देर हो रही है।

(नमस्कार कर दोनों निकलते हैं)

डॉ. भगवत स्वरूप —— राकेश बाबू, दिल करे तो कभी क्लीनिक पर आ जाया करो।संडे या छुट्टी के दिन घर आकर ही लंच बगैरह ले लिया करो।

राकेश —- ठीक है बड़े अंकल, जब दिल करेगा आ जाऊँगा।

डॉ. भगवत स्वरूप —- जैसा उचित समझें। नेहा बिटिया चली गई होगी हिसार स्कूल के लिए ?

राकेश —— यस बड़े अंकल, शादी से आने के अगले दिन ही चली गई थी।

डॉ. भगवत स्वरूप —- मुझे तो एक दो दिन के लिए भिवानी जाना होगा। शंकर प्रसाद जी एम. एल. ए. के लिए चुनाव मुक़ाबले में हैं। अपने मित्र देव से कहना कि मुझे वहाँ मिले लें।

राकेश —— यहाँ से भी राजीव व दिव्या शायद कल जा रहे हैं। आप कहें तो उनके साथ चले जाएँ, सहारा रहेगा आपको।

डॉ भगवत स्वरूप —- मेरे साथ शहर के कई मौजिज लोग हैं तक़रीबन दस- पंद्रह। अब चलता हूँ। हाँ याद आया, कांति के बारे में क्या विचार है ? लक्ष्मी की शादी में कुछ ज़िक्र हुआ था।

राकेश —— मैं कांति भैया से पूछ लूँगा, इतने तक आप भिवानी से लौट आएँगे। कोई वकील लड़की है शायद।

डॉ. भगवत स्वरूप—- हाँ, तरुण के मामा जी की पुत्री है।दिल्ली में ही प्रैक्टिस कर रहीं हैं।

राकेश —- बड़े शहरों की लड़कियाँ छोटे क़स्बों व शहरों में कम ही एडजस्ट कर पाती हैं। फिर भी आपका तजुर्बा ज़्यादा है।

डॉ. भगवत स्वरूप —— यह तुमने सही कहा। हो सकता है कोई संयोग बन जाए।

राकेश —- मैं शायद नव वर्ष पर यमुनानगर चला जाऊँ, दीक्षांत समारोह होगा, केंद्र सरकार से हैल्थ मिनिस्टर कार्यक्रम में शिरकत करेंगे।

डॉ. भगवत स्वरूप —- मैं घर जाकर अंजना बेटी से बात करूँगा, वह रश्मि बेटी से फ़ोन कर जान लेगी कि किसी ऊनी वस्त्र या रज़ाई बगैरह की दरकार तो नहीं। तुम घर मिलकर ही जाना।

राकेश —- हाँ बड़े अंकल, मैं मिलकर ही जाऊँगा।

डॉ. भगवत स्वरूप — यमुनानगर में रश्मि के मामा हैं, अगर रात में देर हो जाए तो वहाँ विश्राम कर लेना।

राकेश — हां, समीर भैया से मैं पहले से ही परिचित हूँ।

डॉ. भगवत स्वरूप —- अब चलता हूँ, ड्राइवर इंतज़ार कर रहा होगा ?

राकेश —- नमस्ते, बड़े अंकल !

डॉ. भगवत स्वरूप —- सदा ख़ुश रहो !

***

7
कांति का क्रन्दन व मित्रों संग सरिता भ्रमण

कांति कोर्ट से राकेश के घर की तरफ़ बुदबुदाता हुआ- इन डॉक्टरों की दोस्ती तो लंगड़ी ही होती है, देर से लौटेंगे तो बोलेंगे कि पेशेंट आ गया था। लौट नहीं सके तो भी बोलेंगे -पेशेंट आ गए थे। इनका साथ निभाते- निभाते हम खुद भी पेशेंट हो गए। सारा दिन कोर्ट में सिर खपाओ और शाम को इनके पास आओ तो इनका घर ख़ाली। दरवाज़े पर लटके लॉक को देख कर वापस आते हुए— अब आएँगे तो बोलेंगे - पेशेंट आ गए थे। सारी उम्र एक वाक्य में बीत जाएगी। (सामने से आते हुए राकेश को देख कर) अरे डॉक्टर साहब ! इतना लेट कैसे हो गए, बोलो - पेशेंट आ गए थे।

राकेश — (मुस्कुराते हुए) कांति भैया, कहाँ से आ रहे हो ?

कांति —- तुम्हारे घर के दरवाज़े पर लटके लॉक की पूजा करके आ रहा हूँ। अब लॉक ही हमारा लक हो गया है। खुलेगा तो अंदर, नहीं तो बाहर करो इंतज़ार। डॉक्टर साहब को पूछेंगे तो बोलेंगे— पेशेंट आ गए थे। इनकी हर मुसीबत का ट्रीटमेंट है 'पेशेंट'। पेशेंट का इलाज इनके पास हो न हो पर पेशेंट इनकी हर विपत्ति की दवा है। इनकी हर कमी, लापरवाही, लेट- लतीफ़ी पेशेंट से ढकी जाती है। पेशेंट ख़ुद बेशक असहाय हो पर इनके लिए सुरक्षा की मज़बूत दीवार है।

राकेश — कांति भाई, क्यों बिगड़ रहे हो ? अस्पताल में राज तनेजा आ गए थे अपने दामाद के साथ, वही राज तनेजा रेस्टोरेन्ट वाले।

कांति —- उनको क्या रोग हो गया ? कोई कंकर आ गया था क्या दांत के नीचे?

राकेश —नहीं कांति भैया, पहले तुम पॉज़िटिव मूड/ मोड में आओ, फिर सब बताऊँगा।

कांति —- बताओ, मैं पॉज़िटिव हूँ।

राकेश —- अभी कुछ दिन पहले हम राज तनेजा की लड़की लक्ष्मी की सगाई पर गए थे न, उनके वही दामाद डॉ तरुण गुप्ता आए थे मिलने के लिए। देर तक गपशप करते रहे। राजीव व तुम्हें मिलवाना था पर वे सर्दी व धुंध का हवाला देकर चले गए। अब वहीं से आ रहा हूँ।

कांति —-हमें तो एक ने ही परेशान कर रखा है, दूसरे से मुलाक़ात हो जाती तो न मालूम ज़िंदगी वीरान हो जाती।शुक्र है वक़्त से निकल गए, उसके बाद पेशेंट आ गए होंगे ?

राकेश —- (मुस्कुराते हुए) कांति भाई, पेशेंट से डॉक्टर का घनिष्ठ रिश्ता रहता है। हम पेशेंट की परवाह न करें तो कैसे डॉक्टर। उनके जाने के बाद कुछ पेंडिंग काम निपटाया।

कांति —- अब हमें निपटा रहे हो लेकिन अब हम तुम्हारा साथ नहीं छोड़ेंगे रात भर तक।पहले चलो राजीव एडवोकेट के घर, हनीमून से लौट आए हैं, कोर्ट से भी घर पहुँच गए होंगे ?

राकेश —- हाँ चलो ! भाभी से भी मिलना हो जाएगा। कल शायद वे भिवानी अपनी ससुराल के लिए न निकल जाएँ।

कांति —- क्यों, भिवानी में क्या है ? फेरा लगवाकर लाएँगे भाभी दिव्या को लक्ष्मी की तरह ?

राकेश —- नहीं, वो बात नहीं, भिवानी विधानसभा क्षेत्र में उपचुनाव होना है जिसमें दिव्या भाभी के पिता शंकर प्रसाद उम्मीदवार हैं। उनके प्रचार के लिए जाएँगे।

कांति —- हमें तो भिवानी नहीं जाना है ?

राकेश —- हम राजीव भाई के मित्र अवश्य हैं पर सरकारी कर्मचारी भी हैं जो किसी राजनैतिक दल के कार्यक्रम में शामिल नहीं हो सकते ?

कांति —- हम आपको इतनी फ़ुरसत ही कहाँ है ? लो देखो, राजीव इधर ही आ रहा है। हमारा इंतज़ार करके घर से निकला होगा ?

राजीव — राकेश- कांति दोनों को गुड ईवनिंग।

कांति — पायं लागूं राजीव भाई।

राजीव — ये 'पायं लागूं' कहाँ से पकड़ा है ?

कांति —- जानते तो पहले भी थे पर मौक़ा आज मिला है ।अब तुम मुझसे बड़े व सीनियर हो गए हो दिव्या भाभी से ब्याह करके।

राजीव ——क्यों राकेश भाई, मैं कैसे बड़ा हो गया ?

राकेश —- कांति भाई को तो मज़ाक़ का कोई न कोई बहाना चाहिए होता है। कोई न मिले तो लॉक का उपहास उड़ाते हैं।

कांति —- कोई चीज़ अगर मध्य में लटकी रहेगी तो उपहास का पात्र बनेगी ही। राजीव भाई, कैसी रही हनीमून - यात्रा ?

राजीव —- रात में देर से ही लौट पाया। आज कोर्ट में कई केस पेंडिंग पड़े थे। थकान बहुत हो गई है, चलो नदी की सैर करेंगे।

कांति —- डॉ. साहब की चाय नहीं पिओगे ?

राजीव — नहीं, कोर्ट में कई बार हो गई चाय।

कांति — ठीक है, किसी दिन तनेजा के यहाँ ठंडी चाय ही ले लेंगे। अब चलो नदी मुहाने, हनीमून के गीत सुनाने।

राजीव — नहीं कांति भाई, बहुत दिनों से तुम्हारे क़िस्से - कहानियाँ नहीं सुने, कोई चरचरी कथा सुनाओ।

कांति—- तो सुनो राजीव भाई, मेरा मुख भी कई दिनों से लॉक इन मोड में था। ‘किसी महात्मा को एक शिष्य बने थे। खूब सेवा करता व महात्मा जी का आशीर्वाद पाता ।दिन बीतते गए और शिष्य जवान होता गया। एक दिन उसकी रिश्ते की बात पक्की हो गई। सायंकाल में जब महात्मा जी के पास पहुँचा तो सब क़िस्सा सुनाया सगाई होने का।

राजीव — तो महात्मा जी अपने शिष्य की सगाई की खबर सुनकर प्रसन्न हुए होंगे ?

कांति —- राजीव भाई, महात्मा लोग हर्ष- शोक से ऊपर रहते हैं। बस इतना ही कहा - बेटा, तू मुझसे गया।

राकेश —- छोटा किंतु गंभीरता लिए है शब्द- समूह। अभिप्राय स्पष्ट है कि हे शिष्य, अब तुम्हारा- मेरा संबंध ख़त्म हुआ।

कांति —- बिल्कुल सही अर्थ पकड़ा डॉ. साहब ने पर शिष्य अब भी रोज़ महात्मा जी के पास आकर सेवा करता व आशीर्वाद प्राप्त करता। दिन बीतते गए और एक दिन शिष्य की शादी भी हो गई। महात्मा जी के पास गया तो बताया कि गुरु श्रेष्ठ मेरी शादी हो गई है, मुझे आशीर्वाद प्रदान करें।

राजीव —- अब जब शादी ही हो गई तो फिर किस तरह का आशीर्वाद?

कांति —- पर महात्मा जी ने शिष्य की बात सुनकर कहा - अब तू दुनिया से भी गया।

राकेश — यह कैसा आशीर्वाद दिया महात्मा जी ने शिष्य को ? क्या अब शिष्य का संसार से संबंध ख़त्म हो गया ?

कांति — बिल्कुल राजीव की तरह, हमसे कितने ही दिनों के बाद मिला है और आगे भी कोई निश्चित नहीं।

राजीव — कांति भाई, मैं आपको तो कभी नहीं भूल सकता, आज भी देखो, समय निकाल कर आया हूँ।

कांति — यही तो सत्य है राजीव भाई, एडवोकेट साहब ! आज समय निकाल कर दोस्तों के पास आए हो, पहले समय निकालने के लिए मित्रों- दोस्तों के पास आते थे।

राकेश — कांति बिल्कुल सही कह रहा है। हमें मिले कई दिन निकल गए हैं। पहले हम रोज़ घंटों मौज मस्ती करते थे। कांति भाई, कथा को आगे बढ़ाओ।

कांति —- समय का चक्र चलता रहा और एक दिन वहीं हुआ जो सबके साथ घटित होता है। शिष्य की पत्नी ने एक सुंदर बालक को जन्म दिया। शिष्य आनंद से भरपूर महात्मा जी के पास पहुँचा व पुत्र होने का शुभ समाचार सुनाया।

राजीव —- अबकी बार भी महात्मा जी ने कहीं न कहीं जाने की बात कही होगी ?

कांति —-सही अंदाज़ा लगाया राजीव भाई, महात्मा जी ने कहा - हे शिष्य, अब तू स्वयं से भी गया।

राजीव —- इसका क्या मतलब हुआ कांति भैया ?

कांति —- बेटा, तुम्हें भी कुछ समय बाद इल्म हो जाएगा। राकेश भैया, बताओ वकील साहब जी को।

राकेश —महात्मा जी का अभिप्राय इतना भर था कि अब तुम मनमर्ज़ी नहीं कर सकते। तुम्हारी सत्ता नगण्य हो जाएगी।

कांति — तो राजीव भैया, अपने आप से कब जाने वाले हो ?

राजीव —- यह तो सभी के साथ होगा, तुम्हें भी और राकेश तो एक कदम पार कर ही चुका है।

राकेश — अब सर्दी बढ़ने लगीं हैं, हमें घर की राह देखनी चाहिए। कांति भाई, कल हम दोनों तुमसे जाने वाले हैं।

कांति — मैं कुछ समझा नहीं।

राकेश —- कल राजीव भाई दिव्या भाभी के साथ भिवानी जा रहे हैं अपने ससुर के चुनाव प्रचार के लिए, मैं तुम्हें पहले ही बता चुका हूँ।

कांति —- पर तुम क्या रश्मि भाभी की गोद में बैठने जा रहे हो ?

राकेश — हाँ, वह तो नव वर्ष पर होगा दीक्षांत समारोह, जब मैं यमुनानगर जाऊँगा। कल तो मेरा डॉ. ज्ञान चंद्र जैन के घर निमंत्रण है। मुझे वहाँ जाना होगा?

कांति—- क्या डॉ. ज्ञान चंद्र जैन के घर कोई फ़ंक्शन है ?

राकेश — नहीं, कोई फ़ंक्शन नहीं है, यदि कोई फ़ंक्शन होता तो तुम सब को भी आमंत्रित किया गया होता ?

राजीव — राकेश भैया, अब चलो, दिव्या इंतज़ार कर रही होगी ?

कांति —- वाह राजीव भैया, गए न दुनियादारी से ? सिर्फ़ दिव्या भाभी के लिए ही जी रहे हो। कुछ समय के बाद अपनी भी परवाह नहीं रहेगी।

राजीव —- कांति भाई, तुम इतनी मज़ेदार, प्रेरक व सत्य बातें कहाँ से खोज कर लाते हो ? राकेश भाई, बड़े अंकल से कह कर इसको भी शिष्य की तरह बनाओ।

राकेश —- हाँ, लगता है कि मुझसे पहले कांति भाई को तीनों अवस्थाओं से गुज़रना पड़ेगा।

तीनों ठहाका लगाकर हंसते हुए घर की ओर प्रस्थान करते हैं।

***

8

रश्मि तान्या की मामा के घर से वापसी व तान्या समीर के रोमांटिक पल

भगवान सूर्यदेव अपनी रश्मियों से जग का आंगन आलोकित कर अब विश्राम स्थल की तलाश में जुटे थे। मानव निर्मित प्रकाश अपना उत्तरदायित्व समझ सभी प्राणियों को मार्ग प्रशस्त होने में मदद कर रहा था। कोई मार्ग से भटक रहा तो इसमें प्रकाश दोषी नहीं। मार्ग भटकाव स्वेच्छा, भूल या विवशता से हो सकता है लेकिन समीर के सामने क्या परिस्थितियाँ थीं कि उसकी कार हॉस्टल की तरफ़ नहीं, कहीं अनजान दिशा में गतिमान थीं।

रश्मि ने ज़्यादा समय लग जाने पर समीर से पूछा — समीर भैया, अभी कितना वक़्त और लगेगा कॉलेज पहुँचने में ? अंधकार बढ़ रहा है, मेस भी बंद हो जाएगी।

काम्या — भैया आप तो मेरे स्कूल की ओर जा रहे हो ? स्कूल से दो किलोमीटर दूर ही कृष्णा गार्डन है, इस समय वहाँ बहुत भीड़ बढ़ जाती है। लोग वहाँ ख़ास तरह की आईसक्रीम का आनंद लूटने आते हैं।

रश्मि —-काम्या, तुम्हें शहर के सभी रास्तों का ज्ञान है, पर समीर भैया वहाँ क्यों जा रहे हैं ? कृष्णा गार्डन से आगे, दाएँ या बाएँ हमारा कॉलेज है क्या ?

काम्या —- (हँसते हुए) रश्मि दीदी को अपने कॉलेज का भी पता नहीं। हमें तो अपने स्कूल का सब पता है, कॉलेज कहाँ है ? समीर भैया जाने।

समीर —- रश्मि बहन ! हम कृष्णा गार्डन ही जा रहे हैं। वहाँ पानी- पूरी व आईसक्रीम का मज़ा लेंगे। घर में कुछ भी नहीं खिलाया- पिलाया आप सब को।

रश्मि —- आज सुबह चार बजे उठकर शुरू किया था कामकाज, चार घंटे सफ़र में बीत गए, फिर कॉलेज में पढ़ाई, अब आप लोगों को मिठाई देने आना, सब कितना हो गया ? अब आराम की ज़रूरत है, क्यों तान्या?

तान्या —- इतना सब हो गया तो आधा घंटा और सही, गार्डन की रौनक़ निहार लेंगे।

रश्मि — अच्छा बेटा ….! मेरी बिल्ली मुझे ही म्याऊँ। घर में इशारों-इशारों में ज़रूर कुछ गुटमुट हुई है ?

तान्या — तुम इतना गहराई से मत सोचो रश्मि, जीवन केवल एक रूटीन नहीं है, इससे परे भी एक जीवन है जो बाग बगीचों, नदी नालों झरनों, पर्वत मालाओं- वादियों, हरे- भरे चरागाहों, खेत- खलिहानों में झलकता है।

रश्मि —- लगता है तान्या तुम रोमांटिक हो रहीं हो या कहूँ कि दार्शनिक हो रही हो।

तान्या —- दार्शनिकता तुम्हें मुबारक, मुझे पहले वाला फ़ील्ड ही दे दो।

समीर —- (कार को ब्रेक लगाते हुए) लो कृष्णा गार्डन पहुँच गए हम। तुम सब नीचे उतरकर कुछ देर यहीं इंतज़ार करो, मैं कार को पार्किंग में छोड़ कर लौटता हूँ।

काम्या —- इतने तक हम गार्डन के अंदर चलते हैं, यहाँ सड़क पर कैसे खड़े रहेंगे समीर भैया ? हम तीनों तुम्हें pearl Fountain के पास मिलेंगे जो गार्डन में घुसते ही लॉर्ड कृष्णा स्टैच्यू के सामने है।

समीर —- ओ. के. तुम सब निकलो।

रश्मि —- काम्या, तुम्हें तो गार्डन की पूरी जानकारी है, कहीं कुछ दाल में काला तो नहीं ?

काम्या —- अरे रश्मि दीदी ! तुम्हारा क्या शक्की मिज़ाज है ? गार्डन में तो मैं अपनी सहेलियों के साथ अक्सर आती हूँ। यहाँ आकर पढ़ाई के लिए तरोताज़ा महसूस करती हूँ। आओ मेरे साथ फ़ाउंटेन के पास, भैया वहीं आएँगे।

(तीनों पर्ल फ़ाउंटेन के पास पहुँच कर हैरानी से)

रश्मि —वाह ! क्या आकर्षक नजारा है, फ़ाउंटेन का जल चाँदी की तरह चमक रहा है। देखो तान्या, कितना निर्मल व उज्ज्वल है।

तान्या —- वाक़ई, इसी से सब लोग यहाँ खिंचें चले आते हैं।हमें चार साल पूरे होने को है ट्रेनिंग में दाख़िला लिए और मालूम आज हो रहा है कि स्वर्ग हमारे पास ही था।

रश्मि —- लो समीर भैया भी आ गए, चलो सब गार्डन के अंदर घूमने चलते हैं।

तान्या —- अब लगता है कि तुम रोमांटिक हो रही हो।

रश्मि — हो सकता है पर मैं प्रकृति के प्रति रोमांटिक हूँ जबकि आज तुम्हारा प्यार पुरूष पर झलक रहा है।

तान्या — पुरूष व स्त्री का प्यार अप्राकृतिक नहीं है बल्कि प्रकृति की ही देन है। यह सब प्राणियों, वनस्पतियों, फल- फूलों में झलकता है।

समीर —- तुम दोनों किस बहस में उलझ कर रह गई हो - प्रकृति, पुरूष, रोमांस।एंज्वाय करो, जीवन क्षणभंगुर है, भरपूर जीओ।

काम्या —- लो रश्मि दीदी, तीसरा दार्शनिक उत्पन्न हो गया है। सामने देखो दीदी, फूलों की पंक्तियाँ धरा से गलबांहें कर रही हैं। यहाँ क़रीब सौ तरह के पुष्प अपनी छटा बिखेरते हैं। अब अंधकार में रंग तो नहीं दिखाई पड़ेगा पर ख़ुशबू की बहार से ही इनकी उपस्थिति का अहसास होता है।

रश्मि — वाक़ई काम्या, मस्तिष्क में जैसे किसी ने सुगंध- सागर भर दिया हो। तान्या, हम यहाँ हर शनि व रविवार को कुछ समय बिताने आया करेंगे।

तान्या —- अब ट्रेनिंग में टाइम ही कितना शेष रहा है।समय पास आकर चला जाता है और इंसान भूल- भुलैया में ही डूबा रहता है।

समीर —- देखो तान्या, सामने ही कृष्ण - कुंज है। यहाँ पर युवा धड़कने आहें भरती हैं, दीर्घ निःश्वास लेती हैं, अपने प्रेम का विस्तार पाती हैं। हम आज़ राधा मोहन होकर विचरण करेंगे।

रश्मि —- समीर भैया, मैं काम्या के साथ पानी- पूरी व आईसक्रीम लेने जा रही हूँ, तुम्हें कौनसी आईसक्रीम लाना है ?

समीर —- रश्मि दीदी तुम काम्या के साथ ही रहना, कहीं रास्ता न भटक जाओ। मैं तान्या को इतने तक गार्डन में घुमा रहा हूँ। आईसक्रीम का स्वाद वापस गेट पर आकर चखेंगे।

रश्मि — ठीक है भैया, फिर हम दोबारा यहाँ आकर क्या करेंगी। तुम ही तान्या को गार्डन घुमा कर मुख्य द्वार पर आ जाना, क्यों तान्या ?

तान्या — हाँ, हम तुम्हारे पीछे- पीछे ही आ रहे हैं समझो।

समीर — तान्या, इधर आओ, इस कोने में, ठंडक भी कम लगेगी व एकांत भी रहेगा।

तान्या — मुझे रश्मि दीदी के जाने के बाद कुछ भय से लग रहा है।

समीर — मैं जो हूँ तुम्हारे साथ, फिर काहे का डर ?

तान्या —- तुम्हीं से तो लग रहा है। एकांत पाकर पुरुष स्वच्छंद हो जाता है, उसके अंदर का शैतान जाग उठता है।

समीर — जिसे नारी शैतान समझती है, वह प्यार का तीव्र नैसर्गिक प्रवाह है, शुद्ध है, शांत है। (तान्या को अपने बाँहों में समेटते हुए) तुम मुझमें समा जाओ तान्या ! मैं तुम्हारे बिना अधूरा सा रह गया हूँ।

तान्या — हम दोनों प्यार से लबालब उस सागर सदृश हो गए हैं जो विशाल जलराशि लिए हुए भी प्यास में तड़पता रहता है।

समीर — अब हम जल के सागर नहीं प्यार के सागर हो गए हैं।आओ हम इस प्यार के सागर में कहीं गुम हो जाएं, कहीं समा जाएं, विलीन हो जाएं।

तान्या —- प्यार समुद्र की तरह अथाह होता है।

समीर —- मैं इस अथाह प्रेम सागर में डूब जाना चाहता हूँ, तुम अपनी बाँहों के हार मेरे गले में डाल दो, मेरे प्यासे मन को तृप्त कर दो।

तान्या —- मैंने तो उस दिन हॉस्टल में ही अपना सर्वस्व आपको सौंप दिया था। अब यह तन मन तुम्हारी संपत्ति है, कैसे ही प्रयोग करो।

समीर —- समर्पण ही प्रेम की पराकाष्ठा है, मैं तुम में अपना प्रेम फलता-फूलता पा रहा हूँ।

तान्या — तुम्हारे प्रेम की महक मेरे बदन में कुलाँचे मार रहीं है, हम दोनों एकाकार हो गए हैं, एक दूसरे में आत्मसात् हो गए हैं।

(समीर प्रेम आवेग में तान्या के हर अंग को पागलों की तरह चूमता है। दोनों अनजान हो गए हैं दुनिया की गतिविधियों से, रश्मि व काम्या की इंतज़ार न जाने कब ख़त्म होगी ?)

काम्या —- रश्मि दीदी, भैया अब तक नहीं आए। तान्या भाभी ने उन्हें रोक लिया है क्या ?

रश्मि —हाँ काम्या, प्रेम पैरों में बेड़ियाँ डाल देता है, प्रेमी के तन मन को जकड़ लेता है।

काम्या — क्या तुमने कभी ऐसा महसूस किया है दीदी ?

रश्मि —- तुम्हें इन बातों में क्यों जी लगने लगा है।अपनी पढ़ाई में ध्यान दिया करो।

काम्या —- प्यार तो अनंत है, जन्मों- जन्मों तक निभाने का वादा करते हैं प्रेमी जन।

रश्मि —- लगता है कि मेरा शक्की दिमाग़ सही साबित हो रहा है। बिना किसी से प्रेम किए यह प्रकट नहीं होता है।

काम्या —- हाँ दीदी, प्रेम को आश्रय तो चाहिए ही। मैंने देव बाबू के दो उपन्यास पढ़ें हैं, उनमें भी प्रेम दोनों के आश्रय से फलता - फूलता है।

रश्मि —- देखो काम्या, तुम्हारे पीछे कौन खड़े हैं ?

काम्या — (पीछे मुड़कर देखते हुए) भैया तुम आ गए, बहुत देर कर दी, लगता है पूरा गार्डन देख लिया है आज तान्या भाभी ने।

समीर — क्या ज़्यादा देर हो गई है हमें, तुमने आईसक्रीम ले ली है ?

काम्या —- हम दोनों ने दो बार आईसक्रीम ले ली है।

समीर —- ठीक किया, हमारे नाम की भी ले ली है। अब चलो, वहीं आकर मिलो, जहां ड्रॉप किया था। मैं पार्किंग से कार निकाल कर ले आता हूँ।

रश्मि —- ठीक है समीर भैया, हम इंतज़ार कर रहे हैं। तान्या, कैसा लगा गार्डन?

तान्या — समीर बाबू बहुत अच्छे हैं।

रश्मि —- हाँ, मैं मामीजी से बात कर लूँगी। गुडलक तान्या !!

***

9
ट्रेनिंग कॉलेज के स्टूडेंट्स की टूर से वापसी

रात्रि में पूर्ण विश्राम के बाद सभी स्टूडेंट्स चुस्त दुरुस्त नज़र आ रहे थे। ठीक नौ बजे ड्राइवर ने अपनी सीट संभाली व बस को गेट वे ऑफ इंडिया की ओर दौड़ाया। क़रीब एक घंटे की दौड़ के बाद लक्ष्य हासिल किया। समुद्र तट पर स्थित गेट वे को देख कर सब पुलकित हो रहे थे। अरब सागर के अथाह जल से जिसके चरण प्रक्षालन का काम दिन - रात चलता है उस गौरवपूर्ण ऐतिहासिक द्वार को निहारने मात्र से ही सब स्टूडेंट्स गदगद थे व शिक्षा पर्यटन के महत्व का अहसास कर रहे थे। गेटवे परिसर में जमकर फ़ोटोग्राफ़ी हुई व तुरंत पाँच मिनट में ही तैयार फ़ोटो मिल गए। कबूतरों का समूह अक्सर यहाँ दाना - पानी लेता नज़र किया जा सकता है। गेटवे के सामने ही विश्व विख्यात ताज होटल की बहुमंज़िला इमारत स्टूडेंट्स का ध्यान आकृष्ट कर रही थी।

अरुण सिंह तेवतिया व वर्षा सिंह ने एक नाव को किराए पर तय कर लिया था इसलिए सभी स्टूडेंट्स इस नाव पर सवार होकर चल पड़े समुद्र के मध्य रोमांचक सैर के लिए। दो मंज़िला नाव में ऊपर- नीचे, दाएँ-बाएँ घूम कर सब अपने कौतूहल को शांत कर रहे थे। अचानक ही थोड़ी दूर समुद्र में जाने पर कुछ पक्षी नाव के चारों ओर मंडराने लगे। नाव में अपनी दुकान सजाए एक व्यक्ति ने एक पैकेट से कुछ खाने की सामग्री निकाली व पक्षियों की ओर उछाल दी। छात्र-छात्राओं के आश्चर्य का ठिकाना नहीं रहा जब पक्षियों ने इसे समुद्र में गिरने से पहले ही झपट लिया। शायद यह उस दुकानदार की ट्रिक ही थीं क्योंकि अब छात्र छात्राओं ने भी कुछ पैकेट ख़रीद कर पक्षियों को सामग्री लुटाना शुरू कर दिया था। ज्यों ही स्टूडेंट्स खाद्य सामग्री फैंकते, पक्षी तुरंत उसे कैच कर लेते, तब वे सब आश्चर्य लिए मुस्कान बिखेरते।

एक घंटे की इस रोमांचक सैर के बाद नाव से उतरकर एक किलोमीटर की दूरी तय कर सीढ़ियों तक पहुँचना था जिसके लिए ट्रेन की व्यवस्था मौजूद

थीं। पर्यटकों को पैदल जाते हुए भी आनंद का अनुभव हो रहा था इसलिए सभी स्टूडेंट्स पैदल ही चल पड़े। सीढ़ियों पर चढ़ने का जो क्रम शुरू हुआ तो साँसें फूलने लगीं। शतक से ज़्यादा लेकिन आरामदायक सीढ़ियों के दोनों ओर दुकानदारों ने अपना आधिपत्य स्थापित किया हुआ था जो पर्यटकों के लिए अनेक प्रकार की वस्तुएँ बिक्री करते हैं। क्योंकि छात्र- छात्राएँ युवा थे अत: फटाफट सीढ़ियाँ पार कर गुफाओं के पास पहुँच गए थे, जहां कुछ लोग जमघट लगाए हुए थे। शायद यह कोई गाइड था जिसे कुछ सैलानियों ने सहायतार्थ लिया था।

गाइड बता रहा था कि एलीफ़ेंटा गुफाओं को दो श्रेणियों में विभाजित किया गया है जिसका पहला भाग हिंदू धर्म से संबंधित पाँच गुफाओं में गुंफित है। जबकि दूसरा भाग बौद्ध धर्म से संबंधित दो गुफाओं में है। बहुत मूर्तियाँ यहाँ बनी हैं जिनमें प्रमुख रूप से भगवान शिव की तीन रूपों वाली 'त्रिमूर्ति' बेहद आकर्षक है। पुर्तगालियों ने अपने अधिकार के समय यहाँ बनी विशालकाय हाथी की प्रतिमा को देख कर इनका नामकरण एलिफ़ेंटा केव किया था।ये गुफाएँ एक हज़ार वर्ग फ़ीट के क्षेत्र में बनी हैं।कुछ देर गाइड की बात सुनने के बाद तेवतिया जी ने सभी स्टूडेंट्स को साथ लिया व गुफाओं की सैर करवाई। पत्थरों पर उकेरी गई इन प्रतिमाओं को देख कर हर कोई दांतों तले अंगुली दबा लेने पर विवश हो रहा था।

अब दोपहर का एक बजे का समय आ निकला था, भूख ने सभी को सताना शुरू कर दिया था। वहीं पर सबने मिलकर लंच लिया व कुछ देर विश्राम कर वापिसी का प्लान बनाया। क्योंकि आज ही सायं में ट्रेन से निकलना था अतः सभी स्टूडेंट्स उन्हीं सीढ़ियों से नीचे उतरने लगे। ख़रीदारी का इतना वक़्त तो नहीं था पर फिर भी कुछ छात्र-छात्राओं ने शंख व सीपियों से बने कुछ आइटम लिए। नाव तक फिर पैदल ही पहुँचे और नाव में सवार होकर गेटवे तक पहुँच गए थे, जहां पहले से ही बस तैयार खड़ी थी। क़रीब एक घंटे की यात्रा के बाद भवन से सामान संजो कर मुम्बई सेंट्रल आ गए थे, जहां से दिल्ली के लिए तैयार राजधानी एक्सप्रेस ट्रेन में सवार हुए।

पूरे दिन की दौड़- धूप के कारण सब थकान का अनुभव कर रहे थे इसलिए सायंकालीन भोजन लेकर कंबलों में छिपकर खर्राटे भरने लगे थे। सुबह आठ बजे गाड़ी को दिल्ली पहुँचना था, इससे पहले नाश्ता सर्व किया गया। ज्यों ही दिल्ली रेलवे स्टेशन पर गाड़ी ने हॉल्ट किया, सब अपने सामान के साथ बाहर निकले व बस में सवार हुए। अब शुरू हुआ मस्ती का दौर, छात्र छात्राओं ने गाना - बजाना शुरू कर दिया था। एक तरफ़ कुछ स्टूडेंट्स अंताक्षरी प्रतियोगिता भी कर रहे थे जिसका मुक़ाबला छात्राओं ने फ़तह किया। हंसते - खेलते ख़ुशी में कब अपनी मंज़िल को प्राप्त हो गए, पता ही नहीं चला। ड्राइवर ने बस को कॉलेज प्रांगण में ही ला खड़ा किया जहां प्राचार्या की उपस्थिति में सब को घर या हॉस्टल के लिए विदा किया गया। कुछ छात्र जो पास - पड़ोस के गाँवों से थे, वे कॉलेज में ही रात भर के लिए रह गए थे। प्राचार्या ने सभी स्टूडेंट्स के सहीं सलामत टूर से लौट आने पर संतोष व्यक्त किया व दोनों स्टाफ़ सदस्यों की प्रशंसा की।

अगले दिन रोज़ की तरह प्रार्थना सभा का आयोजन हुआ। बी. एड. के ही एक छात्र राज पाल सिंह ने इस टूर का विवरण बड़े रोचक ढंग से सभा में प्रस्तुत किया व कुछ फ़ोटोग्राफ़ भी छात्र - छात्राओं को दिखाए। फ़ोटोज़ देख कर इस बार न जा पाने वाले स्टूडेंट्स ने अगली बार टूर पर जाने का मन बना लिया था। पक्षियों की उछल- कूद का रोचक क़िस्सा सुनकर सभी स्टूडेंट्स आश्चर्यचकित थे। वे विश्वास ही नहीं कर पा रहे थे कि ऐसा संभव हो सकता है।

***

10

संपादक मंडल के चारों सदस्य डॉ. गुप्ता के घर डिनर पर

डॉ. गुप्ता के निमंत्रण पर भित्ति पत्रिका का पूरा ग्रुप सक्रिय चिंतन पर था। जिस तरह दोनों प्रोफ़ेसर्स ने उनके प्रति आत्मीयता की अभिव्यक्ति की थी, उससे सभी अभिभूत थे। एक अध्यापक का अपने छात्रों के लिए इतना स्नेह-प्यार आशातीत था। डॉ. गुप्ता के कक्ष से बाहर आकर सभी स्वयं को बदला हुआ सा पा रहे थे। क्या एक अध्यापक पिता हो सकता है? पिता को तो अध्यापक होते हुए देखा - सुना है पर एक अध्यापक का इतना अपनापन, लगाव, प्यार व पिता से भी बढ़कर स्नेह शायद ही देखने को मिलता हो ? क्या दोनों प्रोफ़ेसर्स का इसमें कोई निहितार्थ है या मात्र हितार्थ ? देव बार- बार सोचता व शुभम से भी कहता।

देव —- शुभम, क्या हम गुप्ता सर के निमंत्रण पर उनके घर जाएँ ?

शुभम —आपके रहते हुए मैं बेफ़िक्र हूँ। जो निर्णय लेंगे, स्वीकार होगा।

देव —- आओ हम भित्ति पत्रिका देखने के लिए चलते हैं। सभी चारों राय - मशविरा कर किसी निष्कर्ष पर पहुँच जाएँगे।

शिवि —- अब कॉलेज का समय पूर्ण हो गया है, हमें किसी लॉन या रेस्टोरेन्ट पर चाय के साथ इस विषय पर विचार- विमर्श करना चाहिए।

देव —- देविना, क्या सुझाव है आपका ?

देविना — शिवि समयोचित बोल रहीं हैं। वैसे हमें ज़्यादा चिंतन की ज़रूरत नहीं है क्योंकि हमने गुप्ता सर को इंकार नहीं किया है।

शुभम —- हाँ देव भैया, हमें अपने हॉस्टल जाकर तैयार हो जाना चाहिए।

शिवि —- सबसे बड़ी तैयारी होगी- सर के लिए कोई गिफ़्ट ख़रीद करना। हमें अब सीधे मार्केट चलना चाहिए। किरोड़ीमल मंदिर के आस-पास कई शॉप्स हैं, जहां चायपान के साथ हम गिफ़्ट भी ख़रीद सकते हैं।

देव —-शिवि, ये सब आइडिया तुम्हें कौन सुझाता है ? शुभम भाई, लगता है हम दोनों, तुम दोनों से बिल्कुल विपरीत हैं, केवल कल्पना लोक में विचरण करने वाले।

शुभम — देव भैया, कल्पनाएँ तो हम भी करते हैं, पर वे धरातल से ऊपर नहीं उठ पातीं। आप अपनीं कल्पनाओं को ऊँची उड़ान देने में सफल रहते हैं।

देव —- कल्पना की तो हमेशा उड़ान ही होती है। धरातल पर ही रहना तो चिंतन के क्षेत्र में गिना जाता है।

शिवि —- हाँ देव भैया, तुमने कल्पना का अच्छा वर्गीकरण किया है। आकाशीय उड़ान भरने से मानव दार्शनिक व कलाकार हो जाता है और धरातल पर दौड़ने वाला चिंतक व विवेकशील प्राणी हो जाता है।

देव —- (दांतों तले अंगुली दबा कर) शिवि, तुम्हारा ज्ञान तो अपरिमित है। तुम दोनों ने जिस तरह से अपने पर आई आफ़त को हैंडल किया है, वह तुम्हारे धरातल पर होने का प्रमाण है।

शिवि —और तुम जो धड़ाधड़ नॉवेल निकाल रहे हो, वह तुम्हारी कल्पना की उड़ान का परिणाम है।

देविना —- हम अगर यूँ ही कल्पना की उड़ान भरते रहे तो गुप्ता सर तो राह देखते ही रह जाएँगे।

देव — नहीं, हमें उनके निमंत्रण का सम्मान करते हुए ही आगे बढ़ना चाहिए। (सभी मंदिर की ओर प्रस्थान करते हैं। गिफ़्ट आइटम लेकर अपने हॉस्टल में पहुँच कर व तैयार होकर गुप्ता सर के घर की ओर निकल पड़ते हैं।)

शुभम —- देव भैया, देखो ! तुम्हारे मैनेजर डॉ. भगवत स्वरूप के रिश्तेदार व के एम कॉलेज के उप प्रधान पं० शंकर प्रसाद के घर पर बड़ी रौनक़ लगी है। कोई विशेष बात ही होगी ?

देव —- शुभम भैया, आज कल्पना की उड़ान में मैं धरातल विस्मृत कर गया। अब सब लोग ध्यान से सुनो।

शुभम — कोई ख़ास ख़बर है क्या ?

देव —- बिल्कुल ! कल सायं राकेश का फ़ोन मिला था कि संडे को पं० शंकर प्रसाद की कोठी पर पहुँचना है। वे विधानसभा चुनाव में उम्मीदवार हैं। जींद से राजीव एडवोकेट व डॉ. भगवत स्वरूप जी भी पहुँच रहे हैं।

शुभम —- देव भैया, चुनाव में हमारा भी कुछ काम रहेगा ?

देव —- मुझे भी चुनाव का कोई तजुर्बा नहीं है, फिर भी राकेश की सलाह को इग्नोर तो नहीं कर सकते। (किसी जानी - पहचानी सूरत को अपनी ओर आते हुए देखकर) अरे ! राजीव भाई हैं न आप ?

राजीव — कोई शक ? देव भैया एवं पार्टी।

देव —- अब कोई शंका नहीं रही है ।यहाँ ससुराल में चुनाव के कारण आए हो?

राजीव —- अभी कुछ देर पहले ही आया हूँ, दिव्या भी साथ आई हैं। शुभम- शिवि कैसे हैं आप दोनों ?

शुभम —- राजीव भाई, नमस्ते !

शिवि —-नमस्ते भाई साहब !

राजीव — दोनों की नमस्ते ! इधर कैसे आना हुआ आप सब का ? देविना, कैसी हैं आप ?

देविना —- राजीव भैया, नमस्ते ! आप मुझे पहचानते हैं ?

राजीव —- शिवि जब जींद आई थीं दीवाली पर तब तुम्हारा ज़िक्र हुआ था। वैसे देव भैया भी हम से मिलते जुलते रहते हैं। हम अपनी होने वाली भाभी को क्यों नहीं पहचानेंगे ?

देविना —- एडवोकेट जो ठहरे ! ससुराल में आए हो ?

राजीव —- हाँ, चुनाव है न ? मेरे ससुर जी उम्मीदवार बने हैं।

देविना —- यस सर, हम चारों जब तुम्हारी शादी में शामिल हुए थे तब भी चुनाव की चर्चा थी। उस समय सेहरे से चेहरा ढके होने के कारण अच्छी तरह नहीं देख पाए थे।

राजीव —- देव भैया का चेहरा तो अच्छी तरह से देख लिया है न ?

देविना —- अच्छा मज़ाक़ कर लेते हैं भाई साहब ! (सब हंसते हुए)

राजीव —- इधर कैसे आ रहे हैं सब ?

शुभम —- हमारे गुप्ता सर यहाँ ही रहते हैं, उन्होंने हमें डिनर पर आमंत्रित किया है।

राजीव —देव भैया, जहां भी जाते हो, प्यार के ध्वज लहरा देते हो, क्या जादू की छड़ी छुपा कर रखते हो ?

देव —- अपनापन व प्यार ही एक दूसरे को बांध देते हैं। हमें बेशक प्यार नहीं मिला पर बाँटने से तो कोई रोक नहीं सकता ?

राजीव —भावुकता पर आ गए देव भैया, साहित्यकार जो ठहरे।अब चलो, गुप्ता सर इंतज़ार में होंगे।

देव —- हाँ राजीव भैया, संडे को हम सब आपके पास यहीं पर पहुँच जाएँगे। राकेश भैया का आदेश जो ठहरा।

राजीव — हाँ, चुनाव में भीड़भाड़ अच्छी रहती है, विरोधी पक्ष पर दबाव बढ़ता है। डॉ.भगवत स्वरूप जी, आपके मैनेजर भी दोपहर पूर्व दल-बल के साथ यहाँ पहुँच चुके हैं।

देव —- उन्हें तो चुनाव में रूचि है, खुद एक बार मुक़ाबला कर चुके हैं। हम संडे को सभी से मिलेंगे व कुछ ज़िम्मेदारी मिलेगी तो निर्वहन करेंगे। अब चलते हैं।

राजीव — मैं भी ज़रा घूमने को निकला था, अब सर्दी बढ़ने लगी है, वापिस ही लौटता हूँ।

देव — अरे राजीव भैया, बातों में मशगूल हो गए, ध्यान ही नहीं रहा, हनीमून पर गए थे, कैसा रहा सब ?

राजीव —- अभी दो दिन पहले ही लौटा हूँ, कर्नाटक के बैंगलुरु व कुरग निकल गए थे।

देव —- कुरग में तो काफ़ी ठंड रही होगी ?

राजीव — हाँ, पहाड़ी क्षेत्र है पर बैंगलुरु मैदानी क्षेत्र है इसलिए अपेक्षाकृत सर्दी कम है। तुम लोगों ने भी हमारे पीछे से एक जोड़ी हनीमून के लिए तैयार कर दी है।

देव —- हाँ राजीव भैया, तनेजा की बड़ी लड़की लक्ष्मी जो डॉक्टर बन गईं थीं, डॉ. भगवत की कृपा से सब काम तुरत- फुरत हो गया। सगाई के लिए गए थे, दुल्हनिया सुपुर्द कर लौटे।

राजीव —- सब संयोग की बात है।अभी डॉ. तरुण व लक्ष्मी कल फेरा लगाने जींद आए थे। मैं तो कई दिनों की अनुपस्थिति के बाद कोर्ट में काफ़ी व्यस्त रहा, राकेश भैया से अस्पताल में मिलकर गए हैं। हनीमून के लिए अमेरिका जाने का विचार था पर सर्दी की अधिकता के कारण दोस्तों की सलाह पर कार्यक्रम रद्द करना पड़ा।

देव —- अच्छा किया, अपने देश में क्या कोई कम स्थान हैं घूमने के लिए। उत्तर- दक्षिण, पूर्व - पश्चिम कहीं भी जा सकते हैं।

राजीव —- देव भैया अब आप सभी अपने सर से मिलें और मैं अपने ससुर से।

(सभी ठहाका लगाकर हंसते हैं)

देव —-ओ. के. राजीव भाई, संडे को हम सब आपसे आपके ससुर के घर ही मिलेंगे।

राजीव अपने ससुर व चारों स्टूडेंट्स अपने 'सर' के यहाँ पहुँच गए थे। डॉ. गुप्ता को नमस्कार कर चारों की आँखें कुछ तलाश कर रही थी। डॉ. गुप्ता भी मन के जानकार थे, तुरंत भांप गए और बोले — शायद आप सब की निगाहें डॉ आर्य को ढूँढ़ रही है ?

देव —- यस सर ! आपने हमारे मन की बात जान लिया।

डॉ. गुप्ता —- अभी कुछ देर पहले आर्य साहब का फ़ोन मिला था कि उनके पास कोई प्रकाशक महोदय आए हैं।

देव —- हाँ सर ! आर्य सर उच्च कोटि के कवि तो हैं ही, साहित्य की अन्य विधाओं पर भी उनकी अच्छी पकड़ है।उनकी ज़्यादातर रचनाएँ अपने परिवेश व प्रांत से जुड़ी हैं। शायद उनका काव्य संकलन जल्द ही प्रकाशित होगा ?

ड़ॉ. गुप्ता —- मुझे इस तरह की कोई पुष्ट जानकारी नहीं है, तुम्हें कैसे मालूम पड़ा ?

देव —सर ! डॉ. आर्या की भार्या हमारी सहपाठी हैं, उनसे ही पूरी जानकारी मिली थी।

डॉ. गुप्ता —- आप सब क्या लेंगे ? सर्दी का ठंडक भरा मौसम है, चाय चलेगी?

शुभम —- सर, हमें ध्यान ही नहीं रहा कि किस समय आपके पास पहुँचना चाहिए था। हम कॉलेज से सीधे ही बाज़ार निकल गए व फिर हॉस्टल जाकर तैयार होकर आपके पास आ गए। सर, क्या हम कुछ समय पूर्व आपके यहाँ पहुँच गए हैं ?

डॉ. गुप्ता —- आप सभी बिल्कुल सही समय पर हैं।मेरे पास तो आप लोग किसी भी समय आ सकते हैं। मैं यह स्पष्ट विचार रखता हूँ कि डिनर का अभिप्राय केवल भोजन करना ही नहीं होता बल्कि कुछ विचारों का आदान-प्रदान भी होता है।

देव —- सर, हम आपके सामने क्या विचार व्यक्त करेंगे, हमारी इतनी हैसियत ही कहाँ है। हम सब तो आपको सुनने में ही रूचि रखते हैं।

डॉ. गुप्ता — किसी शख़्स की हैसियत अध्यापक- शिष्य, बड़ी- छोटी उम्र, पद या धन- दौलत से नहीं बल्कि उसके व्यवहार, स्वभाव व चरित्र से आंकी जाती है। पूरे सैशन मैंने व आर्य सर ने आप सब पर पैनी निगाह रखीं व पाया कि आप सब एक आदर्श अध्यापक बनने के काबिल हैं।

देव —- सर, यह आपकी हम पर कृपा है। आपने हमें भित्ति पत्रिका से जोड़ा, जिससे हम अपनी प्रतिभा का प्रदर्शन कर सके।

डॉ. गुप्ता —- अगर मैं कहूँ कि आप सब में प्रतिभा थी, इसीलिए ही आप सब का पत्रिका से जुड़ाव हुआ। मैंने एक नज़र में ही देव की क़ाबिलियत को पहचान लिया था और संपादक नियुक्त कर दिया था। बाद में जो तीनों भी जुड़े वे भी अपने कर्तव्य के प्रति ईमानदार रहे।

(डॉ. आर्य का एक व्यक्ति के साथ प्रवेश, सभी चारों स्टूडेंट्स खड़े होकर उन्हें करबद्ध प्रणाम करते हैं।)

डॉ. आर्य —- नमस्कार गुप्ता जी ! देरी के लिए क्षमा चाहूँगा।

डॉ. गुप्ता — आइए डॉ. आर्य, आपका ही इंतज़ार हो रहा है।

डॉ. आर्य —- (सभी स्टूडेंट्स का अभिवादन स्वीकार करते हुए) असल में ऐन वक़्त पर जब मैं आपकी तरफ़ आ रहा था तो अरविंद ओझा जी प्रकाशक 'देव प्रकाशन' मिलने के लिए आ गए। अब प्रकाशक व लेखक का रिश्ता तो बड़ी आत्मीयता का होता है, प्रकाशक ही लेखक को अभिव्यक्ति देता है।

डॉ. गुप्ता —- आइए बैठिए मि० ओझा।

अरविंद ओझा —- (सोफे पर बैठते हुए) सर धन्यवाद !

डॉ. आर्य —- अरविंद जी, ये जो युवक आपके सामने बैठे हैं, मि० देव हैं, अच्छे स्तर के सामाजिक उपन्यास लिखते हैं। इनके दो उपन्यास प्रकाशित भी हो चुके हैं – 'दीपा दीदी' व 'जज साहब'। एक उपन्यास अभी तैयार है। उसी के प्रकाशन के लिए मैं आपको यहाँ लाया हूँ।

प्रकाशक — सर, मेरी सलाह यही रहेगी कि जहां से पहले दो उपन्यास प्रकाशित हुए हैं, वहीं से आगे भी जारी रखें तो ठीक रहेगा।फिर भी मैं आपकी सेवा करने से इंकार नहीं करूँगा, अगर पूर्व प्रकाशक से कुछ मनमुटाव हुआ हो तभी हमें याद करना।

देव — ऐसी कोई बात नहीं है ओझा सर ! डॉ. आर्य की हम स्टूडेंट्स पर कृपा रहती है इसलिए आपको यहाँ ले आए। असल में मेरे प्रकाशक काम की अधिकता के कारण ज़्यादा समय लेते हैं। मैं चाहता था कि दो- तीन महीने में उपन्यास लोगों को पढ़ने के लिए उपलब्ध हो जाए।

प्रकाशक — देव बाबू, असल में क्या है कि पब्लिशिंग का काम बहुत धीमा चलता है। एक उपन्यास के लिए अमूमन एक साल का समय लग जाता है। अगर आप में इतना धैर्य है तो (बैग से परिचय कार्ड निकाल कर) यह मेरा परिचय कार्ड है, ज़रूरत पड़ने पर याद कीजिएगा।

देव —(कार्ड लेकर) धन्यवाद सर ! मैं बहुत ज़रूरी अवस्था में ही आपको याद करूँगा।

प्रकाशक — डॉ. आर्य सर, अब मुझे इजाज़त दें। मैं आपसे संपर्क में रहूँगा।

(जाने को होते हैं, शामू काका चाय लेकर आया तो सभी ने चाय की चुस्कियों का आनंद लिया। प्रकाशक सभी से विदा माँगते हैं।)

डॉ आर्य —- मेरी वजह से आपको परेशानी हुई, इसके लिए खेद व्यक्त करता हूँ।

देव —- सर, हमें कोई परेशानी नहीं हुई, आप हमारे लिए इतना सब कर रहे हैं जिससे हम उऋण नहीं हो सकते ?

डॉ. आर्य —- हमारा संबंध गुरू - शिष्य का है, इसमें ऋण- उऋण का सवाल नहीं। आप सभी भी कुछ दिनों में अध्यापक बनने वाले हैं, अगर कोई ऋण समझते हैं तो आगे अपने बच्चों को अच्छी शिक्षा देकर उऋण हो सकते हैं।

डॉ. गुप्ता — देव तो पहले ही वर्किंग टीचर है। विद्यालय व शहर में इनका नाम है।

डॉ. आर्य —- यह हमारे लिए गर्व की बात है।

देव —- आप जैसे महानुभावों की कृपा का ही सब परिणाम है वरना मैं एक गाँव से निकला अल्हड़ व अनजान किशोर क्या कर सकता था ?

डॉ. गुप्ता —- हमारे भारतवर्ष में तो प्रतिभा ग्रामीण क्षेत्र से ही निकल कर आई है, शहर उससे प्रेरणा ले रहे हैं।

शुभम —- यस सर ! आप बहुत दुरुस्त फ़रमा रहे हैं। हम शेष तीनों शहर से हैं लेकिन देव हम सबसे होशियार हैं, सरल हैं, नैतिक व कर्तव्य निष्ठ हैं।

देव —- शुभम, ये विशेषताएँ व्यक्तिगत हो सकती हैं। हर ग्रामीण युवा में इनकी झलक नहीं मिलती।

देविना — बानगी से ही पूरे माल की जानकारी मिल जाती है।

शामू काका —- (डॉ. गुप्ता के पास आकर) सर, डिनर तैयार है, कहें तो टेबल पर लगा दूँ।

डॉ. गुप्ता —- क्यों आर्य साहब, क्या विचार है ?

डॉ. आर्य —- सर्दी के मौसम में आठ बजे ही सुनसान हो जाने पर लगता है कि दस बजे होंगे। इन लोगों को भी हॉस्टल जाना है व मुझे भी शहर के दूसरे छोर तक पहुँचना है।

डॉ. गुप्ता —- शामू, खाना लगा दो, हमें हरी झंडी मिल गई है।

शामू —- (अंदर से ही) जैसी आपकी इच्छा। सर,नीलिमा ने यह पहले ही लगा दिया है, आप सब आ जाएं।

डॉ. गुप्ता व आर्य सर के साथ सभी स्टूडेंट्स खाने की टेबल पर पहुँचे जहां शामू व नीलिमा स्वागत के लिए तैयार थे।

डॉ. गुप्ता — (नीलिमा की ओर संकेत कर) यह हमारी बेटी नीलिमा है।

(सभी चारों स्टूडेंट्स नमस्कार करते हैं)

नीलिमा —- आप लोग डिनर का लुत्फ़ लीजिए।

शिवि —- दीदी आप भी हमारे साथ बैठकर ही डिनर लें, हम सबको अच्छा लगेगा।

नीलिमा —- शामू अकेले सर्व नहीं कर पाएगा, मुझे उसका हाथ बँटाना पड़ेगा। (अंदर की ओर जाती है)

देविना — सर, नीलिमा दीदी के चेहरे पर ये निशान से .... ।

डॉ. गुप्ता —- (बीच में ही) आप सब खाना शुरू करें, साथ में बातें भी होती रहेंगी।

शुभम —- गुप्ता सर, हमें आंटीजी से भी मिलवाइए, इतनी देर के बाद भी हमें उनका दर्शन लाभ नहीं मिला ?

देव —- हाँ सर ! आंटीजी को भी बुलाइए, हम सभी एक साथ डिनर करेंगे।

शिवि —- क्या कहीं गईं हुईं हैं आंटीजी ?

देविना — हाँ सर, उनके दर्शन कर हम सब को अच्छा लगेगा।

डॉ. गुप्ता —- अभी डाइनिंग टेबल पर छः चेयर की ही व्यवस्था है, आप सब शुरू कीजिए।

डॉ. आर्य — हाँ सब डिनर का आनंद लें ।सर्व प्रथम मैं आपको आशीर्वाद प्रदान करता हूँ कि जिस जीवन पथ पर आपने आगे बढ़ने का निश्चय किया है, उसमें सफलता मिले। आप को एक जीवन - सूत्र में बांधकर मुझे व गुप्ता सर को अपार आनंद की अनुभूति हो रही है। हमें लगता है कि हम अपने लक्ष्य में एक कदम आगे बढ़े हैं।

डॉ. गुप्ता —- आर्य साहब ने दुरुस्त ही कहा है। शुभम- शिवि, देव - देविना को एक सूत्र में बाँधकर हम जैसे बंधनमुक्त हो गए हैं।

देव —सर, यह कोई आपकी विवशता नहीं थी बल्कि मन में छुपी कोई अभिलाषा थी। हम भाग्यशाली हैं जो आपका आशीर्वाद मिला। आपने प्यार के पौधे को पानी से सींचा जिससे यह पुष्पित- पल्लवित होने लगा है।

डॉ. गुप्ता —- और यही पौधा एक दिन पेड़ बनकर लोगों के मन को प्यार की महक से सुवासित करेगा।

देव —— सर, आप हमें बहुत पुनीत आशीर्वाद दे रहे हैं।

डॉ. आर्य —- गुरू के पास शिष्य के लिए कुछ भी छुपाने के लिए नहीं होता।

देव —- सर, हम सब आपके प्यार व आशीर्वाद से अभिभूत हो रहे हैं। हम कैसे अपनी कृतज्ञता का प्रकाशन करें ? निशब्द हो गए हैं हम। सर! हम सब लोग आंटीजी का भी आशीर्वाद लेना चाहते हैं, आप उन्हें बुलवाइए न ?

डॉ. गुप्ता —- आप सब भोजन का आनंद लें, उसके बाद हम अंदर जाकर आप सभी को नीलिमा व उसकी मम्मी से मिलवाएँगे।

देव —- सर, जैसी आपकी इच्छा।

(सभी डिनर में मस्त हो जाते हैं व समाप्त कर गुप्ता सर से)

शुभम —- सर, अब हमें आंटीजी से मिलवाइए, फिर हमें हॉस्टल भी जाना है।

डॉ. गुप्ता —- शुभम, हर इंसान आज मंज़िल लिए हुए हैं और उसे पाने में प्रयासरत रहता है पर शायद मेरे जीवन की कोई मंज़िल नहीं रही।

(चारों चकित से होकर गुप्ता सर की ओर, कभी आर्य सर की ओर ताक़ते हैं)

डॉ गुप्ता —- (अपनी बात जारी रखते हुए) आइए मेरे साथ, आप लोगों को आंटीजी से मिलवाता हूँ।

देविना — सर, आप कुछ सीरियस से लग रहे हैं, कहीं अनजाने में हमसे कोई भूल तो नहीं हुई ?

डॉ. गुप्ता —- भूल आप लोगों से नहीं, मुझसे ही हुई है जिसका अंजाम भुगत रहा हूँ। आइए मेरे साथ सब लोग।

(डॉ. आर्य व चारों स्टूडेंट्स गुप्ता जी के साथ अंदर लिविंग रूम के साथ बने रूम में पहुँचते हैं।)

***

11

सनातन धर्म विद्यालय में प्रबंध समिति के चुनाव के लिए मतदान

पं० शंकर प्रसाद की कोठी पर दिन- रात लोगों का ताँता लगा रहता। क्या रिश्तेदार, क्या मित्र जन एवं सगे संबंधी सब अपना योगदान देने पहुँच रहे थे। चाय व खाने - पीने की सब सुविधाएँ जुटाई गई थीं इसलिए लोग रात्रि में भी टिके रहते व सुबह प्रचार के लिए निकल जाते। डॉ. भगवत स्वरूप के साथ हुजूम को देख कर शंकर प्रसाद गदगद थे। दो दिन तक यहाँ रहकर सबने अपने-अपने परिचितों से मुलाक़ात कर पं० जी को वोट देने के लिए मनाया। स्वयं डॉ. भगवत स्वरूप ने अपने पुराने जानकारों से गुफ़्तगू की। राजीव ने कोर्ट परिसर में जाकर अपने परिचित वकीलों व मित्रों से अपने ससुर के पक्ष में मतदान का आग्रह किया। हर तरफ़ से सहयोग के आश्वासन मिलते देख पं० शंकर प्रसाद उत्साहित थे व जीत के प्रति आश्वस्त भी।

जींद से बाबू राम कृष्ण का फ़ोन मिलने पर डॉ. भगवत स्वरूप व साथियों ने आज सायंकाल तक लौट जाने का निश्चय किया। राजीव व दिव्या ने भी पिताजी से मिलकर जाने की इजाज़त माँगी। राजीव ने बूढ़े माँ बाप के अकेले होने का हवाला दिया तो डॉ भगवत स्वरूप ने विद्यालय की प्रबंध समिति के चुनाव का। सूरज ढल जाने से पहले ही सब अपने अपने घर पहुँच गए थे।डॉ. भगवत स्वरूप ने डिनर के बाद बाबू राम कृष्ण से मुलाक़ात करने का निर्णय किया व उनके घर जा पहुँचे ताक़ि समिति के चुनाव के बारे में विचार - विमर्श कर कोई ठोस रणनीति बनाई जा सके।

यद्यपि समिति में मैनेजर पद पर चुनाव नहीं होता फिर भी विद्यालय के हितों की रक्षा के लिए बाबू जी के साथ मंथन आवश्यक था। बाबू राम कृष्ण ने अपनी राजनैतिक गतिविधियों में व्यस्तता के कारण प्रधान पद का चुनाव न लड़ने का फ़ैसला ले लिया था और इस संबंध में डॉ. भगवत स्वरूप ने उन्हें

मनाने की कोशिश की और न मानने की सूरत में किसी और योग्य व्यक्ति का नाम सुझाने की सलाह दी, जिस पर बाबू जी ने शहर के प्रतिष्ठित दंत चिकित्सक ज्ञान चंद्र जैन के अग्रज का नाम सुझाया और डॉ. भगवत स्वरूप ने भी उस पर सहमति जताई।

आज नव वर्ष के अवसर पर सनातन धर्म विद्यालय में चुनाव गतिविधियों के कारण रौनक़- मेला लगा हुआ था। राकेश ने कल ही क्लीनिक पर जाकर आलोक नाथ जी से यमुनानगर दीक्षांत समारोह में जाने की जानकारी साझा कर ली थी और आज वह बस से गंतव्य के लिए निकल गया था। विद्यालय की प्रबंध समिति के लिए दस बजे मतदान होना तय किया गया था। इससे पूर्व प्रशासन द्वारा चुनाव अधिकारी व ऑब्ज़र्वर नियुक्त कर दिया था। ठीक समय पर मतदान आरंभ हुआ व सायं निर्धारित चार बजे तक चलता रहा। लगभग ग्यारह सो सदस्यों में से 881 ने अपने मत का प्रयोग किया। एक तरफ़ बाबू श्री चंद गोयल व दूसरी तरफ़ मुक़ाबले में राज कुमार सहगल थे। डॉ. भगवत स्वरूप व बाबू राम कृष्ण की सपोर्ट के कारण श्री चंद गोयल का पलड़ा कुछ भारी लग रहा था।

चुनाव संपन्न होने के बाद ठीक पाँच बजे मतगणना का काम शुरू हुआ। ऑब्ज़र्वर की देखरेख में हुए एक घंटे के मतगणना रिज़ल्ट का इंतज़ार सभी बेसब्री से कर रहे थे। आख़िर वो घड़ी आ ही गई और चुनाव अधिकारी ने प्रधान पद के लिए श्री चंद गोयल को 234 मतों से विजयी घोषित कर दिया। सचिव को 53 मतों से, जो श्री चंद गोयल के पैनल में थे, विजयी करार दिया। उप प्रधान, कोषाध्यक्ष व संयुक्त सचिव का पद सहगल ग्रुप को मिला। चुनाव परिणामों की घोषणा होते ही समर्थकों ने ढोल - नगाड़ों से शहर में खूब जश्न मनाया। प्रधान पद पर चुने जाने के बाद श्री चंद गोयल ने बाबू राम कृष्ण व डॉ.भगवत स्वरूप से आशीर्वाद लिया व उनकी परंपरा को ही आगे बढ़ाने का निश्चय दोहराया। दोनों ने श्री चंद गोयल को विद्यालय की प्रगति के लिए उठाए जाने वाले हर कदम का सहयोग करने का आश्वासन दिया।

स्थानीय पत्रकारों द्वारा पूछे गए सवालों के जवाब में नवनिर्वाचित प्रधान श्री चंद गोयल ने कहा कि सबको साथ लेकर विद्यालय की प्रगति के लिए हर

संभव प्रयास करेंगे। विद्यालय की लुढ़कती आर्थिक अवस्था से निपटने के लिए श्री चंद गोयल ने शहर वासियों से अधिकाधिक डोनेशन देने की अपील की। छात्र-छात्राओं की संख्या वृद्धि, स्टाफ़ की नियुक्ति व सुविधाओं के बढ़ाने की भी श्री चंद गोयल ने वकालत की। उन्होंने कहा कि हमारा लक्ष्य क्षेत्र के बच्चों को कम खर्च में बेहतर शिक्षा मुहैया करवाना है। चुनाव शांतिपूर्ण संपन्न होने पर उन्होंने सभी के सहयोग की सराहना की। चुनाव अधिकारी से विजयी उम्मीदवार का प्रमाण पत्र प्राप्त कर श्री चंद गोयल अपने साथियों व समर्थकों के साथ शहर में जुलूस के लिए निकल पड़े।

संस्था के मुखिया ब्रज किशोर ने बाबू राम कृष्ण व डॉ. भगवत स्वरूप जी से मुलाक़ात में शांतिपूर्ण चुनाव निपट जाने पर दोनों का आभार व्यक्त किया व प्रधान पद पर न होते हुए भी विद्यालय की गतिविधियों से जुड़े रहने की प्रार्थना की। बाबू राम कृष्ण व डॉ. भगवत स्वरूप ने मुखिया को विश्वास दिलाया कि वे संस्था के हितों की रक्षा के लिए हर दम उनके साथ रहेंगे। उन्होंने मुखिया को अपना रवैया हमेशा सामंजस्य पूर्ण व विशाल हृदय रखने की सलाह भी दी। चुनाव अधिकारी व ऑब्ज़र्वर ने अपना रिकार्ड दुरुस्त कर प्रस्थान किया। मुखिया ने प्रशासनिक अमले का स्वतंत्र एवं निष्पक्ष तथा शांतिपूर्वक मतदान संपन्न करवाने के लिए हृदय से धन्यवाद किया।

***

12

राकेश का दीक्षांत समारोह में यमुनानगर जाना व रश्मि- तान्या से मुलाक़ात

देश के कोने कोने से दीक्षांत समारोह में शामिल होने के लिए दांतों के डॉक्टर यमुनानगर पहुँच रहे थे। दूर - दराज़ से आनेवाले कई डॉक्टर तो पहले दिन सायंकाल में ही कॉलेज पहुँच गए थे और हॉस्टल में अपने पुराने साथियों के पास रात्रि विश्राम के लिए ठिकाना बना लिया था। हालाँकि डिग्री प्राप्त करने वाले डॉक्टरों की संख्या लगभग एक सौ पचास थीं फिर भी कई राज्यों से संबंधित थे। राकेश भीड़भाड़ से बचने के लिए सुबह वक़्त से ही निकल गया था और तीन घंटे की यात्रा पूरी कर लगभग दस बजे कॉलेज पहुँच गया था।मंच तैयार हो चुका था समारोह के लिए, स्वयं प्राचार्या व स्टाफ़ तैयारियों में जुटे हुए थे। छात्र- छात्राएँ टेंट के अंदर कुर्सियों की व्यवस्था अपने कुछ प्रोफ़ेसर्स की अगुवाई में करने में व्यस्त थे। ठीक ग्यारह बजे प्रोग्राम का आग़ाज़ होना निश्चित था। कुरुक्षेत्र विश्वविद्यालय से संबद्ध होने के कारण वहाँ के कुलपति व राज्य के स्वास्थ्य मंत्री ऑफिस में बैठे तैयारियों का जायज़ा ले रहे थे।

प्राचार्या ने बताया कि वैसे तो ट्रेनिंग कॉलेज की प्रतिवर्ष 50 सीट दंत चिकित्सक व इतनी ही नर्सिंग स्टाफ़ के लिए मंज़ूरशुदा हैं पर कोविड-19 की वजह से दो साल तक समारोह आयोजन के अवसर नहीं मिले इसलिए यह संख्या तीन गुणा हो गई। सभी प्रशिक्षित डॉक्टरों के लिए विश्व विद्यालय से डिग्री प्रमाण प्राप्त कर लिए थे व जिन्हें स्वर्ण पदक वगैरह मिलने थे, उनके लिए भी व्यवस्था कर ली गई है। मंत्री जी व कुलपति महोदय ने प्रबंधों पर संतोष व्यक्त किया। मंच संचालन का काम पहले की तरह प्रोफ़ेसर महता को सौंपा गया और उनकी सहायता के लिए दो छात्राओं रश्मि व तान्या को लगाया गया।

अब एक समस्या मुँह बाएँ खड़ी हो गई। पचास ट्रेनिंग पाए डॉक्टरों के लिए पचास ड्रेस ही कॉलेज में उपलब्ध थी जबकि डिग्री लेने वाले लोगों की संख्या एक सौ पचास हो गई थी। अब तक यह बात किसी के सामने नहीं आईं थीं, अब ऐन वक़्त पर सबके हाथ - पाँव फूल गए थे। इतनी जल्दी कैसे व्यवस्था होगी ? मंत्री जी के दिमाग़ में एक आइडिया दौड़ा और सुझाव दिया कि हम ग्रेजुएट्स को तीन ग्रुप में बांट कर बारी- बारी ड्रेसेज़ दे देंगे। कुलपति महोदय को यह सुझाव कुछ जंचा नहीं, आधे लोग ड्रेस में व शेष बिना ड्रेस पंडाल में अजीब सा दृश्य उपस्थित होगा। मुख्य अतिथि व माननीय अतिथियों के लिए ड्रेस उपलब्ध थीं, यह संतोष की बात थी। कुलपति डॉ. चौहान ने अपने रजिस्ट्रार (परीक्षा) से बातचीत की तो उन्होंने बताया कि इंजीनियरिंग कॉलेज रादौर में दो दिन बाद ही दीक्षांत समारोह का आयोजन होना है, शायद उन्होंने ज़रूर ड्रेस का प्रबंध कर लिया होगा। उनके पास दो सौ ड्रेसेज़ उपलब्ध हैं। आनन फ़ानन में डॉ. चौहान ने इंजीनियरिंग कॉलेज के प्रिंसिपल से फ़ोन पर बात की व तुरंत ड्रेसेज़ भिजवाने को कहा।

ग्यारह बजे का समय अब बीत गया था लेकिन केन्द्रीय मंत्री व मुख्य अतिथि अभी तक नहीं पहुँच पाए थे। डॉ. चौहान व प्रिंसिपल साहब भी चाह रहे थे कि कुछ विलंब हो जाए ताकि ड्रेसेज़ की प्रॉब्लम दूर हो जाए, तभी कप्तान पुलिस ने कॉलेज में सूचना भिजवाईं कि मंत्री महोदय मार्ग में मुख्यमंत्री के निवास पर लोगों से रूबरू हो रहे हैं इस कारण वे आपके कॉलेज में लगभग बारह बजे के क़रीब पहुँच सकते हैं। सूचना पाकर तैयारियों में तेज़ी आ गई थी व सभी के लिए ड्रेसेज़ का प्रबंध होने पर संतुष्टि का माहौल बन गया था। प्रतिभागी डॉक्टरों ने निर्धारित सीट पर अपना क़ब्ज़ा जमा लिया था। राकेश साहस बटोर कर मंच के पीछे चला आया व धीमी मगर मज़बूत आवाज़ में रश्मि को पुकारा। दोनों सहेलियाँ रश्मि व तान्या ने विश कर कहा कि समारोह के बाद रूम पर आ जाएँ, मेस से लंच लेकर फिर कोई प्रोग्राम बना लेंगे। राकेश संतुष्ट होकर अपनी सीट पर लौट आया था।

सवा बारह बजे केन्द्रीय स्वास्थ्य मंत्री का आगमन हुआ। ग्रेजुएट्स को संबोधन जारी था। प्राचार्या, कुलपति व राज्य सरकार के स्वास्थ्य मंत्री का

भाषण हो चुका था। इससे पूर्व दीप प्रज्वलित कर सरस्वती वंदना की गई व मुख्य अतिथि के सम्मान में स्वागत गीत हुआ। अब शुरू हुआ मुख्य अतिथि का वक्तव्य — बंधुगण ! देरी से आने पर आपको जो परेशानी हुई उसके लिए क्षमायाचना करता हूँ। कई बार चाहते हुए भी हम वह काम नहीं कर सकते जो हम करना चाहते हैं। जैसे कई बार डॉक्टर रोगी का इलाज करने के बाद भी उसके जीवन को नहीं बचा पाता।

मित्रों ! मैं नेता बाद में हूँ, पहले एक डॉक्टर हूँ। बीस साल पहले मैं भी आप की जगह पर बैठा आप की तरह समारोह का हिस्सा था। अनेक कल्पनाएँ मन को घेर रहीं थीं, विचार उलट- पुलट हो रहे थे पर ज्यों ही मुख्य अतिथि का भाषण सुना, मानसिक स्थिरता लौट आईं थीं। मैं प्रयास करूँगा कि आपकी विचारधारा को एक नई दिशा दे सकूं जिससे आप दृढ़ संकल्प के साथ भावी जीवन में समुचित विधि से आगे बढ़ सकें।

फ्रैंड्स ! दीक्षांत का अभिप्राय शिक्षा का अंत नहीं बल्कि संस्थान से चार पाँच सालों में जो अर्जित किया है उसके क्रियान्वयन का। दीक्षांत समारोह की यह उदात्त परंपरा लगभग अढ़ाई हज़ार साल पहले हमारी ज़मीन से ही शुरू हुई थी जिसमें गुरु अपने शिष्य को दिए ज्ञान को सामाजिक सेवा में उपयोग के लिए आशीर्वाद देकर विदा करता था। आप सभी डॉक्टर तैयार हुए हैं व आपके डॉक्टर बनने में बहुत से छोटे- बड़े लोगों का योगदान रहा है। कभी परीक्षा की तैयारी के लिए कुछ और देर जागने व पढ़ने हेतु किसी टी स्टॉल वाले को जगाया होगा, किसी मेस कर्मचारी से, पढ़ाई में व्यस्तता के कारण नाश्ता, लंच या डिनर रूम पर मंगवाया होगा। भाव यह है कि आपको डिग्री दिलाने में समाज के बहुत लोगों का प्रत्यक्ष- अप्रत्यक्ष सहयोग रहा है। उसी समाज के लोगों के लिए आपने कार्य करते हुए उऋण होना है।

बंधुगण ! डॉक्टर का दायित्व रोगी के रोग को दूर कर उसे स्वस्थ करना है। एक डॉक्टर का काम केवल रोग को हटाना नहीं बल्कि रोगी को सहारा देना भी है। आपको रोगी की मानसिक, सामाजिक, आर्थिक अवस्थाओं से भी रूबरू होकर उसका इलाज करना होगा। आज के प्रगतिशील टेक्नोलॉजी के युग ने डॉक्टर का काम काफ़ी सुगम बना दिया है। रोग का निर्धारण करने में

लैबोरेटरी टेस्ट व अन्य टेक्नोलॉजी ज्ञान से डॉक्टर्स को बहुत मदद मिली है। एक मैकेनिक की तरह एक डॉक्टर का काम भी आज पार्टस- पुर्ज़ों से पड़ता है जिसमें टेक्नोलॉजी उसकी सहायता करती है। मेरा कहने का मतलब इतना भर है कि डॉक्टर को अपना फ़र्ज़ समाज के साथ मिलकर पूरा करना है।

मित्रों ! आप में से कई महानुभावों ने अपने पासपोर्ट व वीसा चैक करने शुरू कर दिए होंगे। मैं आपको केवल इतना याद दिलाना चाहूँगा कि देश व इसके लोगों के लिए काम करना भी उऋण होने का एक सबब है। आप पैसे के लिए अपने ही देश के लोगों के प्यार को नज़रअंदाज़ नहीं कर सकते। जिस उद्देश्य के लिए आपको प्रशिक्षित किया गया है, उसे पूरी लगन, समर्पण, व कर्तव्य भाव से निभाएँ, यही समाज व देश आपसे अपेक्षा करता है। बातें बहुत हैं करने के लिए, पर मैं संक्षेप में ही कहना चाहूँगा कि जिसके ज़िम्मे जो दायित्व है, वह उसे पूरी ईमानदारी से पूरा करे, यही राष्ट्र सेवा है। आपने मुझे यहाँ आमंत्रित किया, बहुत धन्यवाद ! संस्था के हित में किसी रुकावट, समस्या से निजात पाने के लिए मैं आपके लिए चौबीसों घंटे उपलब्ध हूँ।आश है कि आप सभी सामाजिक दायित्वों का निर्वहन करते हुए अपना सामाजिक सम्मान बनाए रखने में सफल होंगे।

सभी प्रशिक्षित ग्रेजुएट्स को डिग्री प्रदान कर समारोह का समापन हुआ। प्राचार्या महोदया ने समारोह में शामिल होने के लिए सभी का धन्यवाद किया व लंच ग्रहण कर ही जाने का अनुरोध किया।

पुराने दोस्तों के साथ गपशप करते हुए राकेश बाबू भी लंच का लुत्फ़ उठा रहे थे। रवि अग्रवाल, रमेश बागड़ी, मदन महता उसके साथियों में शुमार थे जिनसे गुफ़्तगू हो रहीं थीं।रश्मि व तान्या अपनी ड्यूटी से फ़ारिग होकर रूम पर आ चुकीं थीं और अब लंच के लिए मेस में जाने को तैयार थीं।

रश्मि —- कैसा रहा आज का फ़ंक्शन तान्या ?

तान्या —- फ़ंक्शन तो अब लंच के बाद होगा जब डॉ. साहब रूम पर पधारेंगे।

रश्मि —- तो आज मौका तलाश लिया तूने मज़ाक़ करने का। पुरुषों को कहाँ याद आतीं हैं हम ? अपने दोस्तों से लड़ा रहे होंगे गप्पें।

तान्या —- चलो फिर हम भी मेस में जाकर अपनी सहेलियों से गप्पशप करते हैं।

रश्मि — कहीं हमारे मेस में जाने के बाद डॉ. साहब रूम पर आ गए तो ?

तान्या —- अब छलकी ना प्यार की गागर, कहीं कोने में दबी टीस उभर ही आती है।

रश्मि — तुम क्या साइकोलॉजिस्ट हो जो मन की बात जानती हो ?

तान्या — जब समीर का ज़िक्र आता है तब तुम साइकालोजिस्ट हो जाती हो।

(दोनों ठहाका लगाकर हँसती हैं व मेस की ओर निकल जातीं हैं।)

लंच समापन के बाद राकेश बाबू रूम की ओर आए व देखा कि रूम खुला है पर कोई नज़र नहीं आ रहा। रूम का नंबर चैक किया तो ठीक पाया, विचारने लगा - क्या दोनों अब तक फ़ंक्शन से नहीं लौटी हैं ? हो सकता है प्रिंसिपल साहब ने बुला लिया हो पर प्रिंसिपल साहब तो लंच में मंत्री जी के साथ में थीं। ज़रूर लंच के लिए मेस में गईं होंगी।मैं वहीं चलता हूँ लेकिन नहीं, यह लड़कियों का मेस है, मैं रूम पर बैठ कर ही इंतज़ार करता हूँ। यह रूम उन्हीं का है, कैसे कन्फर्म करूँ ? कोई नाम पट्ट नहीं, कोई संकेत नहीं, दरवाज़ा खोल कर ही देखना पड़ेगा। (पॉकेट से पर्ची निकाल कर रूम न० 211 चैक करके) रूम नंबर तो एकदम सही है। दरवाज़ा खोल ही लेता हूँ, बाहर कब तक खड़ा रहूँगा ? कोई लड़की देखेगी तो क्या सोचेगी रश्मि - तान्या के बारे में। लड़कियों की इज़्ज़त तो रुई के फायों की तरह उड़ने को तैयार रहती है। अंदर जाकर बैठना ही उचित रहेगा। (अदर जाकर कुर्सी पर बैठ कर पुस्तक देखते हुए) किताब तो रश्मि की ही लगती है, नाम व कक्षा का उल्लेख भी सही लग रहा है पर रश्मि कोई दूसरी लड़की भी हो सकती है, किसी रश्मि नाम की लड़की से किताब माँग कर लाई हो। दूसरी पुस्तक देखते हुए, हाँ इसपर तान्या गुप्ता लिखा है,

बिल्कुल यही रूम कन्फर्म है। पुस्तक के पेज पलटते हुए अचानक ही समीर की फ़ोटो पाकर, अब कोई संदेह नहीं रहा, यह रश्मि का ही रूम है और तान्या ही उसकी रूममेट। और हाँ रश्मि ने दिल्ली में तरुण की शादी के समय यह बताया था कि तान्या समीर के साथ प्यार में पागल है। अगर फ़ोटो पर नाम नहीं लिखा होता तो कैसे पहचानता ? मैंने समीर भाई साहब को तो बहुत समय से देखा नहीं। हाँ याद आया शायद राजीव- दिव्या की शादी में भिवानी मिले थे, पर यह फ़ोटो भी कुछ पुराने जमाने की लगती है (खुद से) अरे राकेश भाई, तुम्हारी बुद्धि पर भी पत्थर पड़ गया है, ये वही समीर सर तो हैं जिनसे अंतिम वर्ष में डॉक्टरी पढ़े थे। बेटा, लगता है कि रश्मि ही चारों ओर दिखाई पड़ने लगी है और किसी को पहचानते ही नहीं। बड़े भक्त बने फिरते हो रश्मि के, हर ओर उसी को देख रहे हो।

इसी उधेड़बुन में मंद क़दमों से आकर दोनों सहेलियाँ कुर्सी के पीछे ही दुबक कर खड़ी हो गईं थीं।तान्या ने अचानक राकेश की आँखें अपने दोनों हाथों से ढक ली और पूछा- कौन ? राकेश ने तुरंत उत्तर दिया- 'रश्मि'। तान्या ने ठहाका लगाते हुए कहा, फेल, एग्ज़ाम में फेल। लगता है डॉ. साहब ने दीदी के हाथों का स्पर्श अभी तक नहीं किया है।

रश्मि —- (समीर की फ़ोटो राकेश के हाथों में देख कर) यह भैया समीर की फ़ोटो कहाँ से लाए हो ?

राकेश —- यहीं इस किताब में रखीं थीं, तान्या को समीर ने दी होगी ?

रश्मि —— क्यों तान्या, छुप - छुप के सब खेल हो रहा है। फ़ोटो कब मारी ? हमसे ही चोरी ?

तान्या —- उस दिन तुम्हारे मामा जी के घर से पार्क में आए थे, वहीं सर ने अपने आईकार्ड से मुझे यह फ़ोटो दी थी। तुमने ही तो पर्स वाला राज मुझे बताया था।

रश्मि —- तुम पार्क में भैया के साथ मोबाइल फ़ोन से सेल्फ़ी ले लेतीं, अब तो तुम्हारे मम्मी पापा को भी सारी सीक्रेसी मालूम है।

तान्या —- अच्छा, ज़्यादा टीचर मत बन। मैं अपना अधूरा नॉवेल पूरा करने जा रही हूँ, किसी कोने में बैठ कर। जब मेरी याद सताए तब फ़ोन कर लेना।

रश्मि —- अब किसी कोने में हमें बैठना पड़ेगा। तुम रूम पर ही रहो, हम शायद मामा जी के घर चले जाएँ।

तान्या —- प्रेमी पहले मंदिर के बहाने मिलते थे एकांत में, आजकल मामा जी के बहाने एकांत ढूँढ रहे हैं।

रश्मि —- तुम भी चलो मामा जी के घर, समीर भैया से आँखें चार करनी हो तो।

तान्या —- अभी दो दिन पहले ही तो मिले थे, ज़्यादा मिलना अच्छा नहीं रहता।

रश्मि —-मुझे समझा रही हो या अपने लिए ही कह रही हो ?

राकेश —- (दोनों की बातचीत का सिलसिला भंग करते हुए) आज आप दोनों का रोल सकारात्मक एवं प्रभावशाली रहा। लगता है कि कहीं से ट्रेनिंग हुई है।

तान्या —- ट्रेनिंग के बिना ही ट्रेंड हो गए। मुझे लगता है कि दिल लगाकर जो काम किया जाए, वह सफलता को प्राप्त होता ही है।

रश्मि —-अब दिल तो तुमने चोरी करवा ही लिया है, भैया के दिल से काम कर रही थी।

तान्या —- अब तुम जाओ, डॉ. साहब को जींद शहर भी लौटना होगा।

रश्मि —- बड़ा ख़्याल रखने लगी हो आजकल ?

तान्या —- तुम भी मेरा ख़्याल रखती हो, दिल को दिल से राह होती है।

रश्मि —- मैं शाम तक लौटूँगी, समीर भैया शायद मुझे हॉस्टल में छोड़ने आएं। तुम्हें मुलाक़ात करनी है क्या ?

तान्या —- तुम जाओ बाबा, पहले तुम अपनी ही मुलाक़ात कर लो। मेरी छोड़ो, हम तो रोज़ यहीं है। पार्क भी अब तो नज़दीक ही खोज में आ गया है।

राकेश —- ओ. के. तान्या ! कभी जींद शहर आ जाओ रश्मि के साथ ?

तान्या —- रश्मि के साथ नहीं, कभी आऊँगी तो रश्मि के भैया के साथ ही आऊँगी। अब रश्मि को तो आप ले ही जाएँगे।

राकेश —- शादी के बाद तो आना-जाना लगा ही रहेगा। रश्मि, आओ ! ज़्यादा देर हो गई तो मुझे बस नहीं मिलेगी। लंबा सफ़र है, पाँच बजे का आख़िरी टाइम है बस का यहाँ से ?

रश्मि —- समीर भैया छोड़ आएँगे बस स्टैंड पर अपनी कार से।

राकेश —- समीर भैया, तुम भूल गईं, वे जरूरी मीटिंग से चंडीगढ़ गए हुए हैं, वरना फ़ंक्शन में जरूर शामिल होते। इस कॉलेज के पुराने प्रोफ़ेसर जो ठहरे थे।

रश्मि —- आपने सही याद करवाया।

तान्या —- अब मुझे, तुम्हें जाने के लिए याद दिलाना होगा। (तीनों ज़ोर से हंसते हैं)

रश्मि व राकेश दोनों रूम से बाहर निकलते हैं और तान्या किताब में रखी समीर की फ़ोटो पर नज़रें गड़ा लेती है।

***

13
दीक्षांत समारोह के बाद राकेश और रश्मि के रोमांटिक पल

हॉस्टल से निकल कर पैदल ही चल रहे थे दोनों, बड़े चुपचाप व शांत लग रहे थे पर क्या जाने दिल में कितनी उथल-पुथल मच रही थी। तरुण गुप्ता की शादी में भी ढंग से मुलाक़ात नहीं हो पाई थी दादा जी के रहते। क्या सगाई के बाद प्यार के पल पूर्ण हो जाते हैं, पर अभी कहाँ सगाई, रोका ही तो हुआ है। क्या 'रोका' प्यार पर रोक का हथियार है। आज हम प्यार के ज्वार को रोक नहीं पाएँगे। सुना है कि लगाव ही प्यार को गूढ़ करता है पर यहाँ तो अलगाव ही मन में प्यार की ज्वाला उद्दीप्त किए हुए हैं। आज जी भरकर प्यार करेंगे हम। पढ़ाई करते- करते मशीन हो गए, कोई एक ही काम को कितने समय तक निभाएगा ? परिवर्तन भी आवश्यक है जो हमेशा ताजगी व स्फूर्ति लाने वाला साबित होता है।

राकेश —- क्या सोच रहीं हो रश्मि, जो चुपचाप सी चले जा रही हो, कुछ बात करो न ? लोग कहते हैं कि प्रेमियों का प्रेमालाप कभी ख़त्म नहीं होता ?

रश्मि —- कैसा रहा आपका दीक्षांत समारोह, दोस्तों से क्या बातचीत हुई ?

राकेश —- उम्मीद से बढ़कर आनंद आया। तान्या व तुम्हारी गतिविधियों पर ही नज़र टिकीं रही।क्या ही लग रही थी तुम व तान्या उस ड्रेस में, जैसे आसमान में उड़ जाएँगी।

रश्मि —- डॉक्टर की ट्रेनिंग हो या बाद का जीवन, सब मशीन की तरह चलता है। ख़ुशियों के पल बिना रसास्वादन किए ही पास से निकल जाते हैं। जब से कोर्स में दाख़िला हुआ है पहला ही समारोह है।

राकेश —- हाँ, सब महामारी के कारण हुआ। ऐसे समय में डॉक्टर्स व पैरा मेडिकल स्टाफ़ की ज़िम्मेदारियाँ कुछ ज़्यादा ही बढ़ जाती हैं। उसकी अपनी पारिवारिक संबद्धता कुछ क्षीण हो जाती है। परिवार व परिजनों से पहले पीड़ितों पर ध्यान लगाना पड़ता है।

रश्मि —— सामने पार्क आ गया है, हम वहीं चलकर एकांत में बैठेंगे।

राकेश —- तान्या इसी पार्क की बात कर रही थी क्या ?

रश्मि — दो दिन पहले मामा जी के घर मिठाई देने गए थे। वापिसी में समीर भैया हमें कार से छोड़ने आए थे,काम्या भी साथ ही थीं,तब भैया व तान्या इसी पार्क में काफ़ी देर तक अठखेलियाँ करते रहे।

राकेश —- फिर तो तुम्हें पार्क के चप्पे चप्पे का ज्ञान हो गया होगा ? चलो कहीं एकांत व शांत स्थल पर ?

रश्मि —- इस समय दोपहर में कौन आएगा पार्क में, सब शांत व एकांत ही है। आओ, उस टीले के पार गुलाब की क्यारियाँ हैं। भीनीं- भीनीं सुगंध में बैठ कर बातें करेंगे।

राकेश —- हाँ चलो, अब तो इस जीवन की डोर तुम्हारे हाथों में ही सौंप दी है।

रश्मि —- मैंने भी अपना जीवन तुम्हें समर्पित कर दिया है।

(दोनों मुस्कुराते हैं व पार्क में आगे बढ़ते हुए टीले के पार पहुँचते हैं।)

रश्मि— (पौधे की ओट में बैठते हुए) अब हमारा इंतज़ार कब ख़त्म होगा?

राकेश — हमारा नहीं, मेरा। तुम ही तो इंतज़ार करवा रही हो। एग्ज़ाम इतने लंबे खिंच रहे हैं, पहाड़ी मार्गों की तरह आने का नाम ही नहीं लेते?

रश्मि —- नव वर्ष आज शुरू हो गया है, हम नव जीवन में प्रवेश करेंगे।

राकेश —- अब अकेलापन काटने लगा है, नेहा भी पढ़ाई में व्यस्त रहतीं हैं, राजीव की शादी होने से उसे भी फ़ुरसत नहीं। देव भैया भिवानी में ट्रेनिंग पर हैं, ले देकर कांति भाई बचा है।

रश्मि —- कांति भी कब तक बचेगा ? दादा जी शायद तरुण के मामा की वकील लड़की से उसे बांध देंगे।

राकेश —-सब बंध जाएँगे, एक हम ही रह जाएँगे उन्मुक्त। यह उन्मुक्तता भी कितनी खलती है। क्यों यह बंधन हर कोई चाहता है ? हमारे सामने ही दिव्या - राजीव, तरुण - लक्ष्मी आपस में बंध गए।

रश्मि —— और अब तान्या - समीर व कांति भी बाज़ी मार जाएँगे।समीर भैया तो तान्या को आज ही घर ले जाने को तैयार बैठे हैं।

राकेश —- (रश्मि को अपनी बाँहों में भरकर) तुम भी चलो मेरे साथ, दादा जी को कह डालेंगे कि अब हम अकेले -2 नहीं रह सकते ?

रश्मि—— दादा जी भी जल्द सब कुछ चाहते हैं पर एग्ज़ाम बड़ी बाधा बने हुए हैं।अब यह तो सहना ही पड़ेगा ?

राकेश —- मेरे सब दोस्त जो आज मिले थे, शादी के बंधन में बंध गए हैं।

रश्मि — तुम्हें किसी ने आमंत्रित नहीं किया गया, कभी सुना तो नहीं ?

राकेश —- कहाँ फ़ुरसत रहती है इस धंधे में, जब लोग उत्सव में डूबे होते हैं तब हमारी ड्यूटियाँ और सख़्त हो जाती हैं। रवि अग्रवाल व रमेश बागड़ी ने तो लव मैरिज ही की है, ज़्यादा झंझट कुछ किया नहीं।

रश्मि —- नसीबों वाले होते हैं, जिनका प्यार फ़रमान चढ़ जाता है।

राकेश —- मुझे तो प्यार का कोई पल मिला ही नहीं, कालेज की किसी लड़की ने हमें शायद प्यार के लायक़ समझा ही नहीं।

रश्मि —- समीर भैया भी कालेज से अकेले ही घर लौट आए थे।गंभीर प्रकृति को कोई लड़की पसंद नहीं करती।

राकेश —— हम प्यार भी गंभीरता से ही करते हैं। हमारा प्यार दिखावा व उथला नहीं होता, यह दिल की धड़कनों से निकलता है। आओ रश्मि मेरे प्यार में खो जाओ, मेरे दिल की धड़कनों में समा जाओ।

(रश्मि को अपनी गोद में लेकर अधरपान करने लगता है)

रश्मि — (स्वयं को अलग करते हुए) ज़्यादा प्यार मत उंडेलो, पढ़ाई करना मुश्किल हो जाएगा। एग्ज़ाम तक मन पर नियंत्रण रखना होगा ?

राकेश —- ये ख़ुशियों के चार पल तो प्यार में डूब जाने दो रश्मि, फिर चार महीने तो जीवन सूखा ही रहेगा।

रश्मि —— अब जाने का समय हो रहा है, लंबा सफ़र है। रात होने पर सर्दी ज़्यादा बढ़ जाएगी।

राकेश —- समय का पता ही नहीं चला, अब चलने का समय हुआ तो ही पता चला। तुम्हें यहाँ कोई परेशानी तो नहीं ?

रश्मि —- मामा जी हैं न यहाँ, किसी तरह की कोई दिक़्क़त नहीं है। अब चलो, प्यार में बिताए चार पल ही अप्रैल एग्ज़ाम तक जीने का सहारा बन जाएँगे।

***

14

दीक्षांत समारोह से लौट कर तनेजा रेस्टोरेन्ट में कांति व राजीव से गुफ़्तगू

कांति —(दरवाज़े पर लटके लॉक को देख कर) इस लॉक ने मेरे कदमों को लॉक कर दिया है। अब तो दरवाज़े पर ही टंगा रहता है। इतनी सख़्त ड्यूटी, प्रहरी बनकर अकड़ से लटका है। जीवन में कुछ आराम भी आवश्यक है। ये डॉक्टर भी क्या है, सारा दिन इसे चैन नहीं, हम मित्रों को भी बाहर अटकाए रखता है। माना कि यह अपनी ड्यूटी निभा रहा है, हम भी तो किसी से कम नहीं, अभी सुबह नौ बजे से सायं पाँच बजे तक ड्यूटी ही तो पूरी करके आए हैं, पर यह डॉक्टर साहब तो अपनी अलग ही ड्यूटी निभा रहा है। जब से 'रोका' हुआ है, इसके पाँव ही नहीं रुक रहे। किसी न किसी बहाने भटकता ही रहता है। आज दीक्षांत समारोह का बहाना बनाकर निकल गया रश्मि भाभी से मिलने, अब तक नहीं लौटा है। कल कह रहा था टी- टाइम तक लौट आऊँगा। कैसे आएगा ? पैरों में जो प्यार की बेड़ियाँ पड़ गई होंगी, भाभी को लिए कहीं पार्क में घूम रहा होगा। हमने प्यार बेशक न किया हो पर लोगों को कहते - सुनते तो देखा है- 'प्यार में पास भी चैन नहीं, दूर भी चैन नहीं।' आपस में जब भी प्रेमी मिलेंगे, यही कहेंगे - मैं तुम्हारे बिना जी नहीं सकती / सकता। अब मिलें हैं तो चार पल ख़ुशी मना लो, आनंद से जी लो, फिर बिछुड़ गए तो जी भरकर रो लेना।

कांति भाई, तूने अच्छा किया जो प्यार - व्यार के चक्कर में नहीं पड़ा वरना तेरे दरवाज़े पर भी लॉक पड़ा रहता और दोस्त अनमने ही लौट जाते। अब मैं क्या करूँ, कहाँ जाऊँ, छ: बजने को आए हैं, अकेले नदी किनारे काटने को दौड़ेंगे, लहरें दिल में उथल-पुथल मचाएँगी। अच्छा रहेगा, तनेजा के पास ही चलें। बस एक ही सहारा रह गया, वही लाइट हाउस शेष बचा है। धीरे-धीरे सब निकल गए आँखों के सामने से। देव भिवानी चला गया, राजीव दुल्हनियाँ

लेकर निकल गया। एक यह डॉक्टर आशा की किरण था, यह ख़ुद ही किरण (रश्मि) में उलझ कर रह गया। एक दिन हम भी दूल्हा बनेंगे, बारात लेकर जाएँगे तो कौन इनको नदी के किनारे बैठकर क़िस्से - कहानियाँ सुनाएगा। यह तो कांति भाई ही है जो इनके नख़रे झेलता है, इधर-उधर घुमाता है, रोचक कथाएँ सुनाता है। (रेस्टोरेन्ट में पहुँच कर) तनेजा सर ! गुड ईवनिंग, नव वर्ष मुबारक हो आपको।

राज तनेजा —- कांति भाई, गुड ईवनिंग ! आपको भी नव वर्ष की बधाई। आज अकेले ही रह गए, कहाँ गए सब दोस्त ?

कांति —- मत पूछो तनेजा सर, सब अपनी दुल्हनों व प्रेमिकाओं के चक्कर में फँसे पड़े हैं। ऐसे मित्रों की संगति से तो अकेला ही भला।

तनेजा —- कांति भाई, हमेशा हँसता - खिलता दिखाई देने वाला चेहरा आज उदास - निराश क्यों है ? कहिए चाय लेंगे या कॉफी ?

कांति —- कुछ भी पिला दो तनेजा सर, आज तो हम ज़हर भी पी जाएँगे और नीलकंठ की तरह गटगट हज़म भी कर जाएँगे। हाँ याद आया, आपके दामाद जी आए थे। राकेश बाबू बता रहे थे कि आप उनके साथ अस्पताल आए थे।

तनेजा —- हाँ, तरुण बाबू ने मिलने की इच्छा जताई थी। सर्दी व कोहरे की वजह से उसी दिन चले गए थे। छोटी लड़की नीतिका भी उनके साथ चली गई थी, वह वहाँ एम्स में डॉक्टरी पढ़ रही है।

कांति —- हाँ, राकेश ने कहा था कि जल्दी निकल गए वरना हम भी मिल लेते। राजीव से भी शायद नहीं मिल पाए ?

तनेजा —- राजीव साहब भी हनीमून से लौटने पर कोर्ट में ज़्यादा व्यस्त रहे। अभी कल ही भिवानी से लौटे हैं अपने ससुर के लिए चुनाव - प्रचार के बाद।

(राकेश रेस्टोरेन्ट में कदम रखते ही जब कांति भाई को देखता है तो बिना हो - हल्ला किए पीछे से कांति की आँखों पर हाथ डालकर बंद करते हुए।)

कांति —- अरे डॉक्टर साहब ! हमें मित्रों की पूरी पहचान है। बंद आँखों से भी देख सकते हैं हम अपनों को।

राकेश —- उल्लू जो ठहरे ! कोर्ट में फ़ैसले भी बंद आँखों से करते हो।

कांति —- लेकिन तुम्हारे दरवाज़े पर लटका लॉक हमें खुली आँखों से ही नज़र आता है, मुँह बाए लटका रहता है। अभी उसके दर्शन लाभ पाकर यहाँ लौटे हैं, सोचा कि तनेजा के यहाँ एक प्याली चाय ही ले लें।

राकेश —- (सामने आकर चेयर पर बैठते हुए) अब डिनर का टाइम होने वाला है, दोनों मिलकर आनंद लेंगे।

कांति - तुम तो कह रहे थे कि चाय तक लौट आएँगे, क्या रश्मि भाभी के आँचल में छुप गए थे ?

राकेश —— समारोह का टाइम ग्यारह बजे का था लेकिन व्यस्तता के कारण मंत्री जी एक घंटा देर से पहुँचे। प्रोग्राम के बाद पुराने साथियों से बातचीत व लंच लेने में ही समय निकल गया। फिर रश्मि से मिलना भी ज़रूरी था।

कांति —- दीक्षांत समारोह तो बहाना था, असली मक़सद तो रश्मि भाभी को गले लगाना था।

राकेश —- कांति भाई, जब वहाँ गए ही थे तो बिना मिले कैसे लोट सकते थे। दिवाली के बाद अब मिले हैं।

कांति —— चार दिन पहले तरुण - लक्ष्मी की शादी में भी तो मिले थे, हमसे क्या छिपा है ?

राकेश — उस समय शादी में दादा जी के रहते मिलना-जुलना नहीं हो सका।

कांति —- हाँ, मैं समझ गया, मिलना उस समय हुआ था, जुलना अब करके आए हो। कैसी हैं रश्मि भाभी ?

राकेश —- एग्ज़ाम की चिंता में कुछ दुबली सी लग रही थी। तुम सबके बारे में पूछ रही थी।

कांति —- हमारे बारे में क्या पूछेंगी भाभी, हम तो रोज़ एक ही राग गाते हैं। राजीव भैया व दिव्या भाभी के भिवानी जाने का ज़िक्र हुआ होगा ?

राकेश —- लक्ष्मी तरुण की शादी में तो रश्मि आई ही थीं, राजीव - दिव्या के हनीमून से लौटने को मैंने बताया था। कांति भाई, कुछ भूख चमकने लगीं है। डिनर करके रूम पर जाकर ढेर सी बातें करेंगे। (तनेजा से) सर ! हल्का व संतुलित डिनर करवाइए, लंच भी अच्छी तरह नहीं ले सके?

तनेजा —- कुछ शुगल- मेला भी करेंगे डॉक्टर साहब, थकान लग रही होगी।

राकेश —— कांति भाई से पूछ लो, हम तो इस काम में अभी बालक हैं।

कांति —— तनेजा सर, बड़े काम के आदमी हो, हमें तो याद ही नहीं था। बेकार की बातों में ही उलझे रहे।

राकेश —- तनेजा सर, हम ऊपर ही बैठेंगे।

राजीव —- (रेस्टोरेन्ट में प्रवेश करते हुए) हम कौन सा नीचे बैठने वाले हैं। बहुत दिनों से तड़प रहा हूँ कांति भाई के साथ डिनर करने को।

कांति —— आज सब की तड़प दूर हो जाएगी ऊपर बैठ कर।

राजीव ——- हाँ कांति भाई, अब तनेजा ही हमारा अवलंबन रह गया है, नदी किनारे तो अब दूर की बात हो गई शायद। आओ अब देर मत करो, डिनर का सही समय है।

***

15
डॉ. गुप्ता का पत्नी व बेटी के बारे में रहस्योद्घाटन

चारों स्टूडेंट्स जब गुप्ता जी व आर्य सर के साथ रूम में दाखिल हुए तो किंचित् अंधकार लग रहा था। गुप्ता जी ने कुछ रोशनी बढ़ाई व दीवार पर लटकी फ़ोटो की ओर संकेत करते हुए कहा -

डॉ. गुप्ता —— ये हैं आप लोगों की आंटीजी।

देव —- सर, इस फ़ोटो पर तो फूलों की माला पहनाई गई है। क्या हम कुछ ग़लत अनुमान तो नहीं लगा रहे ?

डॉ. गुप्ता —- नहीं मि० देव, तुम बिल्कुल सही हो, 'शिवानी' अब इस दुनिया में नहीं है, न जाने कौन से लोक में विलुप्त हो गई है ?

देविना —- सर, ऐसा कैसे हुआ, क्या आंटीजी को कोई गंभीर रोग था या अचानक किसी दुर्घटना का शिकार हो गई ?

डॉ. गुप्ता —-देविना, न कोई गंभीर रोग न दुर्घटना, बस मेरा इतने दिनों का ही साथ था। शिवानी हमें बीच मझधार में छोड़कर चली गई।

शुभम —- सर, कुछ तो कारण रहा होगा, लगता है आप खुलासा करने में संकोच कर रहे हैं ?

डॉ. गुप्ता —- संकोच का कोई विषय नहीं है। दो वर्ष पूर्व विश्व भर में कोविड-19 महामारी ने भयानक तांडव मचाया था, शिवानी को उसी बीमारी ने लील लिया।

शिवि —- हाँ सर, बहुत भयानक थीं वह महामारी। मेरी माँ को भी बहुत रूपया पैसा खर्च करने के बावजूद बचा नहीं सके थे। पापा जी व मैं दिन-रात एक करके भी महामारी के सामने टूट गए थे, हार गए थे।

डॉ. गुप्ता —— हाँ शिवि, तुम बिल्कुल ठीक कह रही हो। महामारी ने किसी पर रहम नहीं किया। उसने अपने क्रूर स्वरूप से हमें अकेला भटकने पर

विवश कर दिया। हम अपनी शिवानी का मुँह तक नहीं देख पाए, हम समय रहते नहीं पहुँच पाए और अस्पताल के कर्मचारियों ने अंतिम संस्कार कर अपनी ड्यूटी निभाई। हम अपनी शिवानी को चादर तक नहीं अर्पित कर सके। ऐसी विवशता जीवन में कभी पाई नहीं ?

(आवाज़ भर्रा जाती है व आँखों से आँसू बहने लगते हैं)

डॉ. आर्य —- डॉ. गुप्ता, आप मन मैला न करें, शिवानी भाभी जहां भी होंगी, ख़ुश ही होंगी।

डॉ. गुप्ता —- नहीं आर्य सर, शिवानी हमारे बिना कहीं ख़ुश नहीं रह सकती, हमसे बिछुड़ कर वह किसी भी लोक में अतृप्त ही रहेंगी। शिवानी बहुत चाहती थी हमें। घर से अस्पताल में जाने के समय एम्बुलेंस में बैठते हुए बार-बार कह रहीं थीं - अपना बहुत ख़्याल रखना, मैं जल्द स्वस्थ होकर लौट आऊँगी। आर्य साहब, न ही वह अस्पताल से घर लौटीं और न ही हम अपना ख़्याल रख पाए। कुछ ही दिनों में मेरा हरा भरा संसार नष्ट- भ्रष्ट हो गया। न जाने मुझे किस जन्म या पाप की सजा मिली है ?

डॉ. आर्य —— शिवानी भाभी के साथ हमारा इतने दिनों का ही साथ था। ईश्वर की इच्छा के समक्ष सभी को नतमस्तक होना ही पड़ता है।

शिवि —— हाँ सर ! मेरी मम्मी भी मुझे बेसहारा छोड़कर चली गई थी, पापाजी अब तक संभल नहीं पाए हैं और दूसरी शादी करके भी मम्मी को भूल नहीं सके हैं।

डॉ. गुप्ता —अपने तो मृत्यु के बाद भी अपने ही रहते हैं और पराए जीते जी भी अपने नहीं होते। मुझे ज़रा भी विश्वास नहीं था कि शिवानी अस्पताल से लौट कर नहीं आएगी। मैं अपनी शिवानी का मुख तक नहीं देख पाया आर्य सर ! ऐसा मैंने कौन-सा अनर्थ किया होगा ?

(फिर आँसू छलकते हैं)।

डॉ. आर्य —- आप कमजोर न हों डॉ. गुप्ता, शिवानी भाभी का साथ किसी जन्म में आपको ज़रूर मिलेगा।

डॉ. गुप्ता —- रूप प्यारा होता है, रूपांतरण नहीं। शिवानी ने हमसे सात जन्मों के फेरे लिए थे पर हम एक जन्म का भी साथ नहीं निभा पाए। कुदरत ने हमसे शायद कोई मज़ाक़ ही किया है।

देव —— सर ! आप इतना बड़ा आघात सह कर भी इतना सामान्य रह पाते हैं व अपने कर्तव्य पूर्ति में हमेशा तत्पर रहते हैं, कोई विश्वास नहीं कर सकता। हमने एक वर्ष के ट्रेनिंग पीरियड में कभी आपको कमजोर नहीं पाया।

डॉ. गुप्ता —- कॉलेज के सहारे ही टाइम बीत जाता है, कोशिश करता हूँ कि अपने आप को व्यस्त रखूँ पर यह बिछुड़ना एक दो दिन, सप्ताह, मास या वर्ष का नहीं है, पूरे जन्म व जीवन का है, जब इस सच्चाई से रूबरू होता हूँ तो दिल टूट जाता है। जीवन के लक्ष्य छिन्न भिन्न हो जाते हैं।

(काफ़ी समय बीत जाने पर नीलिमा रूम में आकर पापाजी से)

नीलिमा —— पापाजी, अब बाहर चलिए, मम्मा की आत्मा विकल हो रही होगी ?

डॉ. गुप्ता —— (नीलिमा को गले से लगाकर) बेटी, मुझे क्षमा कर दो, मैं तुम्हें दुःखों के सिवाय कुछ नहीं दे सका।एक पिता अपनी आँखों के सामने ही बेटी के सुखों का हरण होते हुए देखने पर विवश हो गया। मुझ जैसा बदनसीब पिता तुम्हें क्यों मिला बेटी, क्यों मिला ....?

डॉ आर्य —- ये किसी इंसान के नहीं, उस परवरदिगार के नियंत्रण में है। प्रकृति प्रदत्त सुख- दुख के लिए इंसान उत्तरदायी नहीं हो सकता ?

देविना —- हाँ गुप्ता सर ! इसमें आपका, एक पिता का कोई दोष नहीं। हम सब प्रकृति के जीवित खिलौने हैं, कठपुतली हैं, हमारी जीवन डोर उसी के हाथों में है। वह जैसे नाच नचाएगी, नाचना ही पड़ेगा।

देव —- गुप्ता सर ! कोविड-19 महामारी ने अनेक घरों को बर्बाद किया है, जो जीवित बचे हैं वे भी बदतर जीवन जीने पर विवश हैं।नीलिमा बहन ! तुम्हारे चेहरे पर यह सब क्या जन्म से ही है ?

नीलिमा —- नहीं देव भैया, इंसान का जब बुरा दौर आरंभ होता है, तब मुसीबतों का घेरा चारों ओर से उसे जकड़ लेता है। वह समय के थपेड़ों से

आघात पाकर विवश जीवन - यापन करने पर ही मजबूर हो जाता है। एक सिरफिरे ने मेरा जीवन नरक बना दिया देव भैया, मैं अपना सब जीवन नरक में समाता हुआ देखती रह गई। (रोने लगती है व पिता के कंधे का सहारा लेती है)

डॉ. आर्य —— नीलिमा बेटी, व्यथित न हो, तुम्हारे साथ जो घटित हुआ, उसे याद कर हमें भी बहुत पीड़ा लगती है।

देविना —- ऐसी कौनसी घटना हुई सर !

डॉ. गुप्ता —- आर्य साहब, बच्चों को आप ही बयां करें, मुझमें सामर्थ्य शेष नहीं रहा है।

डॉ. आर्य —— देव- शुभम ! अब क्या वर्णन करूँ, वह घड़ी याद कर ही कलेजा मुँह की ओर दौड़ने लगता है।

देव —- सर, मैं समझ सकता हूँ कि कोई एसिड अटैक की वारदात हुई होगी ?

डॉ. आर्य —- हाँ, तुम्हारा अनुमान सच्चाई के क़रीब है। एक तरफ़ा प्यार में एक पागल ने नीलिमा पर एसिड उंडेल दिया, उस दिन जब नीलिमा अपनी मम्मी के लिए खाना व दवा लेकर अस्पताल जा रही थी। नीलिमा को कहीं सपने में भी उस युवक के प्यार की भनक नहीं थी पर जो होनी थी, वह हो गई। आज तक उस सिरफिरे का कुछ पता नहीं हो पाया है।

देविना —- आर्य सर, वाक़ई दर्दनाक घटना है, एक क्षण में ही पूरा जीवन तबाह हो गया।

डॉ. आर्य —- मैं गुप्ता सर की हिम्मत की दाद देता हूँ कि लगभग एक ही समय घटित हुए दोनों वज्रपातों को झेल पाए।

डॉ. गुप्ता —- नहीं आर्य सर, मैं आज तक भी उबर नहीं पाया हूँ। मेरे आँसू अब सूख चुके हैं, मैं रोने में भी विवश हूँ। मेरे जीवन में अब शेष रहा ही क्या है ? दुख सहने के लिए ज़िंदा हूँ।

डॉ. आर्य — मि० देव, मैं हर समय प्रयास करता हूँ कि गुप्ता सर के दुख दर्द को कम करूँ और इन्हें ख़ुश रखूँ और इसी कड़ी में हम दोनों ने तुम चारों को जोड़ने का काम किया।

देव —- हाँ सर ! हम भी आश्चर्यचकित थे कि एक गुरू एक पिता कैसे हो गए? कल्याण से क्लेश अवश्य ही क्षीण होने लगते हैं। गुप्ता सर ! हमें आपसे बड़ी सहानुभूति हो गई है, हम आपके दुख में बहुत दुख महसूस कर रहे हैं।

डॉ. आर्य —दुख बाँटने से दुख हल्का हो जाता है, कोई किसी के दुःखों को ग्रहण नहीं कर सकता ? दुःखों को तो स्वयं ही भोगना पड़ता है।

शिवि —— यस सर ! मेरी माँ के जाने के बाद मुझे यह अनुभव हुआ है, आप सत्य कह रहे हैं।

देव —- हाँ सर ! शिवि को तो शुभम ने बड़ी तत्परता से संभाल लिया वरना पता नहीं क्या हश्र होता ?

शिवि —- देव भैया, आप सब ने मिलकर मुझे नया जीवन दिया है। देविना दीदी ने बड़ा दिल दिखाकर मुझे आप सबके पास भेजा और आप सबकी सूझबूझ से मेरा जीवन सुखमय हो गया। मेरे जीवन के गगन में काले बादल छँट कर नव प्रकाश फैल गया।

डॉ. आर्य —- मुझे व डॉ. गुप्ता को आप चारों को देख कर असीम आनंद प्राप्त होता है। हम आपसे मिलने का अवसर तलाश करते रहते।

डॉ. गुप्ता —मेरे दोस्तों, मैंने यहाँ बुलाकर आप सब को कष्ट दिया, मैं क्षमा चाहता हूँ।

देविना— सर ! आप दोनों ने हमें अपना समझ कर ही बुलाया है और अपनों को सुख- दुख में शामिल करना कोई कष्ट देने जैसा नहीं होता।

देव —- हाँ सर ! हम जीवन के इस सफ़र में कभी आपके कुछ काम आ सके तो बड़ा भाग्यशाली समझेंगे।

डॉ. गुप्ता —- शायद काफ़ी समय निकल गया, अब आप सब विश्राम करें।

डॉ. आर्य हाँ, अब आप सब अपने - अपने हॉस्टल में जाकर भरपूर नींद ग्रहण करें ताकि कल सुबह कॉलेज में तरोताज़ा होकर पढ़ाई कर सको।

(चारों भित्ति पत्रिका के साथी प्रणाम कर निकल जाते हैं।)

16

राजीव व दिव्या डॉ. भगवत स्वरूप के घर आमंत्रित

राजीव व दिव्या आज यहाँ डॉ. भगवत स्वरूप जी के घर आमंत्रित थे डिनर के लिए। शादी के बाद से ही दोनों को एक पल के लिए भी घर में ठहरने व दिव्या को मम्मी पापा से बातचीत करने के क्षण नसीब नहीं हुए। चार- पाँच दिन हनीमून पर निकल गए और फिर चुनाव प्रचार के लिए भिवानी जाना पड़ा।

डॉ. भगवत स्वरूप ने कई बार डिनर के लिए घर आने को कहा था पर कोर्ट के काम व मुक़दमों की भरमार से दीक्षित जी उलझ से गए थे, उनकी मदद करना भी ज़रूरी था। राजीव को लगने लगा था कि विवाह से पूर्व इतना काम करते तो भी मित्र-दोस्तों के साथ बतियाने का अवसर मिल जाता था लेकिन अब ये हाल है कि सांस लेने की फ़ुरसत नहीं, जीवन जैसे यंत्रवत् हो गया है।

दिव्या काफ़ी देर से इंतज़ार में थीं पर राजीव का काम सिमटने का नाम ही नहीं ले रहा था। दीक्षित जी से 'कल सुबह से ही जुटकर काम निपटाएँगे' ऐसा कहकर राजीव ने घर की राह ली। रास्ते से आवश्यकतानुसार मिठाई व फल पैक करवाए व घर पहुँचे।

दिव्या —- आज भी देर से ही पहुँच रहे हैं आप ? हमें डिनर के लिए जाना था फूफाजी के यहाँ।

राजीव — अब भी बड़ी मुश्किल से निकल कर आया हूँ, मुक़दमों की फ़ेहरिस्त मुँह बाए खड़ी है। आज मतगणना चल रही थी, भिवानी से पापाजी का कोई समाचार मिला क्या ?

दिव्या — अभी तक तो कोई खबर नहीं, न ही टी.वी. बगैरह ऑन किया।

राजीव —- चलो, वहीं जाकर समाचार सुनेंगे, डॉ. साहब के पास कोई सूचना ज़रूर मिलेगी। तुम्हें घर की लोकेशन ध्यान है कि नहीं ?

दिव्या —- हाँ लोकेशन भी और घर भी, भिवानी से छुट्टियों में कई बार आई हूँ रश्मि से मिलने। क्या तुम कभी नहीं आए अपने दोस्त राकेश की ससुराल में ?

राजीव —- अभी तक तो वह खुद ही एक बार पहुँच पाया है, वह भी 'रोके' से पहले। मैं क्लीनिक पर तो कई बार गया हूँ राकेश के साथ, देव भैया को ट्रेनिंग अवकाश के लिए पर घर आने का यह पहला मौक़ा मिल रहा है।

दिव्या — इस पहले अवसर पर मैं अवश्य तुम्हारी मदद करूँगी। हम पैदल ही चल निकलेंगे, सारा दिन घर में रहने से आलस आ गया है।

राजीव —- मुझे भी कोर्ट में काम से मानसिक थकान महसूस हो रही है। पैदल चलने से कुछ शारीरिक हलचल हो जाएगी।

(दोनों डॉ. भगवत स्वरूप के घर पहुँचे तो अश्मि को गेट पर देखकर)

दिव्या — अश्मि, तुम यहाँ क्यों टहल रही हो ?

अश्मि —- दिव्या दीदी, हम आप दोनों की इंतज़ार में थे। जीजाजी ने कहा था कि मैं तुम्हारी राह देखूं, कहीं घर पहचानने में परेशानी न हो।

दिव्या —- कौनसे जीजा जी ? क्या डॉ. राकेश भी आए हुए है ?

अश्मि —- और कौन से जीजाजी होंगे, वही रश्मि दीदी वाले हैं न डॉ. राकेश। काफ़ी देर से आए हुए हैं।

दिव्या —- अस्पताल से छुट्टी कर सीधे ही यहाँ आ गए होंगे ?

अश्मि —- हाँ, मम्मी ने बुलाया था, यमुनानगर गए थे न रश्मि दीदी से मिलने। राजीव भैया, मैं बातों में आपको नमस्ते कहना ही भूल गई। वापिसी में दो बार कर दूँगी, चलेगा भैया ?

राजीव —- (मुस्कुराते हुए) तुमने अपने जीजा जी को तो नमस्ते की है न ? मैं अंदर जाकर उसी से ले लूँगा, तुम फ़िक्र न करो।

अशिम —- हाँ यही ठीक रहेगा, आप दोनों पक्के दोस्त है न। एक को दी गई चीज दूसरे तक पहुँच ही जाती है।

दिव्या — अशिम ! तुम हमें यहाँ बातों में लगाए रखोगी या अंदर भी लेकर जाओगी ?

(गेट पर आवाज़ सुनकर राकेश व अंजना बाहर आकर)

राकेश — आइए, राजीव बाबू, आपका स्वागत है।

अंजना —- हाँ दिव्या, आओ अंदर चले आओ, बाहर ही क्यों अटके हो?

राजीव —- (अंदर आकर राकेश के साथ सोफे पर बैठते हुए) पहले से ही मौजूद हैं भाई साहब ?

राकेश —- अपनी ससुराल में ही यजमान हूँ दोनों का, कहिए क्या सेवा करूँ ?

अशिम—- (ट्रे में पानी के गिलास लिए) लो राजीव भैया पानी लो। जीजा जी, क्या सेवा करेंगे, ये तो खुद ही मेहमान हैं यहाँ।

राकेश —- अशिम, दिव्या को भी पानी देकर आओ और मम्मी को बोलो कि चाय तैयार कर देंगी।

अशिम —- अभी पापाजी भी नहीं आए हैं, चाय के साथ कुछ खाने को लेकर आना था।

राकेश—- पापाजी को फ़ोन लगाकर बताओ कि दिव्या दीदी आ गईं हैं।

आलोक —- (घर में कदम रखते हुए) मैं आ ही गया हूँ। आते-आते एक अजीब सी घटना हो गई।

अंजना —- सब कुछ ठीक तो है, पिताजी नहीं आए तुम्हारे साथ ?

आलोक —- वे रामकृष्ण बाबू के यहाँ गए थे कुछ चुनाव परिणाम की जानकारी लेने, काफ़ी देर से वहीं हैं।

अंजना —- तुम कौनसी घटना की बात कर रहे थे ?

आलोक —- अपनी क्लीनिक के साथ ही एक दुकानदार को लोहे की कील पाँव में गड़ गई थी और खून बह निकला। टेटनस बीमारी के डर से उसने टी. टी. का इंजेक्शन ले लिया।

अंजना —- तो इसमें घटना की क्या बात हुई ? डॉक्टर लोग तो दिन भर में न जाने कितने इंजेक्शन देते हैं।

आलोक—- अरे वह मामला इतने तक ही सीमित नहीं है, वह भद्र पुरुष दस मिनट के बाद घबराहट अनुभव करने लगा और उसकी बेचैनी निरंतर बढ़ती जा रही थी। मैंने आनन फ़ानन में अपने वरिष्ठ डॉक्टर मिश्रा जी को आहूत किया। डॉक्टर मिश्रा ने तुरंत आकर देखा तो पाया कि टीके का रिएक्शन हो गया है और अविलंब एक इंजेक्शन दिया, जिससे उसकी बेचैनी का अंत हुआ। अगर समय रहते सहायता नहीं मिलती तो कुछ भी अनहोनी हो सकती थी ?

राकेश —-ऐसा तो सुनने में कभी शायद ही आया होगा कि ऐसे इंजेक्शन का रिएक्शन हुआ हो ?

अंजना —- तभी आप ख़ाली हाथ लौट रहे हैं।

राजीव —- आंटीजी, दिव्या खूब मिठाई लेकर आई है, उससे काम चल जाएगा।

आलोक —- नहीं मैं तिवारी स्वीट्स को फ़ोन लगाता हूँ, उसका कारिंदा तुरंत ले आएगा।

अंजना —- हाँ, उनको बोलना कि गर्मागर्म लेकर आए। कुछ नमकीन काजू व बादाम भी बोल देना, इतने तक मैं चाय तैयार कर लेती हूँ।

डॉ. भगवत स्वरूप- (घर में पहुँच कर) कुछ भी फोन करने की जरूरत नहीं है, मैंने तिवारी के पास मैसेज कर दिया है, उसका प्यादा आता ही होगा।

आलोक —आपको कैसे मालूम हुआ कि मैं कुछ नाश्ता वगैरह नहीं ले पाया।

डॉ. भगवत स्वरूप —डॉ. मिश्रा वहाँ प्रधान जी से मिलने आए थे, मुझे देख कर इंजेक्शन की बात बताने लगे। कह रहे थे कि समय रहते सहायता नहीं मिलती तो कुछ भी अनर्थ हो सकता था।

आलोक —-हाँ पिताजी, इसी हड़बड़ी में मैं सब कुछ भूल गया।

राकेश, राजीव व दिव्या डॉक्टर दादा को प्रणाम करते हैं व राजीव चुनाव परिणाम के बारे में जानने को बेताब दिखाई दे रहे हैं।

डॉ. भगवत स्वरूप — सब बातचीत चाय के साथ ही होगी। अंजना बेटी, चाय भिजवाओ।

अंजना — हाँ पिताजी, सब टेबुल पर ही रख दिया है, आप लोग ले लीजिए।

डॉ. भगवत स्वरूप— शुरू कीजिए सब लोग, सर्दी के मौसम में ठंडी चाय का कोई मतलब नहीं रहेगा।आलोक बेटा, सबको ये कचौड़ी प्लेट में रख कर सर्व करो। दिव्या बिटिया के लिए स्पेशल ढोकला मंगवाया है, चटनी के साथ उसकी तश्तरी में रखो। राकेश बाबू, आप कुछ नहीं ले रहे ?

राकेश — बड़े अंकल, इतना सब चाय के साथ लेने से डिनर का मज़ा जाता रहेगा। वैसे भी बाज़ार की तलीं- भुनीं चीजें मैं कम ही लेना पसंद करता हूँ।

राजीव —- तुम तो डॉक्टर हो भाई साहब, तोल- मोल कर खाते हो। इस उम्र में तो कंकर - पत्थर सब हज़म हो जाता है।

राकेश —-हमारा बैठक का काम ज़्यादा रहता है, आप लोग कोर्ट में खड़े होकर ही केस लड़ते हैं।

दिव्या — (ढोकला का स्वाद चखने के बाद) आप दोनों मित्र जब तक अपना विवाद सुलझाएँ, नमकीन काजू की प्लेट मेरी तरफ़ खिसका दो, हम ही यह ज़िम्मेदारी निभाएँगे।

(सभी उपस्थित परिवार जन ठहाका लगाकर हँसते हैं।)

डॉ. भगवत स्वरूप —- राकेश बाबू, तुम अपनी डिग्री ले आए होंगे। रश्मि बिटिया से मिलकर आए हो न ?

राकेश —- यस बड़े अंकल, रश्मि व तान्या दोनों मंच पर ट्रे में रख कर सब डिग्रियाँ ला रहीं थीं।

दिव्या— तो जीजा जी ने दीदी से ही डिग्री ग्रहण की। घर में ही डॉक्टर बन गए।

राकेश — डिग्री सुपुर्द करते समय तान्या मुस्करा रहीं थीं तो मंत्री महोदय ताड़ गए कि दाल में कुछ काला है, पूछ बैठे- कोई विशेष प्रसंग होगा जो आप इतना मुस्करा रहीं हैं। तब तान्या ने बताया, सर ! ये साहब मेरी सहेली के मंगेतर हैं। तब मंत्री जी ने मेरी पीठ थपथपा कर मुझे डिग्री प्रदान की व पूछा - कहाँ से हैं डॉक्टर साहब ? अपने उत्तर में जब मैंने जींद शहर का नाम लिया तो हैरान से होकर बोले, डॉ. भगवत स्वरूप जी को जानते हो ? हमारी पार्टी के वरिष्ठ नेताओं में गिने जाते हैं व एक चुनाव भी लड़ चुके हैं। मेरे यह कहने पर कि रश्मि उन्हीं की पौत्री है तो उन्होंने सिर पर हाथ रख कर रश्मि को आशीर्वाद दिया व मुझसे कहा- डॉ. भगवत स्वरूप जी को हमारा स्नेह भरा नमस्कार कहना।

डॉ. भगवत स्वरूप—कौन, क्या नाम बताया उनका ?

राकेश —- सभी उनको 'राव साहब' के सरनेम से पुकार रहे थे।

डॉ. भगवत स्वरूप — याद आया, मेरे एक रिश्तेदार हैं करनाल में, उनके क्लास- फैलो हैं राव साहब। शायद उत्तर प्रदेश के बनारस ज़िले से हैं। मेरे चुनाव में खूब मेहनत व लगन से काम किया था जैसे हमने दिव्या बिटिया के पापा के चुनाव में किया है।

राजीव —- यस बड़े अंकल, हम सबने बड़े चाव व परिश्रम से प्रचार किया था। आज चुनाव परिणाम घोषित होना था, क्या रहा होगा ?

डॉ. भगवत स्वरूप — मैं जब बाबू रामकृष्ण के पास बैठा था तब तक विवाद चल ही रहा था। पं० शंकर प्रसाद कुल एक सौ तीन मतों से बढ़त बनाए

हुए थे लेकिन विरोधी दल ने मतदान में धांधली का आरोप लगाते हुए परिणाम घोषित न करने का दबाव बनाया।

राजीव —- ऐसा क्या हुआ था बड़े अंकल ?

डॉ. भगवत स्वरूप—- प्रतिद्वंद्वी पक्ष के एजेंट के पास एक कोरा मतपत्र था जो उसे मतदान केंद्र में जिल्द के साथ चिपका हुआ कूड़े के ढेर से मिला था। उसी के आधार पर चुनाव परिणाम रोकने को कहा। रिटर्निंग ऑफ़िसर ने उनके अनुरोध पर पुनः गणना भी करवाई, परिणाम ज्यों का त्यों रहा।

राजीव — कानूनन चुनाव परिणाम घोषित करने से रोका नहीं जा सकता क्योंकि कोरे मतपत्र का मामला जाँच का विषय है जो कोर्ट द्वारा किए गए फ़ैसले से ही सुलझेगा।

राकेश —पर वह कोरा मतपत्र कहीं किसी और मतदान केंद्र का भी हो सकता है,अनेक संभावनाएं हो सकती हैं इसलिए बिना देरी किए परिणाम घोषित कर देना चाहिए।

राजीव — बिल्कुल सही कहा हमारे डॉ. साहब ने और इन संभावनाओं को समाप्त कर कोर्ट ही कोई निश्चित फ़ैसला दे सकता है। हो सकता है कि अब तक रिटर्निंग अधिकारी ने कोई निर्णय कर लिया हो ?

डॉ. भगवत स्वरूप —आलोक बेटा, ज़रा टी. वी. ऑन करो, शायद कुछ समाचार मिल जाए। डी.डी. न्यूज़ चैनल पर ही विश्वसनीय एवं ताज़ा जानकारी मिलेगी।

आलोक —- अश्मि ने टी.वी. ऑन कर रखा है, शायद वह कोई अपना पसंदीदा सीरियल देख रही है।

डॉ भगवत स्वरूप —चलो हम अश्मि के पास ही चलते हैं।अश्मि बेटी, ज़रा डी.डी. न्यूज़ लगाओ।

अश्मि —- यस दादा जी, आप क्या सब लोग समाचार सुनना चाहेंगे ?

राजीव — हाँ अश्मि, दिव्या के पापा जी का चुनाव परिणाम निकलना है ना इसलिए सब लोग आए हैं।

अश्मि —- ठीक है, लो समाचार चल ही रहे हैं।

आज नौ राज्यों की इकतीस विधानसभा सीटों पर मतगणना आरंभ हुई। दो सीटों को छोड़कर सभी सीटों के परिणाम घोषित कर दिए गए हैं। दो विधानसभा क्षेत्रों, हरियाणा के भिवानी व असंध जहां मतों की गणना कर ली गई है पर कुछ विवाद के कारण परिणाम घोषित नहीं किए जा सके। ज्यों ही मतगणना केंद्र से कोई नवीन जानकारी मिलेगी, श्रोताओं को अविलंब दे दी जाएगी। नमस्कार!

सब लोग समाचार सुनकर बाहर की तरफ़ निकले ही थे कि बड़े अंकल के फ़ोन की घंटी बजने लगी।

डॉ. भगवत स्वरूप — आलोक बेटा, देखो तो ज़रा किसका फ़ोन है ?

आलोक — (पिता जी से फ़ोन लेकर सुनते हुए) हैलो डॉ. साहब, अभी रास्ते में ही हो या घर पहुँच गए ?

आलोक — अंकल, गुड ईवनिंग ! पिताजी घर में ही हैं, आप उनसे बात कर सकते हैं।

(पिता जी को फ़ोन देकर बताया कि बाबू राम कृष्ण जी बात करना चाहते हैं)

डॉ. भगवत स्वरूप — हैलो प्रधान जी, क्या समाचार हैं ?

बाबू राम कृष्ण —- हैलो डॉ. साहब, आपको बधाई हो, आपके रिश्तेदार चुनाव में विजयी घोषित हो गए हैं। दोनों सीटों से चुनाव परिणाम घोषित होने वाले हैं।

डॉ. भगवत स्वरूप — जब चुनाव परिणाम घोषित ही नहीं हुए तो कैसे विजयी हुए ?

बाबू राम कृष्ण — डॉ साहब, हम डॉक्टर नहीं हैं जो बीमारी होने के बाद इलाज करें। नेता हैं, जो बीमारी से पहले ही इलाज कर देते हैं।हम हवा के रुख़ को पहचानते हैं। अभी गुप्त व विश्वस्त जानकारी है, टी. वी. पर शायद देर रात तक परिणाम की घोषणा हो ताकि दंगे- फिसाद से बचा जा सके। भीड़भाड़

जब छँट जाएगी शायद तब घोषणा होगी। वैसे मेरी सूचना सौ प्रतिशत सही मिलेगी।

डॉ. भगवत स्वरूप—— आपके मुँह में घी- शक्कर नेता जी, शुभ समाचार दिया है।

बाबू राम कृष्ण — अरे डॉ साहब ! आजकल कौन घी- शक्कर खाएगा। पुराने ज़माने के रिवाज छोड़ो, कोई लड्डू - पेड़ों की बात करो।

(हंसते हैं)

डॉ. भगवत स्वरूप —- कोई पुख़्ता जानकारी मिले तो साझा करना, आओ डिनर तैयार है, पं० शंकर प्रसाद की लड़की व दामाद आज मेहमान हैं यहाँ।

बाबू राम कृष्ण —- दामाद तो राजीव वकील ही हैं न ?

डॉ. भगवत स्वरूप —- हाँ बिल्कुल सही फ़रमाया। शादी के बाद हनीमून पर चले गए थे, फिर चुनाव प्रचार के लिए भिवानी निकल गए। आज फ़ुरसत मिली तो तशरीफ़ लाए हैं।

बाबू राम कृष्ण — आप लीजिए डिनर, आपको कोई सूचना मिले तो शेयर करना। (नमस्कार कर फ़ोन बंद करते हैं)

अश्मि —- (जल्दी से दौड़ कर बाहर आकर) दादा जी ! दादा जी ! ! अभी अभी टी. वी. पर बोला है कि थोड़ी देर में विशेष चुनाव - प्रसारण होगा। आप सब अंदर आ जाइए चुनाव - बुलेटिन सुनने के लिए।

डॉ. भगवत स्वरूप—- बेटी अश्मि, तुम तो अपना सीरियल देख रही थी, समाचार कैसे पता चला ?

अश्मि —- आप सभी समाचार सुनने आए थे तब मेरा सीरियल मिस हो गया था। मैंने सोचा कि सीरियल जब कल रिपीट होगा, देख लूँगी और जिज्ञासा वश समाचार ही सुनती रही।

डॉ. भगवत स्वरूप —- शाबाश बेटी !

अशिम —- दादा जी, बुलेटिन शुरू हो गया है।

"आप देख रहे हैं डी.डी. न्यूज़ इंडिया, प्रस्तुत है विशेष 'चुनाव-बुलेटिन'। जिन नौ राज्यों में विधानसभा के लिए उपचुनाव हुए थे उनमें हरियाणा के भिवानी व असंध को छोड़कर सभी के चुनाव परिणाम पहले ही घोषित किए जा चुके हैं। अभी- अभी इन दोनों के नतीजे भी प्राप्त हो गए हैं। असंध विधानसभा क्षेत्र से श्री बूटा सिंह व भिवानी से पं० शंकर प्रसाद को विजयी घोषित किया गया है। हमारे संवाददाता रवींद्र टंडन ने बताया कि असंध विधानसभा क्षेत्र में सभी आठ उम्मीदवारों की ज़मानत नहीं बच पाई। चुनाव आयोग के निर्देश पर सबसे ज़्यादा मत प्राप्त करने वाले उम्मीदवार को विजयी घोषित किया गया है। भिवानी क्षेत्र में एक मत का मामला क़ानून का विषय है। इसके कारण परिणाम नहीं रोका जा सकता। विपक्षी उम्मीदवार चाहे तो क़ानून का दरवाज़ा खटखटा सकता है। शेष समाचारों के लिए देखते रहिए डी. डी. न्यूज़ ! नमस्कार।!

सभी के चेहरे ख़ुशी से खिल गए थे। आलोक शर्मा बड़ी तत्परता से राजीव व दिव्या को बधाई पहुँचाते हैं व डिनर के लिए बुलाते हैं।

राजीव —आलोक अंकल, आज आप का डिनर यादगार बन गया, आओ दिव्या डिनर के लिए।

राकेश—- हमें भूल गए क्या। राजीव भाई, मुबारक हो ससुर साहब की जीत के लिए।

राजीव — क्यों शर्मिंदा कर रहे हो डॉ. साहब। आपको भुला दिया तो समझो-दांत गए और जब दांत ही चले गए तो डिनर भी कैसे होगा ?

दिव्या —- मेरी भूख तो उड़ गई है, ख़ुशी के मारे पागल होने को हूँ। पापा की इच्छा वर्षों बाद फलित हुई है। कल हम भिवानी जा सकते हैं ?

डॉ. भगवत स्वरूप —- रात्रि काफ़ी बढ़ गई है, सभी डिनर ले लें। आप तीनों को फिर घर भी लौटना है। आलोक बेटा, यह मिठाई का डिब्बा तो इधर लाना। जो तिवारी के यहाँ से आया था। आज ख़ुशी के मुबारक मौक़े पर डिनर से पहले स्वीट खाएँगे।

आलोक — लीजिए बाबू जी, यही है ना ?

डॉ. भगवत स्वरूप — हाँ बिल्कुल यही है। दिव्या बेटी, लो तुम ही सबका मुँह मीठा करवाओ।

दिव्या — (बाबू जी से डिब्बा लेकर) सबसे पहले आप ही मुँह मीठा कीजिए।

डॉ. भगवत स्वरूप — (मिठाई मुँह में घोलते हुए मधुर स्वर में।) ख़ुश रहो बेटी, आज हम भी बहुत खुश हैं।

डिनर के बाद राजीव- दिव्या डॉ. भगवत स्वरूप जी से चरण स्पर्श कर आशीर्वाद ग्रहण करते हैं। अंजना दिव्या की झोली में शगुन की पूड़ी डालती हैं। ख़ुशी - ख़ुशी तीनों पैदल निकल जाते हैं।

***

17

डॉ. भगवत स्वरूप के घर से आने के बाद राकेश का चिंतन

राजीव व दिव्या से विदाई ले कर राकेश अपने घर पहुँच गया था। रात्रि अब गहराने लगीं थीं। राजमार्गों पर आवाजाही का शोर क्षीण पड़ने लगा था। पक्षियों का कलरव अब शांति में बदल चुका था पर शायद राकेश के मन का शोर अब शुरू हो गया था। आते ही परिधान बदल नाइट- सूट पहन लिया था, पानी पीकर खटिया संभाल ली थी। बाहर से कुछ ठंडक बढ़ने के संकेत मिलने लगे तो खिड़की से झांका। बूँदें कोमल पगों से धरा पर उतर रहीं थीं, वृक्षों की शाखाओं पर सवार हो बच्चों सी फिसल कर उत्पात मचा रही थी। मस्त पवन इन रूपहली बूँदों को अपने बाँहों के झूले में जैसे भू- व्योम में झुला रहीं हों।सर्दी से आहत व शुष्क हुई धरा पर विश्राम ले रहीं घास नन्हीं- नन्हीं बूँदों को अमृत सम मानकर पान कर रहीं थीं। सड़क पर पड़ी सीमेंट में गुंथी कंक्रीट बूँदों से घायल हो जैसे तराना अलाप रही थीं, जिसकी नशीली आवाज़ से मदमस्त हो झींगुर किसी कोने में मानो हारमोनियम से संगति कर रहे हों।

राकेश अभी जाग रहा था पर सोने के सिवाय और कोई काम इस वक़्त उसके पास नहीं था।हाँ सोने से पहले दिन भर की, जीवन भर की घटनाएँ, यादें मस्तिष्क में उतरने अवश्य लगीं थीं। महामारी ने निर्ममता से माता-पिता को उससे छीन लिया था, अनाथ हो गए थे दोनों भाई- बहन। जैसे- तैसे दंत चिकित्सक का कोर्स पूरा हुआ पर आगे की पढ़ाई / कोर्स नहीं कर पाया।नेहा को पढ़ाई के लिए अच्छे स्कूल में भेजा, कितनी अकेली है बेचारी? 'रोका' के समय माँ को याद कर, फूट- फूट कर रोने लगी थीं। रश्मि ने बताया था कि नेहा बहुत समझदार है व तर्क पूर्ण बातें करती है, पर क्या तर्क और समझदारी माँ की याद को भुला सकते हैं, रोने से रोक सकते हैं? मैं भी अपने मन को बामुश्किल नियंत्रित कर पाता हूँ। उधर देव भाई सब के होते हुए भी अकेला है, मेरे ठिकाने

के सिवाय उसे कहीं ठिकाना नहीं। मुझसे कितना प्यार करता है, मुझ पर कितना अधिकार समझता है - बड़े अंकल को मुझसे सलाह मशविरा किए बिना ही सगाई की हामी भर दी। स्वयं को मेरा रखवाला, मेरा माँ बाप मानता है। ट्रेनिंग के लिए छुट्टियों की बाबत छटपटाता रहा, मुखिया ने अपनी गर्दन कभी सीधी नहीं की। आख़िर बड़े अंकल ही उसका सहारा बने। कितना सम्मान करता है उनका, बिना किसी स्वार्थ सिद्धि के एक इशारे पर उसी मुखिया को अपनी रचना समर्पित कर दी।

शुभम- शिवि को मिलाने की तमाम कोशिशें देव भैया के कारण ही सिरे चढ़ पाईं। कितनी ह्रदय की गहराई से चाहता है देविना को, उस रात सपने में ही देविना से बात करने लगा था। जब बेचैनी से आंखें खुल गई तो मुझे पास बैठा देख कर पूछने लगा — राकेश भैया, तुम अभी तक सोए नहीं ? मैं उसे सपने का क्या ज़िक्र करूं ? रोना आ जाता है उसे देविना को याद करके। रश्मि को कितनी इज़्ज़त की निगाह से देखता है, दिव्या की शादी में देविना को रश्मि के पाँव छूने की कहता है पर रश्मि ने ऐसा नहीं होने दिया। रश्मि भी अब हताश सी होने लगी है। दीवाली की छुट्टियों में ही मिलना हुआ था। उसके बाद दिल्ली में तरुण की शादी में बात तक नहीं हो पाई, अब दीक्षांत समारोह पर कितना प्यार उंडेल रहीं थीं। तान्या भी क्या सोचती होगी, शायद उसे भी समीर भाई साहब की याद आ गईं होगी। सब अकेले- अकेले हैं, सब वियोगी- विरही बने हुए हैं, सब जंगल में ठूंठ सा जीवन बसर कर रहे हैं। कब उस ठूंठ पर हरियाली होगी, कब दल निकलेंगे, फल- फूलों की बहार आएगी, पक्षियों की चहचहाहट होगी, जीवन में कब ख़ुशियों के रंग बिखरेंगे ?

कांति भाई सारा दिन कोर्ट में खपा देता है और सायंकाल में जब मैं घर में नहीं मिलता तो लॉक पर खीझ निकालता है। कितना खिल जाता है ख़ुशी से मुझे घर में पाकर। कोर्ट में बड़े- बड़े वकील उसके सामने बौने पड़ जाते हैं पर नेहा के समक्ष उस दिन भिगी बिल्ली बन गया जब नेहा ने लोहे व रूई के भार का अंतर पूछा था। नेहा को मुझसे भी ज़्यादा तवज्जो देता है। तरुण की शादी में नेहा से उसकी पढ़ाई व भविष्य के जीवन - निर्माण की बात करता रहा। आख़िर उसका इस विस्तृत भूमंडल पर है ही कौन ? शायद बड़े अंकल

ही उसके अकेलेपन को दूर करेंगे, पर क्या राजीव- दिव्या की तरह वह भी हमसे पहले हनीमून पर चला जाएगा ? शायद हम तो भीष्म पितामह की तरह शर-शैय्या पर पड़े देखते ही रहेंगे । क्या सारी उम्र बाराती बनने में ही निकल जाएगी ?

ज्यों -ज्यों राकेश की विचारों की कड़ियाँ जुड़ कर शैतान की आँत होती जा रही थी त्यों - त्यों वर्षा रानी ने भी रफ़्तार पकड़ ली थी । प्यास बुझाने को उठा तो घड़ी पर नज़रें टिकी, टाइम देख कर हैरान रह गया, रात्रि का तीसरा पहर आरंभ होने वाला था । अब सो जाना चाहिए, कल ड्यूटी भी करना है वरना रोगियों के सामने ही नींद के झटके लगेंगे । विधाता ने किसकी क़िस्मत में क्या लिखा है, यह तो वही जानता है । मार्च/ अप्रैल में नेहा के भी एग्ज़ाम होंगे, उसकी क़िस्मत में क्या लिखा है ? तरुण - लक्ष्मी की शादी में कांति भाई को बता रहीं थीं कि मुझे डॉक्टर नहीं बनना है । मैं भी सोच रहा था कि रश्मि के आने के बाद एम. डी. एस. कर बड़ा डॉक्टर बन जाऊँ पर अकेली रश्मि दोनों भाई- बहन को कैसे पढ़ाएगी ? कैसे इतना खर्च चुकाएगी ? कल कांति को लेकर राजीव के घर जाऊँगा, कांति को अभी तक दिव्या से मिलना नहीं हुआ है । धीरे-धीरे उसकी विचार- माला शांत होने लगीं थीं और वह नींद के आग़ोश में समाने लगा था ।

***

18

नताशा का देर से मामा के घर पहुँचना

नताशा के घर जाने के बाद नीतिका बोर होने लगीं थीं हालाँकि उसने कहा था कि तुम भी घर चली जाओ, गणतंत्र दिवस पर दो- तीन छुट्टियाँ हैं पर नीतिका असमंजस में ही रह गई थी ।जब दीदी लक्ष्मी व जीजा तरुण गुप्ता जींद आए थे तब उन्हीं के साथ वह भी कॉलेज के लिए आ गई थीं, क्रिसमस की छुट्टियों के बाद । कल नताशा के जाने के बाद नीतिका ने लक्ष्मी को फ़ोन कर कहा था कि वह गणतंत्र दिवस की छुट्टियों में उसके यहाँ आ सकती है । लक्ष्मी ने जब तरुण को बताया कि नीतिका भी यहाँ आएगी व गणतन्त्र दिवस की परेड भी देखेगी तब तरुण ने एक और 'पास' मँगवा लिया था ।

हॉस्टल में अब बहुत कम स्टूडेंट्स रह गई थी, छुट्टियों में कोई अपने घर, कोई रिश्तेदार के यहाँ अपना ठिकाना खोजने में सफल रहा था । नताशा अपने घर चंडीगढ़ जाना तो चाहती थी पर इतने घंटे का सफ़र कि एक दिन जाने व दूसरा दिन आने में ही खर्च हो जाएगा, इसलिए अपने मामा के यहाँ दिल्ली में ही ठहरने का निश्चय किया जो दिलशाद गार्डन के एक फ़्लैट में रहते थे व किसी सरकारी बैंक में तैनात थे ।

दोपहर दो बजे एम्स से निकलकर वह क़रीब नौ बजे रात्रि में मामा के घर पहुँची । मामा - मामी को भी चिंता सताने लगी थी लेकिन उन्हें इल्म था कि इस समय अमूमन सड़कें जाम हो जाती हैं और आज तो सब छुट्टियाँ बिताने जैसे कहीं टूर पर जाने के लिए निकल पड़े हों । गणतंत्र दिवस पर सुरक्षा के मद्देनज़र काफ़ी सतर्कता बरती जा रही थी जिस कारण हर कोई अनुशासित नज़र आ रहा था । आख़िर जब नताशा को आते देखा तो उनके मन को शकुन मिला ।

नताशा — (घर में प्रवेश करते हुए) नमस्ते मामा जी !

सुशील —- बेटी, बहुत देर हो गई पहुँचने में ? तुम्हारी मामी बहुत परेशान हो रहीं थीं।

नताशा — मामा जी, आज बहुत लंबा जाम लगा था। सड़क जैसे ठहर सी गईं हो। मैं भी ऑटो रिक्शा में बैठे- बैठे थक गई हूँ।

सुशील —-आज कुछ भीड़ ज़्यादा ही लग रही थी, मैं भी लगभग दो घंटे में पहुँच पाया जबकि रोज़ केवल आधा घंटा ही लगता था। आओ, अंदर चलो बेटी !

नताशा — (घर के अंदर जाकर) मामीजी नमस्ते !

सुनीता—- आओ बेटी, कब से राह देख रही हूँ। चलो हाथ- मुँह धो लो, मैं डिनर तैयार करवाती हूँ।लंच के बाद कुछ भी नहीं लिया होगा ?

नताशा — हाँ मामीजी, मैं लंच के बाद ही हॉस्टल से निकल गईं थीं पर मेरी रूममेट के साथ पार्क में टहलने लगीं। सर्दियों की नरम- नरम धूप के लिए मन मचलने लगा था। बस वहाँ बातें क्या शुरू हुई कि घंटों बीत गए। पार्क में जब भीड़ बढ़ने लगी तब लगा कि शायद देर हो गई है।

सुशील —- हाँ बेटी, हम भी धूप के लिए तरस जाते हैं। काम का बोझ इतना रहता है कि लंच टाइम में भी बैंक से बाहर आने का मौक़ा नहीं मिलता।

नताशा —-मामा जी, फिर तो आप थकान महसूस करने लगे होंगे। विटामिन 'डी' की न्यूनता से हड्डियाँ व मांसपेशियाँ कमजोर होने लगती हैं।

सुशील ——वाह बेटी, अब तो तुम डॉक्टरों जैसी बातें करने लगी हो।

नताशा —- यस मामा जी, जो जैसा काम करने लगता है, उसका ज्ञान उसी फ़ील्ड में बढ़ने लगता है। मेरा तो अभी पहला साल ही है।

सुशील —- नीरू का भी पहला ही साल है। दीवाली पर आईं थीं पर, कह रहीं थीं कि अब एग्ज़ाम के बाद ही आऊँगी।

नताशा —- मनीपाल में है न नीरू दीदी, मामा जी ! लॉ कर रही है ?

सुशील —नहीं बेटी, लॉ तो हीरू कर रहा है। नीरू तो तुम्हारी तरह डॉक्टरी पढ़ रही है। दोनों का बहुत रुपया - पैसा खर्च लगता है।

नताशा —- मामा जी, अब ट्रेनिंग व दाख़िले पर बहुत धन राशि व्यय करनी पड़ती है। घर में सब लोग कमाई करें तब भी खींचतान रहतीं है। पापा की नौकरी से कम पैसा आता है तो मम्मी को मजबूरी में एक स्कूल में टीचर की नौकरी लेनी पड़ीं।

सुशील —- पढ़ाई में स्कूल टाइम से ही बहुत होशियार थी तुम्हारी मम्मी।

नताशा —- और पापा भी, एक वेकैंसी थीं पूरे देश में, पापा ने आवेदन किया व सेलेक्ट हो गए।

सुशील —- हाँ मुझे ध्यान है एक बार जब मैं चंडीगढ़ गया था तब डिनर पर चर्चा हुई थी कि मिलिटरी इंजीनियरिंग में बिना सिफ़ारिश व रिश्वत के मेरिट आधार पर उनका सेलेक्शन हो गया था।

नताशा —- यह तो आप बहुत पहले की बात कर रहे हो, आपको अभी तक याद है।

सुनीता —- (अंदर से आवाज़ लगाते हुए) नताशा बेटी, तुम्हारे मामा जी को पुरानी बातें तो याद रहती हैं, तुरंत की नहीं। पाँच घंटे सफ़र से थकीं-मांदी लौटी है बेटी, बातों में ही उलझा कर रखा हुआ है। उधर डिनर टेबल पर इंतज़ार में है।

सुशील —- आओ बेटी नताशा, कुछ और उगले तुम्हारी मामी, इससे पहले ही अपनी सीट संभाल लें।

नताशा —- हाँ मामा जी, मामीजी आप भी आ जाओ।सब मिलकर डिनर लेंगे व बातचीत भी करेंगे।

सुनीता — कल सारा दिन बातें ही होंगी, इनकी भी छुट्टी है। (नीरू को घर में आता देख कर) अरे बेटी, तुम !

नीरू —- हाँ मम्मी जी, कई छुट्टियाँ थीं तो चली आई। सब स्टूडेंट्स निकल गए थे।

सुनीता — अच्छा किया बेटी, अपने घर में तो जब दिल करे आ जाओ।

सुशील —- हाँ बेटी, देखो नताशा भी आई हुई है। दोनों का खूब दिल लगेगा।

नीरू —- हाय नताशा, होउ आर यू ?

नताशा — हैलो नीरू दीदी, बहुत अच्छा किया घर आकर। हॉस्टल में छुट्टियों में वीरानी छा जाती है।

सुशील —- बेटी नीरू, सामान रख कर आ जाओ, तुम्हारी मम्मी ने डिनर अभी लगवाया है।

नीरू —- यस पापाजी, मैं पाँच मिनट में आ रहीं हूँ।

नताशा —- हाँ दीदी, हम सब मिलकर ही शुरू करेंगे। मामा जी ! हीरू कहाँ पढ़ रहा है ?

सुशील —- मुम्बई में है हीरू, उसका यह आख़िरी साल है। कहता है कि लॉ करके जज बनूँगा।

नताशा —- लेकिन जज बनने के लिए तो कुछ तीन - चार साल का प्रैक्टिस करने का प्रमाण होना चाहिए होता है।

सुशील —- हाँ बेटी, पहले ऐसा नियम- क़ानून था लेकिन अब नहीं रहा।

नताशा — हाँ मामा जी, मुझे ध्यान आ रहा है कि कोचिंग सेंटर में कुछ स्टूडेंट्स जूडीसियल सर्विसेज़ की तैयारी कर रहे थे।

सुशील —- चंडीगढ़ तो बहुत सुंदर शहर है, बहुत स्टूडेंट्स बाहर से आते हैं। उच्च स्तर के कोचिंग सेंटर हैं वहाँ। हीरू का पहले पंजाब यूनिवर्सिटी चंडीगढ़ में ही दाख़िला होना था पर उसे मुम्बई पसंद आया।

नताशा — मामा जी, दोनों को आपने दूर- दूर भेज दिया, आप दोनों कैसे रहते होंगे ? मामीजी आप कैसे दिन बीताती होंगी अपना।

सुनीता —- बेटी नताशा, क्या बताऊँ, पहले तो एक मिनट की भी फ़ुरसत नहीं मिलती थी पर जब से दोनों बच्चे बाहर गए हैं, घर में ज़्यादा काम नहीं रहा करने के लिए। कुछ दिनों से एक पब्लिशिंग हाउस से प्रूफ़ रीडिंग का काम लिया है।

नताशा —- वह क्या होता है मामीजी ? मैंने तो कभी सुना नहीं कोई इस तरह का काम।

सुनीता —- आज कल घर- घर में लेखक जन्म ले रहे हैं, उनकी पुस्तकें छापने के लिए शहर- शहर, गली- गली में पब्लिशिंग हाउस खुल गए हैं जो पुस्तक छापने से पूर्व एडिटिंग, प्रूफ़ रीडिंग आदि काम करवाते हैं जिससे पुस्तक त्रुटिरहित प्रकाशित की जा सके।

नताशा —- तो इसके लिए आपको यहाँ- वहाँ जाना होता होगा ?

सुनीता —- नहीं, सब काम ऑनलाइन होता है।एक दिन में क़रीब एक हज़ार रुपये कमा लेती हूँ।

नताशा— (हैरान सी होकर) यह तो बहुत बढ़िया काम है मामीजी, इतना पैसा तो मेरी मम्मी को भी नहीं मिलता होगा ?

सुनीता —- हाँ, प्राईवेट स्कूलों में इतना वेतन नहीं मिलता, प्राईवेट काम में ज़्यादा पैसा बन जाता है। एक महीने तो मैंने एक लाख रुपये कमाए जब तुम्हारे मामा जी बैंक की ट्रेनिंग के लिए मुम्बई गए थे पंद्रह दिनों के लिए।

नताशा — वाह मामीजी ! यह तो बहुत मज़ेदार है, घर बैठे ही रुपयों की बरसात। आप तो मामा जी से भी ज़्यादा कमा लेती हैं।मैं मम्मी को बोलूँगी कि वह भी प्रूफ़ रीडिंग का काम शुरू कर लें।

सुनीता —इसके लिए भाषा की विशेषज्ञता आवश्यक है। मैंने हिंदी भाषा में ऑनर डिग्री लिया है वह भी प्रथम श्रेणी में। वैसे भी चंडीगढ़ में ऐसे पब्लिशिंग हाउस कम ही हैं, दिल्ली में भरमार है।

नीरू — लो मैं आ गई पापाजी, डिनर स्टार्ट करो।

सुशील —- आओ बेटी, हम सब तुम्हारे लिए इंतज़ार में थे।

नीरू—- (डिनर शुरू करते हुए) पापाजी, कल का क्या प्रोग्राम बनाया है ?

सुशील —- हम सब गणतंत्र दिवस की परेड देखने चलेंगे। मैंने तीन 'पास' मँगवा लिए हैं।

नीरू — तो क्या हम में से कोई एक नहीं जा सकेगा ?

सुनीता —- मैं घर पर ही रहूँगी, बहुत काम हैं करने के लिए। नीरू तुम्हें कब लौटना है कॉलेज के लिए।

नीरू —- परसों, दोपहर बाद। मैंने रिटर्न टिकट लिया है।

सुनीता —- ठीक है तुम तीनों परेड देखो, मैं तुम्हारी तैयारी करूँगी घर में।

सुशील —- और मैं डिनर लेने की तैयारी कर रहा हूँ अपने घर में।

***

19

राकेश व कांति का राजीव के घर पहुँचना

अरे राकेश भाई, आज हमारी आँखें जो देख रही हैं, क्या वह सब सच है ? क्या मैं, मैं हूँ, और तुम, तुम हो ?

राकेश —- कांति भाई, ये कैसी अनोखी बात कर रहे हो। तुम इस समय कोर्ट में नहीं, डॉ. राकेश के घर में हो और उनके सामने ही खड़े हुए हो।

कांति —- अगर यह सत्य है तो आश्चर्यजनक है।आजतक तुम्हें घर पर नहीं पाया। हमेशा दरवाज़े पर लॉक ने ही मेरा स्वागत किया। लगता है कि अब लॉक इन पीरियड ख़त्म हो गया है।

राकेश —- आज अवकाश दिवस के कारण रोगियों की संख्या कम रही। डॉ. जैन से इजाज़त लेकर चला आया।

कांति —- धन्य हो डॉ. ज्ञान चंद्र जैन, जो हमारे दर्द को समझा वरना इस युग में कौन किसी की परवाह करता है।

राकेश —- हम अपने मित्र कांति की पूरी परवाह करते हैं। आज राजीव के घर लेकर जाएँगे और दिव्या भाभी के हाथ से बनी चाय का आनंद लेंगे।

कांति —- हाँ चलो, मैंने तो अभी तक दिव्या भाभी के अच्छी तरह से दर्शन भी नहीं किया है। आज तो हमारे पास मिलने का बहाना भी है।

राकेश —- मैं समझा नहीं कांति भाई, क्या कह रहे हो ?

कांति —- सिर्फ़ डॉक्टरी में ही इंटेलीजेंट हो, व्यवहारिक ज्ञान की शायद न्यूनता है।

राकेश —- फिर पहेली बुझा रहे हो, स्पष्ट कहो ?

कांति —- अरे डॉ. साहब, दिव्या भाभी के पिताजी चुनावी गंगा पार कर गए हैं, दोनों को बधाई देने का फ़र्ज़ बनता है न ? राजीव आज छुट्टी के

चलते कोर्ट नहीं आए वरना बधाई पहुँचाने का कर्तव्य कोर्ट में ही पूर्ण कर लेता।

राकेश —- गणतंत्र दिवस पर तुम कोर्ट क्या करने गए थे ?

कांति —-हमने भी गणतंत्र दिवस मनाने का फ़ैसला लिया था। हाईकोर्ट से आए जज साहब ने राष्ट्रीय ध्वज फहराया व अपना वक्तव्य प्रस्तुत किया। मैंने कुछ पेंडिंग काम निपटाए व एक मुक़दमे का फ़ैसला नोट किया।

राकेश इसीलिए यहाँ शाम को आए हो ? चलो अब देर मत करो, राजीव शायद घर में ही मिले।

कांति —- यह 'शायद' क्यों लगा रहे हो, कुछ किसी प्रकार की शंका है क्या ?

राकेश —- ज़रा दिमाग़ की बत्ती जलाओ भाई साहब, राजीव भिवानी भी जा सकता है ससुर जी की विजय का उत्सव मनाने।

कांति —- आजकल जुलूस बगैरह पर तो क़ानूनन पाबंदी है और बधाई तो फ़ोन पर ही चलता है सब।

राकेश —- यदि ऐसा है तो चलिए।

कांति —- कहो तो रास्ते में तनेजा साहब की हाज़िरी लगा लें ?

राकेश —- रास्ते में ही पड़ेगा रेस्टोरेन्ट, पर हो सकता है कि आज वे भी गणतंत्र दिवस की छुट्टी मना रहे हों।

कांति —- हाँ लगता तो ऐसे ही है, गेट पर गार्ड तैनात नहीं दिख रहा।

राकेश —- ठीक है हम राजीव के पास ही चलते हैं।

कांति— चलो डॉ. साहब, हम तो आपके पीछे ही रहेंगे, कहीं भी ले चलो।

राकेश —- आज छुट्टी के कारण कहीं भी जाने का मौक़ा नहीं है। वह देखो, राजीव व दिव्या इधर ही आ रहे हैं।

कांति —- शायद तनेजा के रेस्टोरेन्ट में आ रहे होंगे। सारा दिन घर में बैठे- बैठे बोर हो गए होंगे।

(राजीव व दिव्या को नज़दीक पाकर) नमस्ते, भाभी श्री !

दिव्या —- कांति भाई हो न ?

कांति —- हाँ भाभी श्री ! कैसे पहचाना ?

दिव्या —तुम्हारी चाण्डाल- चौकड़ी को कौन नहीं जानता ? हर जगह इकट्ठे ही रहते हो।

कांति —- भाभी श्री, मेरी तो सबसे बड़ी प्रॉब्लम यही है - भीड़ में भी अकेला रह गया।

दिव्या —- कांति भाई साहब, तुम तो हंसमुख इंसान थे, कैसे बुझीं- बुझीं बातें करते हो ?

कांति —- भाभी श्री ! मेरी मुस्कान मेरे ही मित्रों ने हथिया ली। एक तो भिवानी आपके यहाँ कोर्स पर चला गया, दूसरे का 'रोका' हो गया, जो अब सपनों की दुनिया में ही खोया रहता है। एक शेष था, उसे आपने छीन लिया।

दिव्या — कांति भाई साहब, आप निराश न हों, हम तुम्हारा पूरा साथ निभाएँगे। हम तुम्हारी मित्रता छीनने नहीं आए हैं।

कांति—- वाह भाभी श्री ! बड़े घर की बेटियाँ, बड़े ही विचार रखती हैं। क्यों राजीव भाई, भाग्यशाली हो जो इतनी सुशील, सुंदर व समझदार भाभी पाई है। मुबारक हो !

राजीव —- कांति भैया, मुबारक कैसे ? तुम तो हमारी शादी में साथ ही थे।

कांति — अरे भाई, मैं शादी की मुबारक नहीं, प्यारी सी भाभी मिलने की मुबारक पेश कर रहा हूँ। और हाँ, अब कहाँ जाने का विचार है ?

राजीव —- आज सारा दिन घर में बैठकर काम निपटाने में लगा रहा। एक बार तो विचार बना कि भिवानी चल निकलें पर सोचा कि गणतंत्र दिवस

पर कहीं ध्वजारोहण कर रहे होंगे ससुर जी इसलिए घर में ही रहना मुनासिब समझा। अब सोचा था कि तनेजा के यहाँ एक कॉफी ही हो जाए।

राकेश —- आज तनेजा जी विश्राम फ़रमा रहे हैं, हमें सब बंद मिला। आज तो दिव्या भाभी के हाथ से बनी कॉफी ही लेंगे।

कांति — हाँ राजीव भैया, लौट चलो। तनेजा के यहाँ भी कभी चलेंगे। हम तुम्हारी व दिव्या भाभी की ख़ुशी में ज़रूर शरीक होंगे।

राजीव —- (कुछ मुस्कुराते हुए) ग्रांड पार्टी करेंगे तनेजा रेस्टोरेन्ट में। अब आओ घर में ही गपशप करेंगे। डॉ. साहब से तो पहले ही डिनर पर काफ़ी बातचीत हो चुकी है, कांति भाई कई दिनों में मिले हैं।

कांति — हाँ राजीव भैया, कोर्ट में मिल तो लेते हैं पर बातचीत नहीं होती।

राजीव —- वहाँ सब जल्दी में ही रहता है। कब किस केस में आवाज़ पड़ जाए, चौकन्ना रहना पड़ता है।

कांति —सब केसों की लिस्ट बाहर चिपकी रहती है, उसी के अनुसार आवाज़ गूंजती है। न्याय के मंदिर में अन्याय नहीं होता।

राजीव —- बिल्कुल ! देश भर के न्याय मंदिर स्वतंत्र एवं निष्पक्ष हैं जहां भेदभाव रहित न्याय मिलता है।

राकेश —अब आप हमारे साथ अन्याय कर रहे हैं। खड़े-2 टांगें बेजान सी होने लगी हैं।

कांति —- डॉक्टर भाई, औरों को दवा देते हो, एकाध विटामिन खुद भी गटक लिया करो। टांगों में रक्त वाहिनियाँ घोड़े की तरह दौड़ने लगेंगी।

(सभी ठहाका लगाकर हंसते हैं व घर की ओर लौट जाते हैं।)

राकेश —- अंकल- आंटी, आप दोनों स्वस्थ हैं। अब तो बहू आ गई घर में, हमारी ज़रूरत नहीं रहेगी।

रामजी —- राकेश बेटा, तूने हमें धरती पर ही स्वर्ग के दर्शन करवा दिए हैं। बहू क्या लाए हो, बेशक बड़े घर की है पर हम दोनों का इतना ख़्याल रखतीं हैं कि हम हैरान हैं।

राकेश - अंकल, यह सब आपकी मेहनत का रंग है। आपने जिस लगन व परिश्रम से राजीव को वकील बनाया, जगज़ाहिर है।

कांति —- यस अंकल, राजीव बेहतरीन वकीलों में से एक हैं। जब मुक़दमों पर बहस करता है तो जज साहब भी दांतों तले अंगुली दबा लेते हैं। रानी आंटी, आप भी ख़ुश हैं ?

रानी —- हाँ बेटा, तुम सबने मिलकर हमें आनंदित जीवन दे दिया है। बेटी दिव्या, सबके लिए अच्छी सी चाय- कॉफी बनाओ। आज घर में कई दिनों के बाद रौनक़- मेला लगा है।

दिव्या — हाँ मम्मी जी, सब लोग कॉफी ही लेंगे। (तीनों साथी रूम में बैठकर कॉफी की चुस्कियाँ लेते हुए)

कांति — वाह क्या कॉफी बनाई है दिव्या भाभी श्री, रेस्टोरेन्ट भी फेल हो जाएँगे।

राकेश —- वाक़ई बहुत उमदा टेस्ट बना है लेकिन राजीव भाई, सिर्फ़ कॉफी ही काफ़ी नहीं है, किसी दिन तनेजा के यहाँ सायंकाल में डिनर होगा।

कांति — डॉक्टर साहब ने मेरे मुँह की छीन ली, जुग- जुग जियो। राजीव भाई, रूम में पूरी लाईब्रेरी बनी हैं, इतनी किताबें कैसे पढ़ते हो ?

राकेश —- कांति भाई, हमारे जैसे पहले पढ़ लेते हैं जो सुस्त रहते हैं वे सारी उम्र पढ़ते रहते हैं।

राजीव — वाह डॉक्टर साहब, छक्का मार गए। हम ट्रेनिंग में मज़े करते हैं, तुम्हारी तरह घिसे- पिटे नहीं बन जाते।

कांति —- भैया नौकरी तो हमारी है, न पहले कभी बुक देखी, न अब पढ़ना पड़ता है और नाम है 'रीडर'।

राकेश — वाह कांति भाई क्या जुगलबंदी की है। बिना पढ़े ही रीडर। क्या ख़ूब क़िस्मत पाई है।

कांति —- रंग तो राजीव भैया ने जमाया है, क्या हनीमून मनाया है, सब वकीलों में चर्चा है।

राकेश — कहाँ- कहाँ गए थे राजीव भाई साहब ? हमें भी कुछ ज्ञान दोगे तो भविष्य में काम आएगा।

राजीव —- तुम्हें ज्ञान देने के लिए देव भैया, शुभम, कांति सब अनुभवी हो जाएँगे।

राकेश —- ऐसा क्यों कह रहे हैं भाई साहब, क्या ये सब मुझसे पहले सात फेरे ले लेंगे ?

राजीव —- बिल्कुल, कांति की चर्चा तो बड़े अंकल कर रहे थे, शुभम की बात लगभग बन ही चुकीं है व देव भैया भी ट्रेनिंग ख़त्म होते ही अपना अकेलापन दूर कर लेंगे। रह गए डॉ. साहब सब की बारात में जाने का आनंद लेने के लिए।

राकेश —- ठीक है, हम सबको प्रसाद बाँटकर खुद बाद में सेवन करेंगे। संतोष व सब्र का फल मीठा मिलता है।

कांति —- राजीव भाई, मैं तो डॉ. साहब के बाद ही शादी करूँगा।

राजीव —- बूढा हो जाएगा इंतज़ार करते - करते, और बुढ़ापे में जो बच्चे जन्म लेंगे वे किसी कर्म के नहीं होंगे। राकेश का जो 'रोका' हुआ है, मतलब शादी के लिए 'रोक' दिए गए हैं।

कांति —— वाह एडवोकेट साहब, 'रोका' की नई परिभाषा गढ़ी है इसलिए खुद सब जल्दी - जल्दी निपटा लिया।

राजीव —- अपना तो सब 'झट मँगनी, पट ब्याह'।

कांति —- जहां चाह वहाँ राह।

राकेश — अब हम लेंगे घर की राह।

(दोनों मित्र अंकल- आंटी को प्रणाम कर विदाई लेते हैं।)

राजीव —- आते रहिएगा, मम्मी पापा बड़े ख़ुश रहते हैं आप लोगों को देखकर।

कांति —हाँ राजीव भाई, जब तक दोनों ऐसे ही रहने पर विवश होंगे, तब तक तो आते ही रहेंगे। जब बड़े अंकल की कृपा दृष्टि पड़ेगी तब तुम लोगों को भी फेरा लगाना पड़ेगा।

दिव्या —- मैं बड़े अंकल से तुम्हारी सिफ़ारिश करूँगी।

राकेश —- हाँ, दिल्ली में एक वकील लड़की पर बड़े अंकल की नज़र है, मैं भी बड़े अंकल से तुरंत कार्रवाई की अपील करूँगा।

राजीव —- मैं पहले ही कह रहा था कि कांति तुम्हारे से पहले बाज़ी मार जाएगा।

(सब खूब ज़ोर लगाकर हंसते हैं। दोनों मित्रों कांति व राकेश का प्रस्थान)

***

20

लक्ष्मी - तरुण के साथ नीतिका का गणतंत्र दिवस परेड दर्शन व नताशा से भेंट

एम्स से रोहिणी का सफ़र संक्षिप्त सा है। नीतिका, नताशा के जाने के बाद उदास हो गई थी इसलिए दीदी के घर लगभग आठ बजे सायं में ही पहुँच गईं थीं।

मौसी तृप्ता को प्रणाम किया और पूछा —- दीदी - जीजा जी कहीं गए हैं क्या ?

तृप्ता — हाँ नीतिका बेटी, नीतिका ही नाम है न तुम्हारा ?

नीतिका —- हाँ मौसी जी, आप सही पुकार रही हैं।

तृप्ता — तो मैं तुम्हें बता रहीं थीं कि दोनों अस्पताल से आकर बाज़ार के लिए निकले थे क़रीब छ: बजे, अभी तक नहीं लौटे हैं।

नीतिका — लौट आएँगे मौसी जी, मेरा आने का समाचार तो उन्होंने आपको दे दिया था ?

तृप्ता —- हाँ बिल्कुल, दोनों बड़े ख़ुश थे। कह रहे थे कि नीतिका को ढोकला बहुत अच्छा लगता है, हम लेने जा रहे हैं।

नीतिका —- अच्छा मौसी जी ! इतने तक मैं ड्रेस चेंज कर लेती हूँ।

तृप्ता —-और तब तक मैं तुम्हारे लिए चाय तैयार किए देती हूँ, तरुण लक्ष्मी भी आते ही होंगे।

'आते नहीं आ गए हैं' तरुण ने घर में कदम रखते हुए कहा।

तृप्ता —- नीतिका आ गई है, मैं उसके लिए चाय बना रहीं हूँ, तुम दोनों को लेना है ?

लक्ष्मी —— हाँ मम्मी जी, चाय तो लेंगे ही पर नीतिका कहीं दिखाई नहीं पड़ रही।

नीतिका — (रूम से बाहर निकलते हुए) अब तो बस जीजा जी ही दिखाई देते हैं हमारी दीदी को, हमें देखने में क्या मिलेगा किसी को ?

लक्ष्मी —- ज़्यादा दिखने का शौक़ चढ़ा है तो करवा दें सात फेरे। डॉक्टर साहब के मामा का लड़का है। मेरी तरह सगाई व शादी दोनों साथ ही हो जाएँगी। गणतंत्र दिवस भी धूमधाम से मनेगा।

नीतिका — मौसीजी, देख लो अपनी बहू को, छोटी बहन को कैसे सता रही है ताने मारकर। घर आए मेहमान से इस तरह बातें करते हैं क्या ?

लक्ष्मी —-चार दिन पहले तो हमारे साथ ही कार में बैठकर दिल्ली आईं थीं, आज मेहमान हो गई। दिखाना मेहमान का मुँह, एक फ़ोटो शूट कर लेते हैं (पास आकर गले से लगा लेती है) कितनी प्यारी है मेरी छोटी बहन ! मम्मी जी, अगर चाय तैयार है तो मैं लेने आ जाऊँ ?

तृप्ता —-हाँ बेटी ले जाओ और यह प्लेट भी।

लक्ष्मी —- मम्मी जी आप भी आ जाओ हम सब के साथ चाय के लिए।

तृप्ता —- तुम तीनों ही ले लो, मैं इस समय चाय लूँगी तो भूख मर जाएगी और बग़ैर डिनर किए नींद नहीं आएगी।

लक्ष्मी —ठीक है मम्मी जी। डॉ. साहब कहाँ चले गए ? टेबुल पर चाय ठंडी हो रही है।

तरुण —- (अंदर से ही) तुम दोनों श्री गणेश करो, मैं ज़रा फ़ोन पर हूँ।

लक्ष्मी —- नीतिका यह ढोकला तुम्हारे लिए स्पेशल पंजाबी बाग से लाए हैं, ज़रा टेस्ट करके देखो।

नीतिका —- वाह ! कितना फ़्रेश व स्वादिष्ट है, सारा मैं ही खा जाऊँगी।

लक्ष्मी —- हाँ बोल देतीं अगर डॉक्टर नहीं होती। हर चीज का उचित मात्रा में सेवन ही लाभदायक होता है।

नीतिका —- मात्रा का पैमाना क्या है दीदी ? एक पहलवान व एक तिनका जवान, दोनों कैसे हो सकते हैं एक समान ?

लक्ष्मी —पहलवान कब ढोकला खाते हैं, वे तो घृतपान करते हैं, बादाम - दूध पीते हैं।

नीतिका —- तुमने पहलवान देखे हैं क्या, कैसे होते हैं ?

लक्ष्मी —- पहलवान ऊँचे क़द व काठी के होते हैं, छः फुट से भी लंबे व तगड़े होते हैं। कई पहलवान तो बड़ी- बड़ी मूँछें भी रखते हैं। तुमने घर पर टी. वी. सीरियल 'रामायण' देखा होगा ? उसमें हनुमान का रोल निभाने वाला पात्र पहलवान दारा सिंह ही तो है।

नीतिका —- रामायण में तो सब लंबे- तगड़े व खूब मोटे और भी कई पात्र हैं। दशरथ मूँछ व दाढ़ी वाले, राम लंबे क़द के व रावण लंबा, मोटा व मूँछों वाला है। क्या ये सब भी पहलवान थे ?

लक्ष्मी— जैसे हर पुरुष या महिला डॉक्टर नहीं होती चाहे वे अस्पताल में बेशक हों, वैसे ही रामायण में हर पात्र पहलवान नहीं है।

तरुण —- (बाहर से आते हुए) अभी तो दोनों बहनों में महाभारत चल रहा था, रामायण कब से शुरू हो गई ?

नीतिका — (ढोकला का स्वाद चखकर) जीजा जी, कितना स्वादिष्ट व ज़ायक़ेदार है। कहाँ से ख़रीदा है, क्या एम्स के नज़दीक मिलता है ?

तरुण —- यहाँ से इतना ही दूर है जितना एम्स से, हम पंजाबी बाग से लाए हैं। (चाय का कप लेकर सिप करते हुए) लक्ष्मी, चाय ठंडा हो गया।

लक्ष्मी — लाओ मैं गर्म करके लाती हूँ।

तरुण —- रहने दो, दोबारा गर्म करने से नुक़सान पहुंचाएगी।

नीतिका —- डॉक्टर लोग भी क्या बला हैं, हर चीज को सूंघ- सूंघ कर खाते- पीते हैं।

लक्ष्मी —- तुम्हारा अभी पहला साल है, जब कोर्स पूरा कर लोगी तो हमसे भी ज़्यादा सूंघने लगोगी। घर में सामने पड़ी चीजों पर मन ललचाता रहेगा पर डॉक्टरी का सर्टिफिकेट हाथ नहीं लगाने देगा।

नीतिका —— दीदी तुम ज़्यादा ही भावुक हो रही हो। डॉक्टर भी खूब मोटे - तगड़े होते हैं व जी भरकर खाते- पीते हैं। 'खाओ पीओ करो आनंद, क़र्ज़ चुकाए परमानंद।'

तरसेम लाल —- (घर में कदम रखते हुए) नीतिका बेटी, तुम कब आई?

नीतिका —-मौसा जी नमस्ते ! मैं आठ बजे ही पहुँच गई थीं यहाँ। अभी हमने टी लिया है,ढोकला भी बड़ा मज़ेदार था।

तरसेम लाल —- वैरी गुड ! अब सभी मिलकर डिनर करेंगे। तरुण बेटा, तुम्हारी मम्मी कहाँ है ?

तृप्ता —- (अंदर से ही) मैं यहाँ सीरियल देख रही हूँ। बच्चे चाय ले रहे थे इसलिए। आपको कुछ लेना है ?

तरसेम लाल —- थोड़ी देर में डिनर ही करेंगे ।अगर तुम्हें परेशानी हो तो रेस्टोरेन्ट से मँगवा लेंगे या वहीं पर चल सकते हैं।

तृप्ता — मैंने सब तैयार कर लिया है। सब्ज़ियाँ सब बन गई हैं, दही-रायता तैयार है। थोड़ा हलवा बनाना व चपाती सेंकना है।

नीतिका —- क्या हम में से कोई पहलवान है जो हलवा बनाओगी ? दीदी अभी कह रही थी कि पहलवान घी पीते हैं, हलवा तो घी से ही बनता है न ?

तृप्ता —- (हंसते हुए) हाँ बेटी, तुम्हारे मौसाजी पहलवान हैं। जब हरियाणा में थे, खूब घी पीते थे व अखाड़े में कुश्तियाँ लड़ते थे।

नीतिका —- पर मौसाजी को मूँछें तो नहीं हैं, पहलवान तो मूँछों वाले होते हैं।

तृप्ता —- यह ज़रूरी नहीं कि हर पहलवान दाढ़ी- मूँछ रखे। तुम कल गणतंत्र दिवस पर परेड देखने जाओगी तब तुम्हें मूँछों वाले बहुत से जवान दिखेंगे।

नीतिका — तुम भी हमारे साथ चलोगी मौसीजी ?

तृप्ता —- हमने तो कई बार परेड देखा है, तुम अपनी जीजी व जीजा जी के साथ चले जाना।

नीतिका —- नहीं मौसीजी, आप भी चलना, नहीं तो दीदी मेरा मज़ाक़ उड़ाएगी। जीजा जी तो फ़ोन पर ही लगे रहते हैं। शादी के बाद कौन फ़ोन पर इतनी देर तक रहता है।

तरुण —- (अपने दोनों कान पकड़ कर) सॉरी नीतिका, अब हम फ़ोन पर कम रहेंगे केवल पेशेंट्स के ही फ़ोन लेंगे और वे भी संक्षेप में।

नीतिका —- पहले किससे बात कर रहे थे ?

तरुण — अमेरिका में मेरे दोस्त से बातचीत चल रही थी जो अक्सर लंबी चली जाती है।

नीतिका ——लगता है कि आप हनीमून की बाते कर रहे होगे।अभी तो वहाँ जाना कठिन है।

तरसेम लाल —- आओ सब बच्चों, मिलकर डिनर करेंगे। लक्ष्मी बिटिया ने सब टेबुल पर रख दिया है। तृप्ता ! तुम भी आ जाओ, बच्चों को भी अच्छा लगेगा।

तृप्ता —- लो मैं आ गई हूं, सब शुरू करें।

सुरक्षा जाँच पार कर नीतिका ठीक नौ बजे दीदी लक्ष्मी व जीजा तरुण के साथ दर्शक- दीर्घा में पहुँच गईं थीं। अमेरिका के राष्ट्रपति बराक ओबामा आज के समारोह के मुख्य अतिथि थे। सवा नौ बजे उन्होंने राष्ट्रीय ध्वज

फहराया व राष्ट्र गान आरंभ हुआ, समूचा राजपथ जैसे ठहर गया हो। बावन सेकेंड तक मानो पेड़- पौधे भी सांस रोके खड़े हुए थे। हवा ने अपनी गति मंद कर ली थी। दर्शक दीर्घा व मंच पर सब लोग जड़वत् खड़े थे। राष्ट्रगान के बाद देश पर प्राण न्योछावर करने वाले वीर सैनिकों को सम्मानित करने का सिलसिला शुरू हुआ। शहीद वीर सैनिकों के निकटतम संबंधियों ने शौर्य मेडल ग्रहण किए। करिश्माई जीवित रणबांकुरों को भी वीरता पुरस्कारों से नवाजा गया।

अब राज पथ पर प्रदेशों व विभागों की झांकियों का प्रदर्शन शुरू होना था, उससे पहले सीमा सुरक्षा बल की टुकड़ी ने राष्ट्रपति को सलामी दी व मार्च पास्ट किया। वीर सैनिकों ने अनेक करतब दिखाए, जिन्हें देखकर उपस्थित जन समूह आश्चर्यचकित था। थल सेना व जल सेना की सलामी के बाद हुआ झांकियों के प्रदर्शन का सिलसिला।

नीतिका —- (कुछ बेचैन सी) दीदी, मुझे बहुत प्यास लगी है, तुम पानी की बॉटल साथ लाई हो न ?

लक्ष्मी — इतनी सर्दी में भी तुम्हें कैसे प्यास सताने लगी ?

नीतिका —- नाश्ता लिए दो घंटे बीतने को हैं जबकि एक घंटे के बाद ही पानी की ज़रूरत हो जाती है।

लक्ष्मी — ठीक है, लो, बॉटल के साथ लगे कप में डालकर पी लो।

नीतिका —- (बॉटल लेकर जल पान करते हुए) वाह दीदी, यहाँ तुम्हारी डॉक्टरी अच्छी लगीं, हल्का गर्म पानी लेकर तबीयत प्रसन्न हो गई वरना ठंडे पानी से गले में ख़राश व दांतों में झनझनाहट हो सकती थी ?

लक्ष्मी —- अब चैन से बैठ कर प्रोग्राम देखो।

तरुण —- देखो नीतिका, असम की झांकी आगे बढ़ रही है। कितनी हरियाली है झांकी में, युवतियाँ बाग़ानों से चाय की पत्तियाँ चुन रही दिखाई पड़ रहीं हैं। कुछ ने तो अपने नन्हे बच्चों को भी झोली में डाल रखा है। झांकी के पिछले हिस्से में बोडो नृत्य की झलक दिखाई दे रही है।

नीतिका —- बहुत सुंदर झांकी है जीजा जी, आप हनीमून के लिए असम भी जा सकते हैं।

तरुण —- देखो यह दूसरी झांकी बिहार राज्य की है, शराब बंदी की ख़ुशी में पारंपरिक परिधानों में महिलाएँ नृत्य कर रही हैं। बिहार के पीछे ही चंडीगढ़ की झांकी आ रही है।

लक्ष्मी —-चंडीगढ़ के बाद गोवा व हरियाणा प्रदेश की झांकी नज़र आएँगी।

नीतिका —- दीदी, तुम क्या ज्योतिषी हो जो पहले ही जान गईं हो।

तरुण —- और तीनों के बाद जम्मू कश्मीर, केरल व कर्नाटक की झांकी दिखेगी।

नीतिका —- लगता है कि दीदी ने कुछ ही दिनों में आपको भी ज्योतिषी बना दिया है।

लक्ष्मी —- अब आगे तुम बताओ।

नीतिका — ठीक है, इन सबको निकल जाने दो, फिर कोई आएगी तो नाम पढ़कर बता दूँगी। तुम दोनों की तरह मैं ज्योतिषी नहीं हूँ।

लक्ष्मी —- अगर मैं तुम्हें एक मिनट में ज्योतिषी बना दूं बोलो, क्या दोगी?

नीतिका —- जीजा जी ! अब बताओगी न ? इंकार किया तो मैं जीजा जी को बोल दूँगी, तुम्हें फिर डांट पड़ेगी। जीजा..... जी...... !

लक्ष्मी —- अच्छा ठीक है, ध्यान से सुनो। ये सब झांकियाँ अंग्रेज़ी के अक्षरों के क्रम से आती हैं, समझ गई हो या नहीं ?

नीतिका —- बस इतनी सी बात, बड़े बने दोनों ज्योतिषी ?

लक्ष्मी —- कुल मिला कर तीन घंटे तो लग जाएँगे सब झांकियाँ निकलने में ?

नीतिका —- तुमने पहले भी कभी गणतंत्र दिवस का समारोह देखा है ? यह कोई एग्ज़ाम थोड़े ही है जो तीन घंटे का समय लगेगा ?

तरुण —-लक्ष्मी देखो, घोड़ों पर सवार ये महामहिम राष्ट्रपति के अंगरक्षक हैं, कितने मुस्तैद व तन कर घोड़ों की पीठ पर जमे हैं।

नीतिका —- जीजा जी, इनकी मूँछें तो बहुत बड़ी हैं जो आँखों में घुसने को तैयार हैं। दीदी देखो, उत्तराखंड व उत्तर प्रदेश की झांकी भी आ गईं हैं।मेरे विचार से ये अंतिम हैं।

लक्ष्मी — बिल्कुल, तब हम घर जा सकेंगे।

नीतिका —-हाँ दीदी, चलो,बैठे-बैठे ही थकान लग गई है। आसमान पर बादल भी मंडराने लगे हैं।बारिश शुरू हो गई तो मुश्किल होगी।

तरुण —- ये सब कपासी बादल हैं, थोड़ी देर में ही हवा में उड़ जाएँगे।

नीतिका —- इनके उड़ने के बाद क्या वर्षा वाले बादल छा जाएँगे ?

तरुण — यह तो निश्चित तौर पर नहीं कह सकते।

नीतिका —- खुल गईं न ज्योतिषी बनने की पोल ? मैं बता सकती हूँ कि बादल अवश्य आएँगे व बूँदाबाँदी करेंगे।

तरुण —- अब तुम ज्योतिषी बन रही हो ?

नीतिका —-हाँ, क्योंकि गणतंत्र दिवस पर हर बार बूँदाबाँदी होती ही है। मेरी मम्मी स्कूल टीचर है न, वही बताया था ऐसा।

लक्ष्मी —- अब परेड व झांकियाँ ख़त्म हुई, इससे पहले कि बारिश आ जाए, हमें निकल जाना चाहिए।

तरुण —- हाँ चलो, सब लोग उठने लगे हैं।

नीतिका — क्या किसी का भाषण नहीं होता इस पुनीत अवसर पर ?

लक्ष्मी —- पहले दिन सायं आठ बजे ही राष्ट्रपति का राष्ट्र के नाम संदेश प्रसारित होता है। विदेशी मुख्य अतिथि केवल सलामी ही लेते हैं।

नीतिका —- तुमने कल क्यों नहीं बताया, मुझे भाषण सुनना था।

लक्ष्मी — तुम आठ बजे तो घर पहुँची ही थीं और हम भी बाज़ार से देर में घर आए। तुम घर जाकर पुनः प्रसारण देख लेना।

नीतिका —- (कुछ आगे बढ़ने पर) अरे नताशा तुम ?

नताशा —- और नीतिका तुम ! किसके साथ आई हो ?

नीतिका —- जीजी व जीजा जी के साथ, और तुम ?

नताशा — मैं मामा जी व दीदी के साथ आई हूँ। तुमने पहले क्यों नहीं बताया ? हम इकट्ठे बैठकर बातचीत करते हुए सारा प्रोग्राम मज़े से देखते।

नीतिका — मुझे क्या मालूम था कि तुम भी आओगी।

नताशा — और मुझे भी तुम्हारी जानकारी नहीं थी वरना मैं ही फ़ोन कर लेतीं। तुम यहाँ कब व किसके पास आई हो ?

नीतिका — तुम्हारे आने के बाद रूम जैसे मुझे काटने लगा। हॉस्टल में सब जगह सूनापन छा गया था। दिमाग़ में आया कि क्यों न दीदी के पास चली जाऊँ?

नताशा — तुम मुझे फ़ोन तो कर सकतीं थीं ?

नीतिका — दिल्ली में आने- जाने की भागदौड़ में कुछ भी याद नहीं रहता। अब बताओ, गणतंत्र दिवस समारोह कैसा लगा ?

नताशा — बहुत आकर्षक और गर्व पूर्ण। (मामा जी से) यह मेरी रूममेट नीतिका है, अपनी दीदी व जीजा के साथ आई है।

मामा जी — अरे तरुण गुप्ता जी, आप ही हैं क्या हमारी नीतिका बिटिया के जीजा जी ?

तरुण गुप्ता— आप तो सुशील गुप्ता जी हैं न, बैंक ऑफ़िसर ?

सुशील गुप्ता — खूब पहचाना डॉ. साहब, काफ़ी दिनों के बाद दर्शन हुए हैं। लगता है शादी कर ली है, हमें याद तक नहीं किया। मुँह अभी तक खारा पड़ा है, कोई मिठाई का टुकड़ा पड़ जाता तो मीठा हो जाता।

तरुण गुप्ता — हाँ गुप्ता जी, सब कुछ जल्दी में हो गया। कई मित्र व रिश्तेदार शादी में शामिल होने से वंचित रह गए। ये मेरी वाइफ़ लक्ष्मी हैं जो खुद भी एक डॉक्टर हैं।

लक्ष्मी — नमस्ते गुप्ता जी !

गुप्ता जी — नमस्ते डॉक्टर लक्ष्मी, दिल्ली में दिल लगा या नहीं, बड़ा शहर है।

लक्ष्मी — मैंने दिल्ली में रह कर ही पढ़ाई की है, आप किस बैंक में हैं ?

गुप्ता जी — मैं सेंट्रल बैंक ऑफ इंडिया पहाड़गंज में स्केल टू ऑफ़िसर हूँ।

तरुण गुप्ता—- तभी आप काफ़ी दिनों से दिखाई नहीं पड़ रहे ?

गुप्ता जी — आप वहीं अग्रसैन अस्पताल में सेवाएँ दे रहे हैं ?

तरुण गुप्ता — जी गुप्ता जी, लक्ष्मी भी वहीं इंटर्नशिप कर रही है।

सुशील गुप्ता—- यह मेरी बेटी नीरू है, मनिपाल यूनिवर्सिटी से डॉक्टरी पढ़ रही है।

तरुण गुप्ता —- कौन-सा साल चल रहा है नीरू जी ?

नीरू — नमस्ते भाई साहब, मैं अभी पहले साल में ही हूँ, कई दिनों की छुट्टियाँ थीं इसलिए घर चली आई।

तरुण गुप्ता —- बिल्कुल, अगर न आतीं तो हमें कैसे मिलतीं।

गुप्ता जी —अब चलते हैं फिर मुलाक़ात होगी। कभी उधर आओ तो मिल कर जाना ?

तरुण गुप्ता —- जी ज़रूर।

एक - दूसरे को नमस्कार कर अपने - अपने घर की राह पकड़ते हैं।

नीतिका —- जीजा जी, क्या नताशा के मामा जी आपके पेशेंट रहे हैं ?

तरुण गुप्ता—- नहीं, मैं जब एम्स से डॉक्टर की ट्रेनिंग ले रहा था तब गुप्ता जी वहाँ बैंक में कार्यरत थे। तभी की जानकारी है। हम स्टूडेंट्स थे, बैंक में हम सबके अकाउंट खुले हुए थे। कोई घर आना-जाना नहीं था। भले व नेक इंसान हैं, मेहनती व ईमानदार भी।

नीतिका —- बैंकों में तो सभी मेहनती लोग ही होते हैं पर हाँ ईमानदार भी हो, ज़रूरी नहीं।

लक्ष्मी — अब ध्यान से चलो, भीड़ ज़्यादा है, बातें तो घर जाकर भी हो जाएँगी।

नीतिका — ओ. के. दीदी, सॉरी !

***

21

डॉ. जैन के घर डॉ. राकेश का बधाई देने जाना व उनसे दार्शनिक गुफ़्तगू

डॉक्टर ज्ञान चंद्र जैन की कीर्ति पूरे इलाक़े में फैल गई थी। उनके सत् व्यवहार, कार्य कुशलता एवं प्रेम भाव का ज़िक्र शहर में अक्सर सुनने को मिलता। उनकी समाज सेवा निःस्वार्थ भाव से ओतप्रोत थीं। विद्यालयों, महाविद्यालयों में दांतों से जुड़ीं जानकारी देने के लिए उन्होंने कई कैम्प आयोजित करवाए जिससे युवाओं में दाँतो की सुरक्षा के प्रति जागरूकता बढ़े। उनकी इसी प्रकार की अन्य सेवाओं को देखते हुए सरकार द्वारा उन्हें पुरस्कृत करने की घोषणा हुई। डॉ. राकेश को इससे उत्तम अवसर और कब मिल सकता था इसलिए चल पड़े बधाई देने। वैसे तो दोनों एक ही अस्पताल में नौकरी पर थे फिर भी डॉ. जैन ने उसे आमंत्रित किया था इसलिए आज छुट्टी का दिन ही ठीक जंचा। बस स्टैंड के पास से आटोरिक्शा लिया व पहुँच गए डॉ. जैन के घर 'शहरी संपदा' सेक्टर 11, हाउस न. 222. दरवाज़े पर लगी घंटी की आवाज़ सुनकर अंदर से एक युवा चेहरा प्रकट हुआ और अजनबी से पूछा- सर ! आप किससे मिलना चाहते हैं ?

डॉ. राकेश- क्या यह डॉ. जैन का घर है ?

लड़का —- जी हाँ, आप अपना परिचय दीजिए, मैं डैडी को बता देता हूँ।

राकेश —मैं डॉ. राकेश कुमार दांतों का डॉक्टर, तुम्हारे डैडी के साथ ही अस्पताल में हूँ।

लड़का —— आइए डॉ. साहब, अब डैडी से पूछने की ज़रूरत नहीं रह गई है।

(डॉ. राकेश को लिविंग रूम में बैठाकर डैडी को बताने के लिए अंदर जाता है। डॉ. जैन का लिविंग रूम में प्रवेश)

डॉ. जैन—— हैलो डॉ. राकेश ! आख़िर इतने दिनों के बाद हमारी याद आ ही गई। कहो, क्या समाचार हैं ?

राकेश—— समाचार तो समूचे शहर में आपका ही चल रहा है। पुरस्कार मिलने पर मेरी तरफ़ से बधाई व प्रणाम।

डॉ. जैन—- बहुत धन्यवाद डॉ. राकेश जी ! आपने अच्छा समय चुना घर आने का, आपका बहुत स्वागत, अभिनंदन है।

डॉ. राकेश —— आपकी इस नम्रता का ही क़ायल है पूरा इलाक़ा। जिस लगन व निःस्वार्थ भाव से आप जनसेवा कर रहे हैं, आप असीम प्रशंसा के पात्र हैं। सरकार ने आपको पुरस्कृत कर लोगों को ही सम्मानित किया है।

वही लड़का —-(ट्रे में दो गिलास पानी के रखे हुए) डॉ साहब, लीजिए!

डॉ. राकेश —— (पानी का गिलास लेकर) धन्यवाद ! क्या नाम है आपका ?

लड़का—- सर मै नीलेश हूँ।

डॉ. राकेश —— कभी अस्पताल की तरफ़ दिखाई नहीं पड़े, क्या कहीं बाहर पढ़ाई कर रहे हो ?

नीलेश —— हाँ सर ! मैं आई.आई.टी कानपुर से एम टेक प्रथम वर्ष में हूँ। घर पर तो कभी- कभार ही छुट्टियों में आना होता है।

डॉ. जैन—- आजकल नौजवानों का घर में दिल कहाँ लगता है ? सब अपने दोस्तों में ही मग्न रहते हैं।

डॉ. राकेश——आप बिल्कुल दुरुस्त फ़रमा रहे हैं।

डॉ. जैन — यह तो आजकल हमारे पर्युषण - पर्व चल रहा है इसलिए सभी बच्चे घर आए हुए हैं। सौभाग्य से महान संत सुभद्र श्री आज यहाँ शहर में पधार रहे हैं, उनके दर्शन लाभ का स्वर्णिम अवसर है, बल्कि जीवन क्रांति का पैग़ाम है। नीलेश बेटा ! अंकल के लिए कुछ गर्म- ठंडा।

नीलेश —जी डैडी !

(इतने में ही हरीतिका का चाय की ट्रे के साथ प्रवेश)

हरीतिका—— नमस्ते डॉ. अंकल, भाभी ने चाय तैयार की है, आप सभी ले लें।

(नलिनी का प्रवेश)

डॉ. राकेश—— (खड़े होते हुए) नमस्कार नलिनी मैडम जी !

नलिनी—- नमस्कार ! आप तो डॉ राकेश हैं न ? डॉ भगवत स्वरूप जी के होने वाले रिश्तेदार।

डॉ. राकेश —- जी, आपने सही पहचाना।

नलिनी—— रश्मि मेरे पास ही पढ़तीं थीं, बहुत मेहनती व होशियार थी पर न जाने क्यों MBBS कोर्स में दाख़िला नहीं मिला ?

डॉ. जैन —— आजकल कंपीटिशन बहुत बढ़ गया है। मेरिट लिस्ट काफ़ी ऊपर निकलतीं हैं।

डॉ. राकेश——हाँ सर, मेरे साथ भी ऐसा ही कुछ हुआ था।

डॉ. जैन —— लगता है कि दोनों एक ही तीर से ज़ख़्म खाए हुए हो। (सब हंसते हैं) शादी कब कर रहे हो ?

राकेश—- अभी रश्मि का कोर्स अंतिम चरण में है, अप्रैल/मई में शायद एग्ज़ाम होंगे फिर कोई विचार आगे बढ़ेगा।

डॉ. जैन —— वाह ! काफ़ी नज़दीक पहुँच गए।

राकेश—- सर क्या बताऊँ, एक एक दिन गिन कर बिता रहा हूँ।

डॉ. जैन —— और एक दिन वह भी था जब मुझसे कह रहे थे कि सर वह बात नहीं जो आप सोच रहे हैं। याद है न वह दिन जब रश्मि बिटिया अपने दादाजी के दांत दर्द के इलाज लिए अस्पताल आई थीं।

राकेश —— मुझे पता ही नहीं चला कब रश्मि मेरे जिगरोजिस्म में समा गई।

डॉ. जैन—- हम समा जाने से पहले ही जान लेते हैं। हम केवल दांतों के डॉक्टर नहीं, वैद्य भी हैं जो नाड़ी छूकर दिल की धड़कन पहचान लेते हैं।

डॉ. राकेश —— वाक़ई, आपका तजुर्बा बहुत ज़्यादा हो गया है। आपकी आँखों में एक्स-रेज़ की शक्ति आ गई हैं जो अंदर तक झांक लेती है।

डॉ. जैन —— मैं तुम्हारे भीतर एक ऐसी शक्ति से रूबरू हो रहा हूँ जो विश्व कल्याण में सहायक सिद्ध होगी ?

डॉ. राकेश—- मै आपके मंतव्य को समझ नहीं सका हूँ।मेरी मति वहाँ तक नहीं पहुँच पा रही है जहां आप विराजमान हैं।

डॉ. जैन—मैंने तुम्हें घर पर इसीलिए ही बुलाया है ताकि तुम्हारी भीतरी शक्ति का उन्नयन कर सकूं, एक ऐसी शक्ति जो आत्मकल्याण के साथ - साथ जग कल्याण का पुनीत कार्य भी पूर्ण करे। मैं अपने पीछे एक ऐसी परंपरा छोड़ जाना चाहता हूँ जो इंसान होने के लक्ष्य को सार्थक करे।

डॉ. राकेश ——सर, आप कुछ दार्शनिक से हुए जा रहे लगते हैं।आप मुझसे क्या चाहते हैं, मैं अभी तक अनभिज्ञ ही हूँ।

डॉ. जैन —- राकेश बाबू सीधे व सरल शब्दों में मेरा अभिप्राय है कि तुम मेरा भविष्य बनकर मेरे लक्ष्यों को हासिल करने में मददगार बनो। मैंने जिस पथ पर कदम बढ़ाए हैं उसे तुम रोशन करो।

डॉ. राकेश —— मेरा युवा मन आपकी इन जादुई बातों को समझ नहीं पाएगा फिर भी आप द्वारा बनाए पथ पर चलने का प्रयास करूँगा।

डॉ. जैन —- मेरे लक्ष्यों का तुम्हें धीरे-धीरे अर्थ मिलेगा। मैंने तुम्हें इसी विश्वास के साथ आमंत्रित किया था।

(डॉ. भगवत स्वरूप का प्रवेश) और हम बिना निमंत्रण के ही आपके पास पहुँच गए।

डॉ. जैन —— अहोभाग्य हैं हमारे जो महान आत्मा के साक्षात दर्शन पा रहे हैं। सब दांत बगैरह तो ठीक काम कर रहे हैं ?

डॉ. भगवत स्वरूप—— असल में शहर में चर्चा थी कि सरकारी डॉ जैन को राष्ट्रपति महोदय ने पद्मश्री से अलंकृत करने का फ़ैसला लिया है। अगर यह सत्य है तो मेरी मुबारक बाद क़बूल कीजिए।

डॉ. जैन ——आपका बहुत धन्यवाद। आप जैसी विभूतियों कीं संगति का ही परिणाम है यह सब।

डॉ. भगवत स्वरूप —- आपके परिश्रम, लगन व कर्तव्य निष्ठा का ही परिणाम है सब। आप जिस त्याग व मेहनत से जन कल्याण में जुटे हैं, वह सराहनीय है। (नलिनी का आगमन)

नलिनी—- डॉ. दादा, प्रणाम करती हूँ। आपको अपने मध्य पाकर हम गर्व महसूस कर रहे हैं। डॉ. राकेश बाबू भी कुछ देर पहले ही आए हैं।

डॉ. दादा —- नलिनी बेटी, स्कूल में सब कुछ ठीक चल रहा है? कोई परेशानी हो तो मुझे संकेत भर करना ही काफ़ी रहेगा। ख़ाली पीरियड अब एडजस्ट तो नहीं होते ?

नलिनी—- आप के कहने के बाद मुझे कुछ आराम मिलने लगा है।

डॉ. दादा ——वह हिंदी अध्यापक जो देव के जाने पर नियुक्त किया था, कैसा काम कर रहा है ?

नलिनी —— सर, वह तो Boy's Wing में लगा है और मैं गर्ल्स विंग में हूँ।

डॉ. दादा —- ओ.के. बेटी ! (डॉ. राकेश की ओर मुख़ातिब होकर) कैसे हो राकेश बाबू ? रश्मि के एग्ज़ाम पंद्रह अप्रैल से शुरू हो रहे हैं व तीस अप्रैल तक चलेंगे। मुझे कल ही पता चला है।

डॉ. राकेश —— हाँ दादाजी, सात अप्रैल से बारह अप्रैल तक व फिर पाँच मई से दस मई तक practicals चलेंगे।

डॉ. दादा — ऐसा तो कभी पहले नहीं सुना कि कुछ प्रैक्टिकल बाद में व कुछ एग्ज़ाम से पहले।

डॉ. राकेश —— बाद के प्रैक्टिकल के लिए कॉलेज में व्यवस्था नहीं है, यूनिवर्सिटी जाना होगा।

डॉ. दादा —- तो मई के अंत के लिए शुभ मुहूर्त निकलवा सकते हैं ?

राकेश —आप देव भैया से मिलकर फ़ैसला कर लेना। 'रोका' भी उसकी सहमति से हुआ था।

डॉ. दादा —— देव जब जींद आए तो मुझसे मिलने के लिए कहना। (डॉ. जैन से) ज़रा ख़्याल रखना राकेश बाबू का, आपको पुरस्कार मिलने पर पुनः बधाई!

डॉ. जैन —- आपके होते हुए हमें क्या कठिनाई होगी। कभी भी दांतों संबंधित दिक़्क़त हो तो हमें याद करना।

डॉ. दादा —- अब चलता हूँ, एक ज़रूरी मीटिंग के लिए निकला था, रास्ते में विचार आया कि आप से मिलता चलूँ।

(दरवाज़े की ओर बढ़ने लगते हैं, सभी घर में मौजूद सदस्य उनका पीछा करते हैं व उनके कार में बैठने पर प्रणाम कर घर के अंदर लौट आते हैं।)

डॉ. भगवत स्वरूप जी के जाने के बाद भी डॉ. राकेश, डॉ. जैन के घर डटे हुए थे। नीलेश, हरीतिका से उसका परिचय हो चुका था। हरीतिका भी एक दिन पहले ही मुम्बई से घर लौटी थी। कॉलेज की सप्ताह भर की छुट्टियाँ व पर्युषण पर्व के कारण मुम्बई का सरकारी लॉ कॉलेज लगभग सूना हो गया था। डॉ. राकेश जानना चाहता था डॉ. जैन की जीवन यात्रा के विषय में, कैसे भौतिक व आध्यात्मिक रूप से शिखर तक पहुँच गए। डॉ. जैन ने जिन लक्ष्यों की प्राप्ति के लिए राकेश को प्रेरित किया था, वे लक्ष्य क्या थे, डॉ. जैन ने स्पष्ट व खुले शब्दों में उनका वर्णन किया।

डॉ. जैन —- राकेश बाबू ! जीवन यूँ ही भौतिक पदार्थों के संग्रह एवं रस में खो देने की वस्तु नहीं, यह ईश्वर की एक अनुपम भेंट है। मानव जीवन ताउम्र कुछ सिक्के बटोरने का नाम नहीं, यह कुछ महान लक्ष्यों की प्राप्ति यात्रा है। मैंने अपने जीवन में ऐसा ही रूख अख़्तियार किया।

डॉ. राकेश —- सर, आप मुझे अपने जीवन- दर्शन का विस्तृत रूप से खुलासा करें ताकि मैं भी कुछ सर्थक प्राप्त कर सकूँ।

डॉ. जैन —— राकेश बाबू, मानव प्रकृति को नहीं बल्कि प्रकृति मानव को बदलने की क्षमता रखतीं हैं। प्रकृति के हाथों में मानव खिलौना है जबकि मानव प्रकृति को ही अपना दास मानता है। उसकी सारी कोशिशें, गगन- मिशन, जल अभियान, अन्य उपग्रहों की खोज प्रकृति विजय के कामना के प्रतीक कहे जा सकते हैं।मानव का ज्ञान - विज्ञान बहिरोन्मुखी है। हो सकता है कि भौतिक जीवन जीने के लिए यह सब आवश्यक हो,इनसे मानव को सुविधा एवं उन्नत जीवन जीने में सहायता मिलती हो पर उसके जीवन का असली रहस्य भीतर की यात्रा भी है जिस ओर वह कठिनता से अग्रसर होता है।

राकेश —— डॉ. जैन ! मैं आपके इन दार्शनिक शब्दों एवं भावों को फ़ॉलो नहीं कर पा रहा हूँ। मेरा प्रयोजन इतना भर है कि आपने अपने जीवन में ऐसे कौन से कार्य निष्पादित किए हैं जिनसे आपको आज इतना सम्मान मिल रहा है।

डॉ. जैन —— तुम्हारा कथन तुम्हारे अल्प ज्ञान का सूचक है। कोई भी महान कार्य तभी तक महान है जब तक वह 'मैं' से निकलकर 'हम' के विस्तृत स्वरूप को न धारण कर ले। केवल अपने लिए किया काम चाहे कितना ही महान क्यों न हो, क्षुद्र हो जाता है, वही कार्य सबके लिए हो तो महानता का चोला पहन लेता है।

राकेश —— डॉ. जैन, आप जो भी कह रहे हैं उसे किसी से जोड़ कर या उदाहरण देकर बताएँ तो शायद मैं आपके मर्म को समझ सकूँ।

डॉ. जैन ——- मेरा अभिप्राय इतना भर है कि हम जो भी कुछ करें, स्वयं को त्याग कर व सबको अपनाकर करें। निःस्वार्थ भाव से किया गया कार्य जन कल्याण करता हुआ महान हो जाता है।जैसे हम चिकित्सा के क्षेत्र में यदि धन के लालच के वशीभूत होकर सेवा करेंगे तो वह सेवा क्षुद्रता को प्राप्त होगी और यही सेवा धन के लिए न होकर जन के लिए हो तो उच्चतम कोटि की

मानी जाएगी। अब शायद आपकी बुद्धि में मेरा अभिप्राय क्लीयर हो गया होगा ?

डॉ. राकेश —-भौतिक जगत में रहते हुए मनुष्य अपनी मेहनत के बदले कुछ धन प्राप्त करता है तो यह कर्म क्षुद्र कैसे हो सकता है डॉ. जैन ?

डॉ. जैन —— बिल्कुल, हमें यही देखना/ समझना होगा। सिर्फ़ वेतन पाकर या पाने के लिए यदि हमारी चिकित्सा है तो यह उत्तम कोटि की चिकित्सा नहीं है। क्या एक राहगीर दूसरे किसी चोटिल राहगीर की प्राथमिक चिकित्सा के बदले उससे कुछ धन ऐंठता है ? नहीं ! इसलिए उसका यह कर्म महान हो जाता है।

डॉ. राकेश —— डॉ. जैन, यदि हम चिकित्सा के बदले वेतन - भत्ते नहीं लेंगे तो परिवार- कुटुंब का जीवन यापन कैसे होगा ?

डॉ. जैन —— मेरा कथन वेतन प्राप्ति को नहीं रोकता। एक संत-महात्मा जी के कल्याणकारी वचनों को सुनने हेतु लाखों की भीड़ जुटती है, क्या हमारी चिकित्सा, इलाज को इतना सम्मान मिलता है ? मिल सकता है यदि हमारी चिकित्सा भी संत महात्मा जी के वचनों की तरह जन कल्याणकारी हो, बिना स्वार्थ के हो व त्याग से परिपूर्ण हो। हमारी चिकित्सा वेतन के चंद रूपयों में क़ैद न होकर भलाई व उपकार की भावनाओं से ओतप्रोत हो।

डॉ. राकेश —— आपका मतलब यह हे कि हमें अपना कार्य उदात्त भावना से करना चाहिए।

डॉ. जैन —- एक निजी पाठशाला में एक अध्यापक बच्चों को ज़ोर-ज़ोर से पढा रहा था, G I R L= गिरल। जब उच्च अधिकारी वहाँ पहुँचा तो उसने अध्यापक को रोका/ टोका और कहा कि G I R L तो गर्ल होता है तो अध्यापक ने पलटकर जवाब दिया कि सर ! निजी पाठशाला में मुझे सरकारी स्कूलों से दसवाँ हिस्सा वेतन मिलता है। उसके हिसाब से तो गिरल ही पढ़ाई जाएगी। अधिकारी हैरान ! निश्चित तौर पर यदि हम वेतन को देखकर कार्य करेंगे तो वह कार्य निम्न प्रकृति का साबित होगा।

डॉ. राकेश —— आपके इस उदाहरण से कुछ स्पष्टता आई है। हालाँकि यह प्रसंग पहले भी सुना है लेकिन इसके पीछे की दार्शनिकता आपसे सुनने के बाद ही दिमाग़ में पड़ी है।

(नलिनी का चाय की ट्रे लेकर प्रवेश)

नलिनी —— पापाजी, आपको बातें करते हुए बहुत समय निकल गया, अब थोड़ा आराम कर जलपान कर लें।

डॉ. जैन —- हाँ बेटी, चाय की इच्छा हो रही थी पर बातों में मशगूल रहे। राकेश बाबू चाय लीजिए।हम चाय के साथ- साथ बातचीत भी जारी रख सकते हैं।

राकेश—- डॉ. जैन, मुझे अब मालूम हुआ कि आपको इतना सम्मान क्यों मिल रहा है। आप की कार्य के प्रति निष्ठा व उदात्त वृत्ति ही सब सम्मान की मूल है।

डॉ. जैन —- (चाय की प्याली से घूंट भरकर) सही समझे ! मैं शायद वह दिन न देख पाऊँ जब आपको भी मेरी तरह बल्कि और भी ज़्यादा सम्मान से लाद दिया जाएगा।

डॉ. राकेश —- (चाय की आख़िरी घूंट लेते हुए) डॉ जैन, आपका मार्गदर्शन किसी पहुँचे हुए महात्मा से कमतर नहीं है।

डॉ. जैन —- हम उन महानुभावों का मुक़ाबला तो नहीं कर सकते जिन्होंने जन व जग कल्याण के लिए अपना सर्वस्व त्याग दिया। हाँ, उनको आदर्श मानकर उनके कदमों का अनुकरण व अनुसरण तो कर ही सकते हैं।

राकेश —— डॉ. जैन, आपका जीवन आदर्श जीवन रहा है, मैं प्रयास करूँगा कि जीवन में कुछ ऐसा कर जाऊँ जो आपकी तरह अनुकरणीय बन जाए।

डॉ. जैन —— राकेश बाबू, इस के लिए किसी प्रयास की आवश्यकता नहीं बल्कि इसे जीवन शैली में ढालने की ज़रूरत है। एक बार हम ईमानदारी,

परिश्रम व निष्ठा से काम शुरू भर कर दें तो भविष्य में हमें आनंद के घूंट पीने को मिलेंगे।

डॉ. राकेश —— डॉ. जैन, अब समय काफ़ी निकल गया, मेरे साथी मेरा इंतज़ार कर रहे होंगे।

डॉ. जैन —— जब आप दृढ़ संकल्प लेकर सदाचरण करने लगोगे तो आपके कोर्ट- कचहरी वाले साथी भी आप से प्रभावित होकर उत्तम कोटि का व्यवहार करेंगे। यह श्रृंखला तब विस्तृत होती जाएगी।

डॉ. राकेश —- डॉ. जैन, आपने मुझे जीवन जीने का ऐसा दार्शनिक अंदाज़ सिखा दिया है कि मैं धन्य हुआ। आपके श्री मुख से निकला हर शब्द मेरे जीवन का मार्गदर्शक होगा। अब मैं क्षमा चाहूँगा, नमस्कार!

डॉ. जैन नमस्कार ! प्रभु तुम्हें शक्ति प्रदान करें।

***

22

ट्रेनिंग कॉलेज में मातृभाषा दिवस समारोह का आयोजन

राकेश बाबू ने पं० शंकर प्रसाद के चुनाव में विजयी होने की खबर देव तक पहुँचा दी थी व कहा था कि हो सके तो विजय - जुलूस में साथियों सहित शिरकत करें। देव ने खबर सुनकर ख़ुशी का इज़हार किया व राकेश को बताया कि क़ानूनन विजय जुलूस प्रतिबंधित है, हम पंडित जी से घर जाकर मुलाक़ात कर बधाई देंगे। आजकल कॉलेज में मातृभाषा दिवस मनाने की तैयारियाँ चल रही हैं, फ़ुरसत निकाल कर जाना पड़ेगा। देव ने राकेश को भिवानी आने का निमंत्रण दिया और कहा कि शायद राजीव व दिव्या यहाँ आएं, तुम उनके साथ भी आ सकते हो पर राकेश ने काम की अधिकता के कारण असहमति जताई व कहा कि अभी कुछ दिन पहले दीक्षांत समारोह में शामिल होने यमुनानगर गया था, रोज़-रोज के सफ़र से परेशानी आती है।

देव —- अच्छा, यमुनानगर गए थे, रश्मि भाभी से मिलकर आ रहे हो फिर हम कहाँ अच्छा लगेंगे।

राकेश —अरे देव भैया, तुम भी ऐसा कह रहे हो ? हम प्यार में पड़कर शादी नहीं कर रहे, सामाजिक शादी करेंगे।

देव —- अब दिन ही कितने शेष बचा है, ट्रेनिंग के बाद तो कई शादियाँ देखने को मिलेगी।

राकेश —- क्या तुम भी मैदान में डटे हुए हो ? शुभम- शिवि तो एक हो ही जाएँगे। रश्मि की सहेली तान्या भी मंगल- सूत्र पहन लेगी, कांति भाई पर भी बड़े अंकल की नज़रें इनायत हो सकती हैं ?

देव —- सारा लेखा- जोखा लिए घूम रहे हो।

राकेश —- रोगियों का रिकॉर्ड रखना ज़रूरी है। ये प्रेम रोग लाइलाज होता है, बस शादी ही इसकी पहली व आख़िरी दवा है।

देव —- अब कॉलेज जाने का समय हो गया है, फ़ंक्शन के कारण थोड़ा पहले जाना पड़ता है।

राकेश —- ओ. के. देव भैया, मैं भी डिनर पर बड़े अंकल के यहाँ गया हुआ था, राजीव व दिव्या भाभी भी आए हुए थे।

देव —- बड़ी मौज- मस्तियाँ चल रही हैं। रश्मि भाभी के पीछे ससुराल में आनंद लूट रहे हो ?

राकेश — परमानंद। (फ़ोन बंद करता है)

दोनों रूममेट कॉलेज के लिए निकल पड़े थे, गेट पर पहुँचे तो शिवि व देविना को इंतज़ार करते पाया। दोनों हैरान से रह गए थे। देव ने पूछा तुम दोनों को कैसे ज्ञात हुआ कि हम अभी कॉलेज नहीं पहुँचे हैं ?

शिवि —- जब हम यहाँ पहुँचे तो गेट बंद था इसलिए यह अंदाज़ा लगाना मुश्किल नहीं था कि अभी कॉलेज में कोई स्टूडेंट नहीं आया है। हमने यहीं रहकर इंतज़ार करना मुनासिब समझा।

देव — समझा, यह विवशता का इंतज़ार है। ख़ैर, अब चलो अंदर, गेट खुल गया है। तुम दोनों के पास जो आर्टिकल बगैरह जमा हुए हैं, वे लेकर आईं हो न?

देविना —- क्यों नहीं ? हमारा समय से पहले आने का मक़सद तो यही है कि हम आज भित्ति पत्रिका का नवीन व अंतिम अंक प्रकाशित करें।

शिवि —हमने रात्रि में ही सब काट - छाँट कर रख दिए थे, अब चलकर इन्हें चिपकाना भर ही है।

देव —- हाँ चलो, जब तक और स्टूडेंट्स नहीं पहुँचते तब तक हम सभी को लगा देंगे।

(कॉलेज में प्रवेश कर अंदर जाते हुए मंच को देख कर)

शुभम —- शायद कल सायंकाल में ही मंच तैयार किया होगा ?

देव —- हाँ, टेंट हाउस से कल ही डॉ. गुप्ता ने मंच तैयार करने के आदेश दे दिए थे। अभी सर्दी का मौसम शेष है इसलिए तीनों दिशाओं में परदे लगाने पड़े।

शुभम —- (सभी पत्रिका के पास आकर) सब अपने -अपने आर्टिकल देव भैया को सौंप दो ताकि उन्हें देश- काल व इतिहास के अनुसार चिपकाया जा सके।

शिवि — हमने सब काम पूर्ण कर लिया है, अब सिर्फ़ चिपकाना भर है।

देव —- हाँ शुभम, शिवि जो भी ज़िम्मेदारी लेती है, उसे दिल से पूरा करती है। देविना, तुम्हारे आर्टिकल तैयार हैं न ?

देविना — मैंने सब चुनकर शिवि को ही दे दिए हैं।अब बातों में टाइम व्यर्थ न गँवा कर काम की तरफ़ ध्यान लगाकर पूरा करें।

देव — जो आज्ञा बड़ी मैडम जी ! (सभी ठहाका लगाकर हंसते हैं)

शुभम —- देव भैया, स्टूडेंट्स का आगमन शुरू हो गया है। सब पत्रिका की ओर ही आएँगे। कुछ कमी रह गई हो तो चैक करके दूर कर दो।

देव —- वैसे तो हम सब ने ध्यान से ही सब आर्टिकल चिपकाए हैं फिर भी कोई ख़ामी न रह जाए इसलिए शिवि तुम एक नज़र घुमा कर देख लो।

शिवि —- (चारों तरफ़ नज़रें दौड़ाकर) देव भैया, सब कुछ बहुत अच्छा लग रहा है।

देव — ओ. के. शिवि, गुड ! अब हमें शेष बचे आर्टिकल रूम में रख देने चाहिए और वहीं गुप्ता जी से भित्ति पत्रिका का निरीक्षण करने का आग्रह करेंगे।

देविना —- गुप्ता व आर्य सर तो इधर ही आ रहे हैं।

(पास आने पर चारों स्टूडेंट्स प्रणाम करते हैं व पत्रिका का निरीक्षण करने की प्रार्थना करते हैं)

डॉ. गुप्ता —- मि० देव लगता है अभी- अभी सब निपटाया है, बहुत अच्छा ! मुझे ख़ुशी है कि आप लोग हमारे विश्वास पर खरे उतर रहे हैं।

डॉ. आर्य —- देश के गृहमंत्री (जो मातृभाषा उन्नयन समिति के अध्यक्ष भी हैं) का मातृभाषा के संबंध में कल जो मीडिया प्रसारण हुआ था, उसे पत्रिका में स्थान मिला या नहीं ?

देव —— यस सर ! कल सायं ही मैंने व शुभम ने हॉस्टल के कॉमन रूम में जाकर उनका भाषण सुना व रूम पर आकर ड्राफ़्ट तैयार किया। यह बिल्कुल पत्रिका के मध्य में चिपका है ताकि सबकी नज़र आसानी से पड़ सके।

डॉ. आर्य —(संदेश को पढ़ते हुए) गुड, वैरी गुड ! देव, तुम्हारी भाषा व शब्द चयन कमाल का है।

देव —- सर, यह आपकी कृपा का परिणाम है।

डॉ. गुप्ता —- अब तो हमारी सेलेक्शन पर किसी को एतराज़ नहीं रहा होगा। मि० देव को संपादक चुनकर हमने अपने कर्तव्य को सही तरीक़े से निभाया है।

डॉ. आर्य —- आपकी नेक- नीयती व निष्पक्ष भावना पर पूरे संस्थान में दो मत नहीं हैं। सभी आपको सम्मान की दृष्टि से देखते हैं।

देव — सर, अब हमारे लिए क्या आदेश है ?

डॉ. गुप्ता —- दस बजे प्रोग्राम का आग़ाज़ होना है, मुख्य अतिथि के रूप में के. एम. कॉलेज के प्रिंसिपल पधारने वाले हैं। स्टूडेंट्स पहुँच चुके हैं व मंच संचालन हो रहा है।

डॉ. आर्य तेवतिया जी पहुँच गए होंगे, सब चैक कर रहे होंगे। आओ हम सब भी वहीं पर चलते हैं।

डॉ. गुप्ता मि० देव, संभालो मंच, यह इस वर्ष का आख़िरी फ़ंक्शन है।

देव — सर, मैं क्षमा चाहता हूँ, अब की बार यह ज़िम्मेदारी शिवि को सौंप दी जाए तो बेहतर होगा। देश में महिला सशक्तिकरण का दौर चल रहा है।

डॉ. गुप्ता — बहुत अच्छा कहा, (शिवि से) तुम तैयार हो इस ज़िम्मेदारी को निभाने के लिए ?

शिवि — यस सर , मैं अपनी ओर से पूरा प्रयास करूँगी कि सब योजना बद्ध ढंग से हो।

डॉ. गुप्ता —- शिवि, ये फ़ाईल लो, इसमें वक्ताओं व सांस्कृतिक कार्यक्रम में भाग लेने वाले छात्र-छात्राओं की सूची है। (तेवतिया जी से) फूल मालाएँ मँगवा ली होंगी ?

तेवतिया —- यस डॉ. गुप्ता, एक स्टूडेंट गेट के पास ही लिए खड़ा है।

डॉ. गुप्ता —- आओ सब स्टाफ़ मैंबर्स गेट पर मुख्य अतिथि के स्वागत के लिए चलें।

सभी स्टाफ़ सदस्य डॉ. गुप्ता की अगुवाई में गेट पर पहुँचे, मुख्य अतिथि का आगमन हुआ जिन्हें फूल मालाओं से लाद दिया गया। मुख्य अतिथि मंच पर पहुँच कर सभी का अभिवादन स्वीकार करते हैं। एक- एक कर सभी वक्ता अपना भाषण देते हैं व छात्र- छात्राएं कल्चरल प्रोग्राम प्रस्तुत करते हैं। मुख्य अतिथि से पूर्व डॉ. गुप्ता व आर्य सर अपना वक्तव्य देकर ताली बटोरते हैं।

शिवि —- (मंच से) अब आज के मुख्य अतिथि हम सब को संबोधित करेंगे।

मुख्य अतिथि—- मेरे प्रिय छात्र- छात्राओं, स्टाफ़ सदस्य व मंच पर आसीन महानुभाव ! आज हम राजकीय शिक्षण महाविद्यालय भिवानी में मातृभाषा दिवस मना रहे हैं। विश्व में अनेक भाषाएँ व बोलियाँ हैं। भाषा वह है जिसे हम बोल सकते हैं, लिख सकते हैं व उसकी एक विशेष लिपि भी रहती है लेकिन बोली केवल बोल सकते हैं, उसकी कोई लिपि नहीं होती। मातृभाषा बोली भी हो सकती है व भाषा भी। मातृभाषा का अभिप्राय माँ के सानिध्य में सीखी हुई विचारों की अभिव्यक्ति का माध्यम। इसे यूँ भी कह सकते हैं कि

विचारों को बताने का जो तरीक़ा हमने माँ से सीखा। संसार में अनेक बोलियाँ हैं, शायद भाषाएं उनके मुक़ाबले कम हों।

अनेक शिक्षा-शास्त्री बच्चों को मातृभाषा में शिक्षा प्रदान करने के पक्षधर हैं। उनका अभिप्राय इतना ही है कि माध्यम मातृभाषा हो, बेशक और भाषाएँ भी सिखाई जाएँ। हमें अपनी मातृभाषा पर गर्व होना चाहिए। आपने अपने कॉलेज में इस पुनीत अवसर पर मुझे आमंत्रित किया व भरपूर सम्मान दिया, इसके लिए आप सभी का बहुत धन्यवाद। भाषण के उपरांत होनहार छात्र -छात्राओं को पुरस्कारों से नवाजा गया। मंच संचालन कर रही ओ. टी. की छात्रा शिवि ने समारोह को अनुशासन व सहयोग से मनाने पर सभी का धन्यवाद किया।

संस्था की प्राचार्या ने मुख्य अतिथि का पुनः स्वागत किया व बताया कि मातृभाषा दिवस हर बार 21 फरवरी को कॉलेज प्रांगण में मनाया जाता है। मातृभाषा- शिक्षण हमारे कोर्स का हिस्सा भी है। आर्य सर ने कुछ देर पहले आप सबको उसका महत्व व उपयोगिता का बखान किया था। आप सभी ने संयम से समारोह मनाया, क़ाबिले तारीफ़ है। अब मुख्य अतिथि महोदय व स्टाफ़ सदस्य जलपान के लिए हॉल में तशरीफ़ लाएँगे व सभी स्टूडेंट्स पंद्रह मिनट के अंतराल के बाद अपनी कक्षाओं में पढ़ाई के लिए जाएँगे।

***

23

विधानसभा का सत्र व दोनों नव निर्वाचित विधायकों का शपथ ग्रहण

विधानसभा सत्र के लिए विपक्ष ने अपनी रणनीति मज़बूती से तय कर ली थी। समूचा विपक्ष एक जुट होकर जनता की आवाज़ सरकार के कानों तक पहुँचाने का मन बना चुका था। सत्ता पक्ष ने भी बजट द्वारा जनता को अधिकाधिक लाभ देने का फ़ैसला किया था। सत्र का आरंभ नए चुनकर आए विधायकों के शपथग्रहण से हुआ। दोनों नवनिर्वाचित विधायकों ने शोर- शराबे के बीच संविधान के प्रति निष्ठा की शपथ ली। विपक्ष के विधायकों ने आरोप लगाया कि दोनों विधायकों को नियम व क़ानून के विरूद्ध विजयी घोषित किया गया है। असंध विधानसभा क्षेत्र से सभी अभ्यर्थियों की ज़मानत ज़ब्त हो गई, फिर क्यों और कैसे निर्वाचित घोषित किए गए। भिवानी से भी वोटों की संख्या में अनियमितता पाई गई, एक मतपत्र (कोरा) एजेंट को बूथ के कचरे से मिला।

क़ानून की निगाह में दोनों विधायकों का निर्वाचन अवैध है। विधानसभा के अध्यक्ष ने सदस्यों को शांत रहने को कहा और बताया कि दोनों विधायकों का परिणाम चुनाव आयोग की इजाज़त मिलने पर ही घोषित हुआ है। मेरे कार्यालय में चुनाव आयोग द्वारा प्रेषित अधिकृत सूची उपलब्ध हैं फिर भी किसी कैंडिडेट या दल को आपत्ति है तो वह क़ानून से मदद मांग सकता है।

अध्यक्ष के स्पष्टीकरण के बाद सदस्यों का हो- हल्ला कुछ शांत हुआ तो उन्होंने वित्त मंत्री महोदय को वार्षिक आम बजट पेश करने को कहा। सभापति के निर्देश के बाद वित्त मंत्री ने अपना पिटारा खोला व बजट की प्रति निकाल कर पढ़ना आरंभ किया। अध्यक्ष महोदय, अगले वित्त वर्ष के लिए सरकार ने जिन सुविधाओं, योजनाओं व करों का प्रावधान किया है, उनका

विस्तृत विवरण मैं प्रस्तुत कर रहा हूँ। बजट के प्रावधानों को पढ़ने के बाद एक कॉपी सदन के पटल पर रखी गई। वित्त मंत्री ने आरोप लगाया कि विपक्ष ने बजट पेश करने के दौरान खूब शोर मचाया जो उनके ग़ैर ज़िम्मेदाराना व्यवहार का द्योतक है। सत्ता पक्ष ने मेज़ें थपथपाकर बजट की सराहना की व इसे जनता के लिए कल्याणकारी बजट की संज्ञा दी।

अगले दिन बजट पर चर्चा के दौरान विपक्षी दलों ने बजट को अगले चुनावों को ध्यान में रखकर बनाया गया पुलिंदा करार दिया व इसकी आलोचना की। विपक्ष ने बजट में किसानों - कामगारों के लिए अपर्याप्त सुविधाओं के लिए सरकार को घेरा, वहीं सत्ता पक्ष के विधायकों ने बजट को राज्य के सर्वांगीण विकास का प्रपत्र बताया व वित्त मंत्री की एक संतुलित बजट पेश करने के लिए प्रशंसा की।

एक निर्दलीय विधायक ने जन कल्याण के लिए मिलनेवाली निधि पर सरकार से जवाब चाहा। माननीय विधायक को आपत्ति थी कि इस राशि के आबंटन में भेदभाव किया गया है। सत्ता पक्ष के प्रत्येक विधायक को दो करोड़ रुपये की व अन्यों को एक करोड़ रुपये की राशि वितरित करने का प्रावधान किया गया है। माननीय सदस्य के प्रत्युत्तर में सरकार की ओर से वित्त मंत्री महोदय ने कहा - क्योंकि जनता के प्रति सरकार की ज़िम्मेदारी कुछ ज़्यादा ही होती है इसलिए उन्हें दो गुणी राशि आबंटित की गई है। वित्त मंत्री के जवाब से असंतुष्ट विपक्ष के सभी सदस्य विधानसभा से वाकआउट कर गए। अध्यक्ष महोदय ने सदन की कार्यवाही दो बजे तक के लिए स्थगित कर दी।

दोपहर दो बजे सदन की कार्यवाही फिर शुरू हुई तो एक विधायक ने छात्र- छात्राओं को छात्रवृत्ति की राशि न मिलने का मुद्दा उठाया। नवनिर्वाचित भिवानी के विधायक पं० शंकर प्रसाद ने अपने ज़िले में मेडिकल कॉलेज में ठप्प पड़े कामों को चालू करने की माँग उठाई।

स्वास्थ्य मंत्री ने माननीय विधायक को तत्काल काम शुरू करने का भरोसा दिलाया। भिवानी से विधायक ने अपने शहर के प्रतिष्ठित कॉलेज के

लिए सहायता राशि जारी करने की गुहार लगाई। असंध विधानसभा क्षेत्र से विधायक ने आवारा पशुओं से लोगों को हो रही परेशानी का मुद्दा उठाया तो पशुपालन मंत्री ने कहा कि यह केवल उनके क्षेत्र की नहीं बल्कि पूरे राज्य की समस्या है और सरकार इसे प्राथमिकता के आधार पर निपटेगी। बजट में नए पशु केंद्र खोलने व तस्करी रोकने के प्रावधान किए गए हैं। सायंकाल क़रीब सात बजे सदन की कार्यवाही अगले दिन तक के लिए स्थगित कर दी गई।

अगले दिन सदन की कार्यवाही शुरू हुई तो विधानसभा अध्यक्ष ने सदस्यों को आगाह किया कि वे केवल आर्थिक मुद्दों को ही सदन में उठाएँ। नव निर्वाचित सदस्य इस ओर विशेष ध्यान दें। सत्ता पक्ष के ही एक विधायक ने सरकार से अपील करनी चाहीं कि कर्मचारियों का अप्रैल व मई मास का वेतन एक साथ दिया जा रहा है। यह सिलसिला कई वर्षों से जारी है। मैं वित्त मंत्री महोदय से नम्र निवेदन करना चाहूँगा कि बजट पास होने के बाद इस पर तुरंत अमल हो ताकि कर्मचारियों को समय पर वेतन मिल सके।

वित्त मंत्री ने माननीय विधायक के सुझाव का स्वागत किया व कार्रवाई का आश्वासन दिया। अब बजट पास करने के लिए मतदान कराने पर अध्यक्ष महोदय ने सभी विधायकों को तैयार रहने को कहा।

सदस्यों ने अपने वोट- पैड संभाले व सदन की मर्यादा अनुसार वोटिंग की। वोटिंग के दस मिनट बाद ही अध्यक्ष महोदय ने बजट बहुमत से पास होने की सूचना सदस्यों को दी। अब सदन की कार्यवाही अनिश्चितकाल के लिए स्थगित कर दी गई थी।

दर्शक दीर्घा से बाहर आकर डॉ. भगवत स्वरूप व अन्य साथियों ने पं० शंकर प्रसाद को घेर लिया व उन्हें विधिवत रूप से विधानसभा की सदस्यता की शपथ ग्रहण करने पर बधाई दी। पं. शंकर प्रसाद के साथ सब लोग मुख्यमंत्री आवास की ओर बढ़ गए थे जहां उन्होंने मुख्यमंत्री जी को चुनाव के दौरान किए गए जनता से वादों को याद दिलवाया।

मुख्यमंत्री ने जल्द ही होने वाले मंत्रिमंडल के विस्तार में भिवानी ज़िले को उचित प्रतिनिधित्व देने का भरोसा दिलाया व सभी लोगों को जलपान का न्योता दिया।

जलपान के बाद ख़ुशी- ख़ुशी सब लोग एम. एल. ए. हॉस्टल की ओर चल पड़े थे जहाँ रात्रि विश्राम के बाद सुबह अपने- अपने घर की राह ली।

***

24
शेखर बाबू का ऑफिस में कुछ बाहरी लोगों से मिलना

सुबह नाश्ता बगैरह लेकर ऑफिस के लिए तैयार हुए तो शालू ने उसके कंधे पर हाथ रखते हुए कहा- मैं राजू को आज अपनी बहन के घर लेकर जाऊँगी और कोशिश करूँगी कि वह अपने घर में ही रहे।

शेखर — मुझे तो आज ऑफिस में कई ज़रूरी काम निपटाने है शायद सायंकाल में विलंब से घर लौट पाऊँगा।

शालू —- ठीक है, आप अपना काम निश्चिंत होकर करिए, मैं राजू को किसी न किसी बहाने जाने को तैयार कर ही लूँगी।

शेखर — आज मैं अपने कैंट वाले ऑफिस में रहूँगा, एक ज़रूरी मीटिंग भी हैं। कोई ज़्यादा ज़रूरी हो तो ही फ़ोन बगैरह करना।

शालू —- क्या काम पड़ सकता है ? राजू को छोड़कर घर आ जाऊँगी। कल की थकान अभी मिटी नहीं है, रात में भी शिवि के ख़्याल आते रहे। भगवान ने हमारी आबरू सुरक्षित रख ली।

शेखर —-हाँ शालू, अब यह राजू भी शांतिपूर्वक तरीक़े से चला जाए तो जीवन सुखी हो जाए।

(राजू दोनों के बीच आकर)

राजू —- मम्मा, वह लड़की अब तक नहीं आई, पूरी रात बीत गई।मैंने उसे नींद से जागकर कई बार देखा लेकिन वह अपने रूम पर नहीं थी।

शालू —- वह रात्रि में अपने घर चली गई होगी। दिन में शायद लौट आएगी।

राजू —- नहीं मम्मा, मुझे उस लड़की के पास जाना है। वह ज़रूर किसी मुसीबत में होगी।

शालू —- हमने उसकी सभी मुसीबतें दूर कर दी है। उसकी एक सुंदर लड़के से शादी कर दी है।

राजू —-मम्मा क्या शादी करने से सारी मुसीबतें दूर हो जाती हैं ? इसीलिए तुमने भी पापाजी से शादी कर ली थी। मम्मा, तुम तो कह रही थी कि उस लड़की से मेरी शादी करोगी ? क्या वह लड़का मुझसे ज़्यादा सुंदर है ?

शालू —- राजू, तुम भी सुंदर हो पर शिवि उस लड़के से प्यार करती थी इसीलिए उसी से शादी करनी पड़ी।

राजू —— प्यार तो उस लड़की से मुझे भी था पर तुमने उससे मेरी शादी क्यों नहीं की ?

शालू —- तेरी शादी किसी और सुंदर लड़की से कर देंगे, क्या तुम शादी के लिए तैयार हो राजू ?

राजू —- मैं उसी लड़की से शादी करूँगा, मुझे उसके पास ले चलो।

शेखर —- (शालू को एक तरफ़ ले जा कर) यह मौक़ा इसे घर ले जाने का है। मैं ऑफिस के लिए निकल रहा हूँ, तुम इसे लेकर चली जाओ शिवि से मिलाने के बहाने।

शालू —- ओ.के. (राजू के पास आकर) हाँ चलो, तुम तैयार हो जाओ, मैं तुम्हें उस लड़की के पास लेकर चलती हूँ। तुम उसे पहचान लोगे ?

राजू —- क्यों नहीं? उसका गोल- गोल चेहरा, जल में तैरती मीन जैसी सुंदर आँखें। उस रात मैं जब तुम्हारे कहने से उसके रूम पर गया था तो खिड़की से देखा तो सोई हुई भी अप्सरा जैसी लग रही थी।

शालू —- (हैरान सी होकर) राजू ठीक है, अपना सामान सूटकेस में डालो, मैं तुम्हें उस लड़की के घर छोड़कर आऊँगी। तुम उससे वहीं शादी कर लेना।

राजू —- ठीक है मम्मा, चलो, कहीं देर न हो जाए। शादी के बाद मेरी सारी मुसीबतें ख़त्म हो जाएँगी न मम्मा ?

घर से बाहर आकर दोनों ऑटोरिक्शा में बैठ कर शेखर बाबू के कैंट वाले ऑफिस में पहुँचे ही थे कि वहाँ बैठे लोग जाने को उद्यत हुए पर शेखर बाबू ने उन्हें बताया कि ये दोनों मेरी पत्नी व बच्चा है तो वे कुछ संयत हुए।

शेखर — क्या है शालू ? तुम दोनों यहाँ किस लिए आए हो ?

शालू —- राजू मोबाइल फ़ोन लेने की ज़िद करने लगा, मैंने काफ़ी समझाया पर इसे कुछ फ़र्क़ नहीं पड़ा व ज़िद पर अड़ा रहा। मेरे पास इतने पैसे नहीं थे कि इसे स्मार्ट फ़ोन दिलवा सकूं।

शेखर —- राजू को स्मार्ट फ़ोन की क्या ज़रूरत आ गई ?

शालू —- कह रहा है कि उस लड़की से फ़ोन पर बात करूँगा, उसके बिना मेरा दिल नहीं लगता।

शेखर —- ये लो दस हज़ार रुपए और इसे ले जाओ। हो सके तो बहाना बनाकर टाल देना।

शालू —- मैं कोशिश तो करूँगी पर अगर ज़िद पर अड़ा रहा तो ख़रीदना ही पड़ेगा ?

शेखर —- अब जाओ, मेरी ज़रूरी मीटिंग चल रही है।

शालू —- चलो राजू, जल्दी करो, कहीं वह लड़की कहीं ओर न चली जाए ?

राजू —- चलो मम्मा, एक काम तो सिद्ध हुआ, अब आगे हाथ आज़माते हैं।

शालू व राजू के जाने के बाद शेखर बाबू अपनी ड्यूटी पर फिर सक्रिय हो गए थे।

शेखर — (सामने बैठे सज्जन से) तुम्हें पाँच प्रतिशत तो मेरे हिस्से का रखना होगा। सब ऊपर तक भेंट डालकर मेरे हिस्से में एक प्रतिशत भी नहीं शेष बचा रहता।

सज्जन —- सर जी, डील टेंडर जारी होने के बाद जब प्रोजेक्ट शुरू हुआ तो सरकार बदल गई और पूरा प्रोजेक्ट अधर में लटक गया।

शेखर —- लोकतंत्र में सरकारें तो बनती - बिगड़ती रहतीं हैं इस विषय को कमीशन से नहीं जोड़ा जाना चाहिए।

सज्जन —- सर ! आख़िर पैसा तो प्रोजेक्ट से ही निकलेगा ? अब दो साल के बाद फिर से काम शुरू करना होगा। दो साल में क़ीमतों में काफ़ी इज़ाफ़ा हुआ है।

शेखर — यह तो आपको किसी भी तरह से एडजस्ट करना होगा। दो साल बाद असेंबली के इलेक्शन होने वाले हैं, आप जानते हैं कि बिना पैसे के लोकतंत्र में विजय श्री के दर्शन नहीं होते।

सज्जन —- पाँच साल पहले की घटना है जब हमारा बनाया पुल उद्धाटन के बाद तीन सप्ताह में ही ज़मींदोज़ हो गया था।

शेखर —- आप यह समझें कि आपका बंदा जेल से कितने जल्दी बाहर आ गया था और आगे के लिए भी आपको प्रोजेक्ट मिल रहे हैं, इतना सब ऊपर की कृपा से ही संभव है।

दूसरा सज्जन —- सर, आपको हमारे बीबी- बच्चों का भी ध्यान रखना चाहिए। इस प्रोजेक्ट की लागत अब दोगुना तक बढ़ गई है। कोई नया प्रोजेक्ट मिलेगा तो यह कमी भी पूरी कर देंगे।

शेखर —जितना तुम गुड़ डालोगे उतना ही मीठा होगा। हमें तो आपकी बहुत फ़िक्र है।

सज्जन —- सर, हम भी कोई कमी नहीं आने देंगे। (चुपके से जेब से रूपयों का पैकेट निकाल कर मेज़ की दराज़ में रख देता है) पूरा दो खोखा है सर ! अब हमें इजाज़त दें।

शेखर —- (मेज़ का दराज़ बंद करते हुए) सेवा का फल तो मीठा ही होगा। आप हमें मेवा खिलाते रहिए, हम आपको सेवा का मौक़ा देते रहेंगे।

दोनों सज्जन —- जी, दुरुस्त फ़रमाया। एक साल भी सरकार टिकी रही तो प्रोजेक्ट पूरा हो सकेगा।

शेखर —- अब यह सरकार कहीं नहीं जाने वाली। दो साल का समय शेष है चुनाव में। अब आप प्रोजेक्ट का काम शुरू कीजिए और मुझे भी दराज़ का काम निपटाना है। आजकल ज़रा सख़्ती चल रही है। सरकार स्थिर रही तो सब अपने हिसाब से होगा।

दोनों सज्जन प्रणाम कर ऑफिस से बाहर आकर कार में सवार होकर निकल जाते हैं।

***

25
रश्मि तान्या की प्यारी- प्यारी बातें

अरी ये तान्या कहाँ चली गई ? रूम सब खुला पड़ा है, हो सकता है मैस में चली गई होगी पर अभी तो न लंच का, न डिनर का कोई समय है फिर कैंटीन में चाय बगैरह के लिए चली गई होगी ? हाँ अब चायपान का समय तो है।देखती हूँ कैंटीन जाकर, यहाँ तो भारी भीड़ जमा है, ये डिग्रीधारक अभी तक यहीं जमे हुए हैं, कॉलेज की कैंटीन में चाय पीने के मज़े कौन भुला सकता है।बूढ़े होकर भी यहाँ की याद सताती है। अब देखती हूँ शायद रूम पर आ गई होगी ? आवाज़ लगाती है - तान्या.... । कोई उत्तर नहीं मिला, ऐसी कहाँ निकल गईं ? किसी के रूम पर बैठी गप्प लड़ा रही होगी। अब तो इंतज़ार करना ही होगा, जब आना होगा आ जाएगी। कोई पुरानी सहेली मिल गई होगी, सुन रही होगी उसकी गाथाएँ, अपनी भी भडांस निकाल रहीं होगी, कहीं मेरे व राकेश के बारे मैं तो नहीं बतिया रही होगी पर ऐसी बावली लगती तो नहीं, हमारे ज़िक्र से उसे क्या मिलेगा ? हमारा तो सार्वजनिक तौर पर 'रोका' हो चुका है। अपने समीर की ही हांकती होगी पर अपने प्रेम को कोई यूँ ही ओपन क्यों करेगा ? मैं ही थोड़ा विश्राम कर लेती हूँ, सुबह से ही भाग दौड़ मची है। मंच पर डिग्रियाँ बाँटते- बाँटते हाथ- पाँव बेगाने से हो गए हैं। राकेश जब डिग्री लेने आया तो तान्या मुस्कुराने लगी थी, मंत्री महोदय ने पूछ ही लिया, आख़िर दादा जी के परिचित ही निकले मंत्री जी। प्यार से सिर पर हाथ रखकर मुझे आशीर्वाद दिया।कितना शकुन मिलता है जब कोई अपना प्यार व सत्कार से व्यवहार करता है।राकेश भी जब हमें रूम पर नहीं पाया तो कितना बेचैन रहा होगा। ना किसी से पूछा होगा, न कहीं गए होंगे, मन मसोस कर चेयर पर ही बैठ गए। हमें भी क्या पता था कि इतने जल्द लंच लेकर रूम पर पहुँच जाएँगे। तान्या मैस में मस्ती करती रही, सब लड़कियों की भीड़ जो एकत्रित हो गई थी। सब अपनीं-अपनीं हांक रही थी, शायद ही कोई किसी को सुन रही हो।मै ही तान्या को बुद्धु समझतीं रहीं, जब भी समीर भैया उसे मिलने आते, वह मौन सी होकर सिकुड़ जाती।

आज पता चला जब उसके सामने राकेश आया, मैं भी कितनी शांत पर मन से बेचैन हो गई थी। ऐसा क्यों होता है जब अपना प्यार क़रीब होता है। मन में भावों का दरिया बहने लगता है पर दो किनारे समान होंठ निर्जीव व शांत बने रहते हैं। क्या प्रेम शब्दों को छीन लेता है ? सब कहते हैं कि शब्दों में बड़ी शक्ति होती है, एक बार कहे हुए शब्द जीवन भर पीछा करते हैं पर प्यार की असीम शक्ति के समक्ष शब्द भी निशब्द हो जाते हैं। तन मन बुद्धि सब बहने लगते हैं प्यार में। काम्या पूछ रही थी प्यार के बारे में मुझसे, उसमें भी शायद चिंगारियाँ फूट पड़ी हों प्यार की, क्या कोई स्टेज होती है प्यार की ? स्कूल- कॉलेज से ही पनपती है यह महामारी पर मैंने तो कहीं स्कूल कॉलेज से नहीं पाया, वह तो दादा जी के साथ अस्पताल गईं थीं, बस वहीं से रोग लग गया। रोगी अस्पताल से स्वस्थ होते हैं और हम अस्पताल में रोगी हो गए।अब यह रोग कब मिटेगा? शायद एग्ज़ाम के बाद, तब सब दूरियाँ मिट जाएँगी, तान्या भी समीर भैया की हो जाएगी। दोनों हनीमून पर एक साथ जाने का प्रोग्राम पहले ही बना चुकी हैं। एक ही होटल में ठहरेंगे, एक ही साथ रंगरेलियाँ मनाएँगे पर समीर भैया के साथ रहते मुझसे सब कैसे होगा ? आख़िर वह मेरा भाई है, बेशक मामा का लड़का ही हो। मैं तान्या को अलग-अलग जाने को मना लूँगी। तान्या... । कहाँ है तान्या ?

तान्या — मैं आ गईं, मैं यहाँ हूँ, चुपचाप चेयर पर बैठ गईं थीं राकेश बाबू की तरह। तुम बिस्तर पर लेटी प्यार में खोईं हुई थीं।

रश्मि —- तुम कितनी देर से हो यहाँ ?

तान्या —- चेयर पर बैठकर मैंने नॉवेल के दस पेज पढ़ लिए पर तुम्हारी कोई हलचल मैंने नहीं देखी। मै भी नॉवेल में खो गईं थीं। बहुत ही रोचक व रोमांटिक लिखते हैं 'देव बाबू'।

रश्मि —- कोई नया उपन्यास प्रकाशित हुआ है क्या ?

तान्या —- वह तो मुझे मालूम नहीं, मैं तो अभी 'दीपा दीदी' ही पढ़ रही हूँ। दीपा का प्यार फ़रमान चढ़ रहा था पार्क में डॉ अजय के साथ।

रश्मि —- जैसे तुम्हारा उस दिन समीर भैया के साथ कुलाँचे मार रहा था।

तान्या —- और तुम्हारा आज डॉ राकेश के साथ। (दोनों खिलखिला कर हँसती है) चलो अब डिनर का टाइम हो गया, सारे दिन की थकान मैस में ही काफ़ूर होगी गप्पशप्प करके।

रश्मि —- डॉक्टर साहब भी जींद पहुँच गए होंगे, पता नहीं शाम को डिनर मिलेगा भी या नहीं।

तान्या —- चलो मेस चलते हैं, वहीं से कूरियर कर देना।

रश्मि —— मज़ाक़ उड़ा रही हो, कोई बात नहीं बेटा, सबकी बारी आती है।

तान्या —- प्रेमी तो प्यार की ही चिंता करते हैं, 'रोका' वाले रोटियों की परवाह में ही डूबे रहते हैं। हम तो 'रोका- वोका' नहीं, डायरेक्ट ही निपटा देंगे सब। एग्ज़ाम ख़त्म होते ही 'भाभी' बन जाऊँगी प्यारी सी ननद रश्मि की।

रश्मि —- फ़िक्र ना करो, एग्ज़ाम के बाद तो हम भी भाभी बन जाएँगी, अपनी प्यारी सी ननद नेहा की।

तान्या —- नए वर्ष में दोनों भाभी व डॉक्टर बन जाएँगी। डॉक्टर तो दो डिग्रियाँ लेकर ही निकलते हैं अपने कॉलेज से। चलो अब मेस में।

रश्मि —- हाँ चलो, हंसने से कुछ भूख भी चमकने लगी है।

तान्या —- डॉ. साहब के नाम की दो चपाती ज़्यादा ही चबा लेना वरना सारी रात करवटें ही बदलतीं रहोगी। ताज़ा घाव है, आज दिन में ही लगा है।

रश्मि —- हम तो बहुत दिनो से घायल है तान्या, अपने घाव को दबाए बैठे हैं पर तुम आज इतना मुखर कैसे हो रही हो ?

तान्या —— तुम्हारे पार्क से आने तक मैं एक लड़की के रूम पर बेठीं थीं, वह भी अपनी व्यथा- कथा सुना रहीं थीं। कह रही थी कि उसके प्यार को किसी ने चुरा लिया है। बेचारी मछली की तरह तड़प रही थी।

रश्मि —- तुम इतनी देर तक उसके पास ही बैठी रहीं ? ऐसी क्या कहानी थी उसके प्यार की ?

तान्या ——आज डिग्री लेने आया था उसका प्यार, बड़ी मुश्किल से मिलना हुआ, कह रहा था - श्रेया, मुझे भूल जाओ। मैं किसी और के प्यार में हूँ, और श्रेया पर जैसे हिमालय आ पड़ा हो ।दूसरे वर्ष के दौरान ही श्रेयस से उसकी आँखें चार हुई थीं, उस समय वह अंतिम वर्ष में था। अब पी. जी. में ही उसका कोई चक्कर चल रहा है।

रश्मि —— तुम उस लड़की को कैसे जानती हो ? अब तो वह भी अंतिम वर्ष में होगी ?

तान्या —- हाँ, अपने साथ ही है, कहीं दिल्ली के आसपास क़स्बे की है। बस में एक बार उससे मुलाक़ात हुई थी।

रश्मि —- क्या श्रेयस ने दूसरी लड़की से शादी कर ली है ?

तान्या —- अभी तक नहीं की है पर उसके साथ ही एम डी एस कर रही है लखनऊ में।

रश्मि —— तान्या, अब श्रेया का क्या होगा ?

तान्या — होना क्या था, आजकल लड़कों की क्या कमी है, 'तू नहीं तो और सही'।

रश्मि —- लड़का तो मिल ही जाएगा पर प्यार की यह टीस उम्र भर सालती रहेगी।

तान्या ——रश्मि दीदी, मैं तो फ़ैन हो गई श्रेया की, उसने सब स्पष्ट तो बता दिया वरना आजकल तो दो नावों पर पैर रखना फ़ैशन सा बन गया है ।एक का जीवन डूबना ही डूबना तय है।

रश्मि —— श्रेया की पढ़ाई पर प्रतिकूल असर पड़ेगा, एग्ज़ाम भी नज़दीक आ गए हैं।

तान्या —— श्रेया को शायद गड़बड़ी की आशंका पहले ही हो गई थी इसलिए सावधान हो गईं थीं। अब मैंने भी कुछ सलाह मशविरा दिया है।

रश्मि —— क्या मैं भी मिल सकती हैं श्रेया से ?

तान्या —— उसे ज़्यादा परेशानी होगी, जो मैंने बताया है उससे आगे नहीं बढ़े थे दोनों।

रश्मि —- यह भी ठीक ही रहा, अगर तुम्हारी परिचित है तो कुछ मदद कर सकते है।

तान्या —ज़्यादा परिचय नहीं है। तुम पार्क में गईं हुईं थीं तो मैं नॉवेल लेकर लाईब्रेरी में बैठी पढ़ रही थी, वहीं उससे मुलाक़ात हुई, फिर कुछ प्यास लगी तो रूम पर आ गए। जब मैंने पूछा कि यह तुम्हारे साथ कौन है ? तब सारी कहानी बताई श्रेया ने, और कहते- कहते आँसू नहीं रोक पाई थी वह।

रश्मि —प्यार में धोखा कहीं का नहीं छोड़ता इंसान को,कोई क़िस्मत का धनी ही संभल पाता है।

तान्या —- अब तुम भी संभल जाओ, समय काफ़ी निकल गया है,कहीं मेस न बंद हो जाए।

रश्मि —- हाँ तान्या, चलो, मैं तैयार हूँ। तुम रूम को लॉक कर दो।

तान्या —- अगर कहो तो खुला छोड़ दूँ, हो सकता है कि डॉक्टर साहब की बस छूट गई हो ?

रश्मि —-मुझे अभी कुछ देर पहले हिचकी आ गईं थीं।

तान्या —- वाह ! माडर्न डॉक्टर ! पानी की प्यास लगी होगी, चलो मेस में ही पी लेना।

***

26
दीक्षित जी की आज की तारीख़ के केस की फाइल नदारद

राजीव अब हर तरफ़ से स्वतंत्र हो गया था। ससुर पं० शंकर प्रसाद का चुनाव संपन्न हो गया था और विधायक बन जाने पर उसे ख़ुशी व गर्व था। बैंगलुरु की हनीमून यात्रा की थकान भी अब बीते दिनों की बात हो गई थी। दिव्या घर में रहकर ही माता-पिता की सेवा- शुश्रूषा करती इसलिए उसे समय बिताने की कोई समस्या नहीं थी। माँ बाप दोनों उसकी सेवा से आनंदित थे।एक दिन राजीव कोर्ट जाने को तैयार थे और दिव्या रोज़ की तरह उसे विदाई देने दरवाज़े पर पहुँचीं तो अचानक आँखों के सामने अंधेरा सा छाया व गिरने को हुई, ऐन वक़्त पर राजीव ने संभाल लिया वरना कोई परेशानी हो सकती थीं। थोड़ी देर दिव्या राजीव की गोद में ही लेटीं रहीं व जब होश हुआ तो उल्टियाँ शुरू हो गई। राजीव घबराया व माँ को पुकारा- माँ, दिव्या की तबीयत ख़राब हो गई है, तुम यहाँ आ जाओ, मै डॉक्टर को बुलाता हूँ। रानी यथा शीघ्र दरवाज़े पर पहुँची व दिव्या की हालत देख कर ख़ुशी से झूम उठी व बोली- राजीव बेटा, तुम कोर्ट में जाकर अपना काम शुरू करो, मैं सब संभाल लूँगी।

राजीव —- दिव्या की तबीयत ज़्यादा ख़राब है माँ, डॉक्टर ही कुछ बता पाएगा।

रानी माँ —- डॉक्टर क्या करेंगे ? औरत की बीमारी औरत ही जानती है।

राजीव—- क्या तुम्हें कुछ बीमारी का पता चल गया है ?

रानी माँ—- हाँ, मुझे चल गया है, तू जा अपने काम पर और अपने वकील दोस्तों को पार्टी- दावत खिला।

राजीव —- क्या कह रही हो माँ ? मैं पिता बनने जा रहा हूँ ? पर अभी तो शादी को दो महीने भी नहीं हुए ?

माँ —— अब पहले वाली बात नहीं रही बेटा, अब तो शादी के नौ महीने बाद ही आँगन में किलकारियाँ गूंजने लगती हैं।

राजीव —- तो तुम सब संभाल लोगी माँ ? मै कोर्ट चला जाऊँ ?

दिव्या—- (कुछ उत्साही होकर) हाँ तुम जाओ, मम्मी शायद ठीक कह रही है।

दीक्षित जी राजीव के बिना कुछ बेचैन से हुए दिखाई पड़ रहे थे, सोच रहे थे कि राजीव रोज़ सुबह कोर्ट खुलने से ठीक पंद्रह मिनट पहले पहुँच जाता था, आज कोई कारण ही उत्पन्न हो गया होगा ?

दीक्षित जी— (मुंशी से) क्या राजीव जी तुम्हें कुछ बोलकर गए हैं ?

मुंशी —— मुझसे तो कुछ नहीं कहा पर वे सामने आ ही रहे हैं, आप ही उनसे बात कर लेना।

दीक्षित जी — अच्छा ठीक है, वह रामनाथ / शेषनाथ की फाइल निकालो ? आज बहस की तारीख़ है।

राजीव —— (दीक्षित जी को प्रणाम करते हुए) सर, मैं विलंब के लिए क्षमा चाहूँगा। घर से निकलने को था कि एकाएक दिव्या की तबीयत ख़राब हो गई।

दीक्षित जी —- मुबारक हो बरखुरदार ! पिता बनने वाले हो।

राजीव —— सर, आपको कैसे अनुमान हुआ ?

दीक्षित जी —- अनुमान नहीं, यह वास्तविकता है। औरत की जब एकाएक तबीयत ख़राब होती है तो वह ख़ुशी का पैग़ाम लेकर आती है।

राजीव —- सर मैं तो घबरा गया था जब दिव्या एकदम गिरने लगीं थीं, होश आने पर उल्टियाँ करने लगी थी। वह तो माँ ने संभाल लिया वरना मैं डॉक्टर के पास जाता और कोर्ट न आ पाता।

दीक्षित जी —-जो हुआ वह अच्छा ही हुआ। (मुंशी से) फ़ाइल मिलीं नहीं क्या ? राजीव, तुम देखो ज़रा ध्यान से।

मुंशी —— सर मैंने दो- तीन बार उथल-पुथल कर देख लिया पर इस नाम की कोई फाइल नहीं मिली।

राजीव —- सर, आप पहले दिन केस की स्टडी करते हैं,कहीं घर में तो नहीं रह गई ?

दीक्षित जी —- तुम्हारा संदेह आधारहीन नहीं है। रात में यह केस मैंने स्टडी किया था और पढ़ते- पढ़ते मेरी आँख लग गईं थीं। श्रीमती जी ने शायद मेज़ की दराज़ में रख दी होगी।

राजीव —- आपने आज सूचीबद्ध सारे केस स्टडी किए होंगे पर यह फाइल कैसे अलग रही ?

दीक्षित जी —- तक़रीबन सभी केस मैंने डिनर से पहले देख लिए थे व सूटकेस में डाल दिए थे पर जब मैं डिनर के बाद वॉक पर निकला तो रामनाथ घर की ओर आ रहा था। मुझे देख कर उसने केस का ज़िक्र किया तो मैंने घर आकर दोबारा केस स्टडी किया और नींद की वजह से वह फाइल सूटकेस की बजाय मेज़ की दराज़ में पहुँच गई। (मुंशी से) कृष्ण, तुम घर जाकर जल्दी से लेकर आओ। थोड़ा ठहरो ! मैं घर फ़ोन लगाकर पूछता हूँ। हैलो रमा !

रमा —- (दूसरी ओर से) हैलो, मैं पूजा के लिए मंदिर में आई हुई हूँ, कुछ काम था क्या ?

दीक्षित जी —- और इस समय क्या तुम्हें मैं पार्क में घुमाने ले जाऊँगा। कल रात जब मुझे फाइल पढ़ते- पढ़ते नींद आ गई थी तो तुमने वह फाइल कहाँ रख दीं थीं ?

रमा —— मैंने तो रमन को पकड़ा दी थी, तुम रमन से ही फ़ोन करके पूछ लो। मैं अभी आईं हूँ सारा काम निपटाकर, एक घंटे भर बाद घर लौट पाऊँगी।

दीक्षित जी —- अच्छा ठीक है, मैं रमन से पूछता हूँ। (फ़ोन लगाकर) रमन बेटा ! हैलो ! (बिना किसी आवाज़ के फ़ोन कट गया, फ़ोन रख कर मैसेज का इंतज़ार करते हैं। रमन का मैसेज मिला- पापा, मैं ज़रूरी मीटिंग में हूँ, इटली से हैड आए हुए हैं व शायद दो- तीन घंटे मीटिंग जारी रह सकती है। आप शायद एक फाइल के बारे में पूछ रहे होंगे जो मम्मी ने मुझे पकड़ा दी थी, तभी टिंकी की रोने की आवाज़ सुनकर मैं अपने कमरे में चला गया और टिंकी को अपनी छाती पर लेटाकर मैं भी नींद में खो गया। आप रागिनी से फ़ोन कर पता कर लें।

राजीव —- सर, क्या परेशानी है ? कृष्ण मुंशी घर जाकर ले आएगा या आप कहें तो मैं मोटरसाइकिल पर जाकर ले आता हूँ।

दीक्षित जी —- नहीं, मुझे ही कुछ करना पड़ेगा। (रमा को फिर फ़ोन लगाते हैं) हैलो रमा ! वह फाइल रमन के रूम में है, जब तुमने उसे दी थी तभी टिंकी की रोने की आवाज़ सुनकर वह अपने कमरे में चला गया और टिंकी को सुलाते- सुलाते खुद भी सो गया, तब रागिनी ने वह फाइल उठा कर वहीं- कहीं रख दी होगी ?

रमा —- हो सकता है रागिनी को जानकारी हो।

दीक्षित जी —- रमा तुम अभी घर आकर रमन के कमरे से वह फाइल कृष्ण को दे देना, मैं उसे भेज रहा हूँ।

रमा —— आप भी कई बार बचकानी बातें करते हैं। दस साल हो गए रमन की शादी को, आजतक मैं उसके रूम में गई हूँ क्या ?

दीक्षित जी —- क्या उस कमरे में कर्फ़्यू लगा है या धारा 144 लगी है ?

रमा —तुम्हारे पिताजी, मेरी शादी के चालीस साल बाद भगवान को प्यारे हो गए पर कभी हमारे कमरे में क़दम नहीं रखा। ये संस्कार मुझे तुम्हारे परिवार से ही मिले हैं। तुम्हारी सरकारें बदलती रहती होंगी, हमारे संस्कार बदलने वाले नहीं।

दीक्षित जी —- तुमने क्या उपदेश देना शुरू कर दिया, अच्छा ऐसा करो रागिनी को स्कूल से लेकर आओ व फाइल ढूँढ कर अपने पास रख लेना, मैं राजीव वकील को भेज रहा हूँ।

रमा —-अभी तो मैं मंदिर से स्कूल जाऊँगी फिर रागिनी को लेकर घर आऊँगी, कुछ समय तो लगेगा ही। मैं घर पहुँच कर तुम्हें फ़ोन कर दूँगी।

दीक्षित जी —- ठीक है, ज़रा जल्दी करना। क्या तुम रागिनी बेटी को फ़ोन नहीं कर सकती ?

रमा —- कर सकतीं हूँ पर फ़ोन उठाएगा कौन ? सब टीचर्स के फ़ोन स्कूल पहुँचते ही ऑफिस में जमा हो जाते हैं। कोई अत्यंत आवश्यक कॉल हो तो तभी संपर्क करवाते हैं।

दीक्षित जी —यह तो बहुत ज़रूरी है ।ख़ैर तुम छोड़ो, मैं ही प्रिंसिपल साहब से बात कर लेता हूँ।

रमा—-ठीक है, तुम ही कर लो। तुम स्कूल की कमेटी के मेंबर भी हो। तुम्हारी बात कौन टालेगा ? इतने तक मेरी पूजा भी पूरी हो जाएगी।

दीक्षित जी —- ठीक है, मैं ही प्रिंसिपल साहब को फ़ोन लगाता हूँ। हैलो ! प्रिंसिपल गणेश गोस्वामी ?

प्रिंसिपल—- जी सर, आप कौन साहब बोल रहे हैं ?

दीक्षित जी —- मैं एडवोकेट दीक्षित बोल रहा हूँ स्कूल की प्रबंध समिति का सदस्य।

प्रिंसिपल —- जी हुक्म फ़रमाइए।

दीक्षित जी —- हमारी पुत्रवधू रागिनी यहाँ स्कूल में टीचर है, उसे दस मिनट के लिए घर भेज दीजिए। बड़ा ज़रूरी काम है। एक केस की फाइल उसके रूम पर रह गई है।

प्रिंसिपल —- सर दीक्षित जी, मुझे क्षमा करेंगे, रागिनी अभी कक्षा में टीचिंग कर रही है। मेरे टेबुल पर जो टाइम- टेबुल रखा हुआ है उसके अनुसार उसके अगले तीन पीरियड ख़ाली नहीं हैं।

दीक्षित जी —- तो क्या पीरियड के दौरान नहीं भेज सकते ? इतने तक तो किसी दूसरे टीचर को कक्षा में भेज दीजिए।

प्रिंसिपल —-सर, बामुश्किल एक दो पीरियड ही टीचर को ख़ाली मिलते हैं, उसमें भी एडजस्टमैंट कर दी जाए तो टीचिंग की गुणवत्ता पर असर पड़ता है। ये सब नियम आप प्रबंध समिति ने ही बनाए हुए है, हम तो सिर्फ़ पालन करने वाले हैं। मैं रागिनी को तीन पीरियड के बाद 12:45 पर कह सकता हूँ। तब तक आपको इंतज़ार करना पड़ेगा।

दीक्षित जी —- (फ़ोन बंद कर राजीव से) राजीव बाबू, आज फाइल का हम तक पहुँचना कठिन है, जब भी केस की आवाज़ पड़े तो बहस के लिए आगे की तारीख़ ले लेना।

राजीव —- सर, जैसा आप आदेश करें पर हमें कुछ जुर्माना भुगतना पड़ेगा ?

दीक्षित जी —- वह जो नियमानुसार होगा, चुका देना।

***

27
नेहा का आत्म चिंतन

नेहा की पढ़ाई अब ज़ोर-शोर से चल रही थी। मार्च महीने में होने वाले वार्षिक एग्ज़ाम अब धीरे-धीरे नज़दीक आ रहे थे। इस बार गणतंत्र दिवस समारोह का आयोजन विद्यालय में नहीं हो सका था क्योंकि शहर में ही राज्य स्तरीय प्रोग्राम बना था। प्रदेश के सभी ज़िलों की झांकियाँ यहाँ निकली थी। नेहा तब नाच उठीं थीं जब जींद ज़िले की झांकी 'मेरा स्वास्थ्य- मेरा परिवार' सजी हुई उसकी आँखों के सामने से निकल रही थी और उसे ही सर्वश्रेष्ठ झांकी का पुरस्कार मिला था। नेहा ने तब राकेश भैया को बहुत याद किया था और अपने अश्रु मोती भी लुटाए थे।

राकेश भैया भी कितने विवश है, चाह कर भी जल्द शादी नहीं कर सकते, चाह कर भी मुझे अपने पास नहीं रख सकते क्योंकि अच्छी पढ़ाई व अच्छे स्कूल के बिना उत्तम जीवन निर्माण नहीं किया जा सकता इसलिए मुझे यहाँ स्कूल भेजा। देव भैया से मन की बात कह सकते थे पर वे भी कब से भिवानी में टिके हुए हैं। सब चीजें पास- पास होते हुए भी पास में नहीं हैं।

राजीव भैया भी अब अपने परिवार में मस्त- व्यस्त रहने लगे हैं, एक कांति भाई ही ले दे कर बचा है जिसके सहारे भैया अपने दिन काट रहे हैं। माँ बाप का साया उठने से ज़्यादा पढ़ाई नहीं कर पाए। आज के युग में बग़ैर पी. जी. के डॉक्टर की कोई वैल्यू नहीं करता। मैं जब पढ़ लिख कर कमाने लगूँगी तब भैया को आज़ाद कर दूँगी कि कितना ही पढ़ाई करे, उसे किसी खर्च की परवाह नहीं होगी ?

रश्मि भाभी भी छुई-मुई सी बनकर टाइम बिता रही हैं, उसके एग्ज़ाम भी जैसे वर्षों बीतने के बाद भी दूर खड़े हुए हैं। दोनों भैया- भाभी जैसे एक ग्रह के वासी होते हुए भी अलग ध्रुव पर रहने को विवश हैं। देव भैया का सब कुछ होते हुए भी इस दुनिया में कोई सहारा नज़र नहीं आता। अब सुना है कि कुछ

चक्कर चल रहा है, कहाँ तक फ़रमान चढेगा, खुदा ही जाने। प्यार में धोखा खा गए तो जीना दूभर हो जाएगा।

नेहा ! तू सब ऐसा क्यों सोच रही है। तुम्हें यहाँ पढ़ाई के लिए भेजा है और न ही तुम्हारी ऐसे ढंग से सोचने- विचारने की उम्र है। प्रकृति अपने हिसाब से चलती है, किसी के हांकने से नहीं, हथेली पर सरसों नहीं उगती। समय आने पर सब काम पूर्ण हो जाते हैं। भैया की शादी भी होगी, रश्मि भाभी को दुल्हन बना कर लाएँगे। मैं शादी में खूब नाच- नाच कर धमाल मचा दूँगी। रश्मि भाभी को हाथ पकड़कर लें आऊँगी, हम सबके साथ भैया- भाभी भी ठुमके लगाएँगे।

जैसे 'रोका' के समय मैंने रश्मि भाभी को नाचने के लिए विवश कर दिया था।देव भैया शादी में सारा काम दौड़- दौड़ कर करेंगे, 'रोका' भी तो देव भैया ने ही करवाया था। भैया इतना विश्वास करते हैं देव भैया पर, मानो वे हमारे अभिभावक हो। अगर देव भैया की पहले शादी होने लगी तो मैं देविना भाभी को भी नाचने के लिए विवश कर दूँगी। और हाँ, अश्मि भी तो है, वह कौनसी कम रहेगी ? मै तो भैया की घोड़ी के पीछे रहकर शगुन के तंदुल डालूँगी। भैया जब तन कर घोड़ी पर बैठेंगे, मैं कांति, राजीव, शुभम- शिवि व देव भैया को ख़ूब नाचने के लिए विवश कर दूँगी। बड़े अंकल से कांति भाई की बात भी मुझे ही करनी पड़ेगी और सब तो न जाने क्यों संकोच करते हैं।शादी- ब्याह के लिए भी क्या संकोच ? आपस में ही सहयोग- सूचना नहीं करेंगे तो विवाह समारोह कैसे होंगे ? कैसे ख़ुशियाँ मनेंगी। अभी शुभम भैया व शिवि भाभी का फ़ैसला शेष है, उस दिन उसके मौसी- पापा नहीं आते तो मंदिर में शादी होकर सब आनंद हो जाता। अब उसके पापाजी कह रहे थे कि बेटी की डोली तो पिता के घर से ही जानी चाहिए। कहीं मौसी कोई अड़ंगा न डाल दे, फिर क्या ? वही मंदिर का रास्ता अख़्तियार करना पड़ेगा। माँ बाप के बिना भी तो शादियाँ संपन्न होती हैं। जिनके माता-पिता नहीं होते, क्या वे अविवाहित रहते हैं ? मेरे मम्मी पापा नहीं है तो क्या राकेश भैया व मेरी शादी नहीं होगी ? (अपने आप रोने लगती है)

मम्मी तुम मुझे ऐसी ही क्यों छोड़ गईं, क्या मैंने तुम्हें कुछ ऐसा- वैसा कह दिया था जो मुझसे रूठ कर अवनि से आसमान पर अपना आशियाना बना लिया। इतने दिनों के बाद भी तुम्हें हमारी याद नहीं आई। तुमने आजतक कभी नहीं पूछा कि बेटी नेहा कैसी हो ? क्या कर रही हो ? राकेश भैया कैसे हैं ?

माँ तुम इतनी पाषाण हृदय कैसे हो गई, अब मै किसे माँ कहूँ ? कोई मुझे बेटी भी क्यों कहेगा ? बहुत ज़िम्मेदारियाँ होती है बेटियों की, क्या तुम सब जिम्मदारियों से घबराकर गगन पलायन कर गईं हो ? पापाजी तुम्हें तो सोचना चाहिए था कि तुम्हारी लाड़ली नेहा कहाँ भटकती फिरेगी तुम्हारे बिना, तुम भी मम्मी के साथ ही परलोक गमन कर गए। क्या मम्मी के साथ सात जन्मों का बंधन निभाने के लिए अपनी नेहा को सात समुद्रों के बीच छोड़ दिया। पापा मैं छोटी नन्ही जान कैसे इतने विस्तृत ब्रह्मांड में रह पाऊँगी ? मम्मी पापा तुम दोनों ने किसके सहारे हम दोनों भाई- बहन को छोड़ा है। जरा तो विचार करते (रोते-रोते गला सूखने पर हिचकी आती है) माँ क्या तुम अपनी नेहा को याद कर रही हो, तुम्हारा पाषाण हृदय पसीज गया होगा अपनी नेहा की करुण पुकार सुनकर।

हाँ माँ आंसुओं में वह ताक़त होती है जो अपनों को अंतरतम तक हिला देती है। (हॉस्टल मेस से घंटी की टन टन की आवाज़ सुनाई पड़ती है) मम्मी, तुम्हें भूख लगी होगी आओ मेरे साथ खाना खाने मेस में चलेंगे, आज मेरी सहेली भी यहाँ नहीं है, तुम मेरे साथ आओगी ना माँ ? माँ तुम कुछ बोलती क्यों नहीं ? मैं इतनी देर से तुम्हें पुकार रही हूँ ।क्या मेरी पुकार अनसुनी रह जाएगी ? हाँ नेहा, रोने पुकारने से कोई लाभ नहीं बल्कि इससे तो दिवंगत आत्माओं को कष्ट ही पहुँचता है। अपने आप उठो, स्वयं को संभालो और संसार में रहकर जो लक्ष्य मिले हैं, उन्हें पूरा करो। अच्छा माँ, तुम्हें कष्ट पहुँचाने के लिए क्षमा चाहती हूँ और विश्वास दिलाती हूँ कि जीवन के जो मायने हैं, भैया के साथ मिलकर उन्हें पूरा करने की कोशिश करूँगी। तुम्हारा आशीर्वाद साथ रहेगा न माँ ? माँ, तुम जहाँ पर भी हो अपना वरद हस्त मुझ पर फैलाए रखोगी ना ? माँ बाप बच्चों के लिए, उनकी हर बात की परवाह के लिए जीवन क़ुर्बान करने को तत्पर रहते हैं, क्या तुम दोनों अपने बच्चों के लिए मृत्यु को पराजित

नहीं कर सकते थे ? मुझे लगता है कि माँ काल के क्रूर पंजों ने तुम्हें प्राणहीन कर दिया होगा वरना कौन मां अपनी संतान को बेसहारा छोड़ती है। ठीक है माँ, शायद यही मेरी व भैया कीं नियति रह गई है कि हम जो भी करें अपने बलबूते पर करें। देव भैया भी तो माता-पिता व पूरा परिवार होते हुए एकाकी हैं। कभी न माँ को याद कर आँसू बहाता, न पिता व अन्य परिवार जनों को स्मृति में लाता। कांति ने भी कभी अपने बारे मैं कभी कुछ नहीं कहा। अश्मि भाग्यशाली हैं जो माँ बाप तो हैं ही, बड़े अंकल का साया भी उसके सिर पर है। रश्मि भाभी, तुम मुझे माँ का प्यार देना। औरत के आँचल में जो स्नेह व ममता का सागर कुलाँचे मारता है, उसमें मुझे भी डुबकी मारने देना ताकि मेरा जीवन भी शुष्क न रहकर आनन्दित हो जाए। तुम्हें माता-पिता - दादा से जो दुलार मिला है, उसे मुझ पर लुटा देना ताकि मेरे जीवन की बगिया अनेक प्रकार के पुष्पों से सुवासित होती रहे।

***

28
डॉ. आर्य की व्याकरण विषय पर क्लास

डॉ. आर्य— स्टूडेंट्स, आज जिस तरह से फ़रवरी मास अपनी अंतिम तिथियाँ गिन रहा है ठीक उसी तरह हम भी अपने निर्धारित पाठ्यक्रम के अंतिम चरण में पहुँच गए हैं। हिंदी शिक्षण को कैसे प्रभावशाली बनाया जाए ? इन विषयों पर हम वर्ष के दौरान विस्तृत चर्चा कर चुके हैं।कार्य संपादन या पूर्णता पर हम उसकी समीक्षा करते हुए गुण-दोषों पर विचार करते हैं वैसे ही अपने पाठ्यक्रम की पूर्णता पर हम विचार करेंगे कि भाषा में उत्पन्न त्रुटियों व दोषों का निवारण / निदान कैसे करें ?

एक छात्र —- सर, भाषा की त्रुटियों व दोषों को दूर करने के लिए हमें व्याकरण का ज्ञान होना आवश्यक है।

डॉ. आर्य —- निःसंदेह! भाषा के विभिन्न भागों जैसे वर्ण, शब्द व वाक्य तीनों पर व्याकरण पूरी तरह निगाह रखता है। इन सबका प्रयोग कब और कैसे करना है, हमें व्याकरण ही बताता है। आज हम शब्दों में होने वाले (र्) वर्ण के प्रयोग से संबंधित जानकारी प्राप्त करेंगे ताकि इस वर्ण की अशुद्धियों से छुटकारा पा सकें।

प्रिय छात्र -छात्राओं ! हिंदी भाषा व देवनागरी लिपि पूरी तरह से वैज्ञानिक मानी जाती है। इसमें जो बोला जाता है वही लिखा भी जाता है। अंग्रेज़ी भाषा की तरह KAMAL को कमल, कामल, कमाल नहीं बल्कि 'कमल' को कमल ही पढ़ेंगे।

एक छात्र — सर जी, ह्रस्व स्वर (इ) की मात्रा को शब्दों में पहले डाला जाता है लेकिन उसका उच्चारण उस वर्ण के बाद किया जाता है।

डॉ. आर्य —गुड ! बस यही एक अपवाद हिंदी भाषा में है जो आज तक दूर नहीं किया जा सका है। (र्) वर्ण के प्रयोग में हमें कुछ सावधानियों को ध्यान

में रखते हुए आगे बढ़ना होगा। इससे पूर्व आपको (ऋ) वर्ण की इसके समान उच्चारण के कारण जो अशुद्धि बालक करते हैं उसे रेखांकित करना चाहूँगा।

(ऋ) को हम (रि) की तरह बोलते हैं लेकिन दोनों के उच्चारण में सूक्ष्म अंतर है।(रि) कुछ भारीपन में बोला जाता है जबकि (ऋ) कुछ हल्कापन लिए होता है। यथा - रिकॉर्ड, रिक्शा, रिक्त, रिम, रिसना, ऋण, ऋषि, ऋषिकेश आदि। आप सब फोलो कर रहे हैं न ?

स्टूडेंट्स —- (समवेत स्वर में) यस सर !

डॉ आर्य —- अब (ऱ्) वर्ण का प्रयोग हम जानेंगे। आप सब को ज़रा अतिरिक्त ध्यान श्याम पट पर देना होगा ?

(ऱ्) अगर बिना पाइ वाले वर्णों के साथ जुड़ता है तो यह उस के नीचे (^) रूप में प्रयुक्त होगा। जैसे— ड्रम, ट्रेन, ड्राइवर, ट्रॉली ट्रेक्टर आदि।

एक छात्र- सर हम (ऱ्) वर्ण को इनके साथ जोड़ते क्यों है, इसे अलग से नहीं लिख सकते ?

डॉ. आर्य —- हिन्दी व संस्कृत भाषा की लिपियों में आधे वर्ण (अक्षर) की व्यवस्था है जबकि दूसरी भाषाओं में यह सुविधा उपलब्ध शायद ही है। आधे अक्षर के साथ दूसरा अक्षर जोड़ कर ही हम उसका उच्चारण कर पाते हैं। जैसे —उद्भव, उद्धृत, उद्धरण आदि।

एक छात्र — सर, कई बार हम इसे अलग से भी लिख देते हैं, ऐसा क्यों?

डॉ. आर्य —- आधे वर्ण को हम तीन प्रकार से लिख सकते हैं - स्वतंत्र रूप में, दूसरे वर्ण के साथ मिलाकर या कई बार अनुस्वार के रूप में, यह मूल रूप से उसके उच्चारण पर निर्भर करता है।

एक छात्र — सर हम आधे वर्ण को हलंत लगाकर भी तो लिख सकते है।

डॉ आर्य —- बहुत अच्छा ! लिख सकते हैं पर यह अंत में या मध्य में ही लगा सकते हैं। जैसे — महान्, श्रीमद्, श्रीमान् आदि। वैसे यह परंपरा संस्कृत भाषा में ज़्यादा प्रचलित है।

अब हम (र्) वर्ण को अन्य अक्षरों, शब्दों के साथ कैसे जोड़ें ? यह नियमानुसार सीखेंगे। किसी शब्द में यदि स्वर बाद में आए तो वहाँ (र्) पहले व्यंजन के साथ जुड़ जाता है, यथा- क्रम, भ्रम, सक्रिय, प्रिय आदि।

यदि स्वर पहले आ जाए तो (र्) शब्द के अगले व्यंजन के साथ जुड़ेगा, यथा — कर्म, धर्म, मर्यादा, कर्कश आदि।

किसी छात्र / छात्रा को शंका रह गई हो वह निःसंकोच पूछ सकता है।

एक छात्र —- सर, ये पाइ और बिना पाइ के कौनसे वर्ण होते हैं ?

डॉ आर्य — बहुत आसान पहचान है। जो आमतौर पर पाइ (छड़ी) का सहारा लेकर खड़े है, वे पाइ वाले वर्ण है, जैसे — दमादम, गधा, क़दम आदि। जो बिना छड़ी के है, यथा — ढक्कन, ढोल, ठटेरा, टखना डाल आदि।

मेरे विचार में सब स्टूडेंट्स को क्लीयर हो गया होगा ?

एक छात्र —- सर, कई बार (र्) का संयोजन ह्रस्व स्वर (इ) के साथ होता है, वह जरा स्पष्ट करने की कृपा करें।

डॉ आर्य—- जो नियम पहले बताए गए हैं, वही लागू होंगे। भ्रम केवल यह रहता है कि (र्) ह्रस्व (इ) के साथ जुड़ गया जबकि वह व्यंजन पर लगा होता है। जैसे -गर्दिश, निर्विरोध दुर्दिन आदि।

मेरे विचार में आप सभी को (र्) वर्ण को अन्य वर्णों के साथ जोड़ना अब सरल लगने लगेगा। हमने अपने विद्यार्थियों को भलीभाँति समझाना है। (र्) का संयोजन सही हुआ कि नहीं, इसका वर्ण विन्यास (Spellings) करके प्रमाणित (जाँच) किया जा सकता है। यथा — क्रम = क्+र्+ अ+म+अ। तथा- कर्म = क् +अ+ र् +म् + अ। आप सभी को बच्चों से इस प्रकार के अभ्यास करवाने होंगे ?

आज के लिए इतना ही। अब हमने अपना साल भर का पाठ्यक्रम पूरा कर लिया है, सभी अपने एग्ज़ाम अच्छी तरह से करेंगे, ऐसी मेरी कामना है। किसी भी समय किसी छात्र/ छात्रा को कुछ मुश्किल पेश आए तो निःसंकोच पूछ सकता है। आप सभी का बहुत धन्यवाद !

29

पं. शंकर प्रसाद को मंत्री पद तथा देव व साथियों की डॉ. गुप्ता से घर पर मुलाक़ात

पं० शंकर प्रसाद की कोठी पर समर्थकों का ताँता लगा था। भीड़ से जोश पूर्ण स्लोगन लग रहे थे —शंकर प्रसाद— ज़िंदाबाद ! देश का नेता कैसा हो - पं० शंकर प्रसाद जैसा हो ! शंकर प्रसाद - अमर रहे ! अमर रहे !! कुछ लोग तो शपथ ग्रहण समारोह में राज्य की राजधानी ही पहुँच गए थे। डॉ. भगवत स्वरूप जी अपने सहयोगियों एवं मित्रों के साथ चंडीगढ़ ही डेरा डाले हुए थे ताकि मुख्यमंत्री जी को राजी किया जा सके कि पं० शंकर प्रसाद एक बुद्धिमान एवं सभी वर्गों के प्रिय नेता है, उनका मंत्री बनना प्रदेश विशेष कर भिवानी के लिए वरदान सिद्ध होगा। अभी तक जो अपुष्ट ख़बरें मिल रहीं थीं कि उन्हें बिना विभाग का मंत्री बनाया जा सकता है, समर्थकों के लिए निराशाजनक संदेश था। डॉ. भगवत स्वरूप के रसूख़ एवं बड़े केन्द्रीय नेताओं से संपर्क के चलते पं० शंकर प्रसाद को ऐन वक़्त पर PWD मंत्री बना दिया गया व शपथ भी दिलवा दी गई।जब यह समाचार विधानसभा क्षेत्र भिवानी पहुँचा तो समर्थकों- प्रशंसकों में पूरा जोश भर गया और वे पूरे ज़ोर शोर से नारे लगाने लगे।

जींद शहर से डॉ. भगवत स्वरूप की प्रभावशाली सेना के अतिरिक्त राजीव, कांति, राकेश व भिवानी कॉलेज से देव, शुभम तथा के० एम. कॉलेज का पूरा स्टाफ़ अपने प्रिय नेता के अभिनंदन के लिए पहुँच गए थे। कोई अपने नेता की किसी न किसी गतिविधि के सहारे पर प्रशंसा कर रहा था तो कोई उनकी वक्तृत्व शैली, जन संपर्क - स्वभाव व कर्तव्यपरायणता की दुहाई देकर क्षेत्र के संपूर्ण विकास की आशा संजोए हुए थे। कुछ अपने व्यक्तिगत हितों को साधने के बहाने भी भीड़ में शामिल थे। दिव्या ने महिला मोर्चा संभाल लिया था जिसमें शिवि, दीविना व के एम कॉलेज की छात्राओं व टीचर्स ने पूरा सहयोग किया। ठीक ग्यारह बजे शपथ ग्रहण के बाद पं० शंकर प्रसाद अपने शुभचिंतकों

के साथ भिवानी के लिए निकल चुके थे जहाँ अपार जनसमूह उनका बेसब्री से इंतज़ार कर रहा था। स्थानीय प्रशासन द्वारा सुरक्षा के पुख़्ता इंतज़ाम के अतिरिक्त उनके स्वागत के लिए एक मंच भी तैयार किया था जहां से अब लोक संपर्क विभाग के कलाकारों के सुरीले गीत गूंज रहे थे। बीचोंबीच छुटभैया नेताओं के भाषण भी जारी थे।

देव व संपादक मंडल के अन्य सदस्यों ने इस अवसर का लाभ उठाया व जब तक मंत्री जी नहीं पहुँचते तब तक डॉ. गुप्ता के घर जाकर उनसे मिला जाए। रविवार छुट्टी के कारण डॉ. गुप्ता अपने घर में ही मौजूद थे। चारों स्टूडेंट्स को अपने घर देख कर हर्ष अनुभव कर रहे थे। प्रणाम व नमस्कार कर चारों स्टूडेंट्स ने अपना स्थान ग्रहण कर लिया था।

डॉ. गुप्ता — आप सभी को अपने यहाँ पाकर मैं संतोष एवं ख़ुशी महसूस कर रहा हूँ। शायद मंत्री जी अभी सभा स्थल पर नहीं पहुंचे है।

देव —- यस सर ! ग्यारह बजे शपथ ग्रहण के बाद जलपान लेकर निकले हैं। सड़क मार्ग से न्यूनतम तीन घंटे तो लगेंगे ही।

शुभम —- मुझे लगता है कि मंत्री जी पाँच बजे से पहले नहीं पहुँच पाएँगे।

डॉ. गुप्ता —- शुभम ने दूरदर्शिता का परिचय दिया है, क्यों शिवि ?

शिवि —— सर, मुझे तो राजनीति का ज्ञान शून्य के बराबर ही है। इसमें क्या दूरदर्शिता है, मुझे इल्म नहीं।

डॉ. गुप्ता —- शायद देव बाबू को ज्ञान होगा ?

देव —— हाँ सर ! मुझे लगता है कि पं० शंकर प्रसाद बेशक विधायक भिवानी विधानसभा क्षेत्र से हैं लेकिन मंत्री पूरे प्रदेश के लिए हैं। लोग, विशेष कर उनके समर्थक परिचित व मित्रगण उनसे मिलने, स्वागत करने, रास्ते भर मिलेंगे, जिससे कुछ विलंब अवश्यंभावी है।

शिवि —- सर, यह सब तो मुझे भी ज्ञात था।

डॉ. गुप्ता —- लेकिन आत्मविश्वास में कमी के चलते बता नहीं पाई। एक भावी अध्यापक में इस तरह की हीनता की भावना न होकर आत्मविश्वास की सरिता बहना आवश्यक होता है। मात्र किसी की आलोचना के डर से घबराकर अपनी बात न कह पाना कोई उत्कृष्ट व्यक्तित्व नहीं कहा जा सकता।

देविना — सर, शिवि में अभी वह परिपक्वता नहीं आ पाई है जो एक अध्यापक के लिए ज़रूरी है। इसके साथ अतीत में कुछ घटनाएँ ऐसी घटित हुई है जिससे इसका मनोबल व आत्मविश्वास कुछ क्षीण हुआ है।

डॉ. गुप्ता —- बिल्कुल, परिवार व परिवेश की गतिविधियों का प्रभाव मानव- मात्र के स्वभाव पर असर डालता ही है लेकिन वह प्रभाव हटते ही व्यक्ति का मूल स्वभाव फिर से मुखर होने लगता है

देव —- सर, आपके व्यक्तित्व पर अभी तक भूतकाल की घटनाओं का प्रभाव स्पष्ट दिखाई देने लगा है लेकिन उस दिन घर नहीं आते तो जानकारी नहीं मिलती। कॉलेज में आपसे मिलकर कोई नहीं कह सकता कि आप इतने कष्टों में जीवन बसर कर रहे हैं। सर ! हमें आपसे सहानुभूति होने लगी है।

डॉ. गुप्ता —- अपने साथियों, मित्रों एवं शुभचिंतकों की सहानुभूति से मेरा जीवन बिना कष्ट के बीत रहा है। आप चारों से अप्रत्यक्ष ही सही, बहुत संबल मिला है।

शुभम —- सर, हम इतने अनुभवी तो नहीं हो पाए हैं कि आपके कोई सहारा बन सकें परंतु हमारे मनों में आपके प्रति पुरज़ोर सम्मान की सरिता बह रही है। हम आपके कुछ काम आ सकें तो स्वयं को धन्य समझेंगे।

डॉ. गुप्ता —- सहयोग की अपेक्षा सहयोग की भावना ज़्यादा प्रभावी होती है। आप लोगों की मेरे प्रति आत्मीयता को मैं समझ सकता हूँ।

देविना —- सर, आप मनोविज्ञान के प्रोफ़ेसर हैं मन की बात जान ही लेते हैं। (सभी थोड़ा मुस्कुराते हैं, शामू का चाय की ट्रे के साथ प्रवेश।)

शामू ——बाबू जी, मैं सबके लिए चाय लेकर आया हूँ, नीलिमा दीदी ने यह सब तैयार किया है।

डॉ. गुप्ता—- टेबुल पर रख दो शामू, हम ले लेंगे।

(सभी चाय की टेबुल पर पहुँच कर कुछ पल ख़ामोश रहकर)

देव —— नीलिमा दीदी, आप भी हमारे साथ चाय लेंगी, देखो हम चारों तुम्हारे भाई- बहन हैं। किसी तरह का संकोच मत करो।

डॉ. गुप्ता —- हाँ नीलिमा बेटी, हम सब मिलकर चायपान करेंगे।

नीलिमा —- (अंदर से ही) पापाजी, मुझे रोशनी से डर लगने लगा है। अंधेरे मेरे गले का हार हो गए हैं।

देव —- नीलिमा दीदी, एक दिन ऐसा होगा जब तुम्हें अँधेरों को छोड़कर रोशनी से प्यार होगा। हम वह रोशनी तुम्हारे जीवन में लाने का भरपूर प्रयास करेंगे।

नीलिमा —- देव भैया, तुम सब मुझ अभागिन के लिए क्यों अपने जीवन को कष्टमय बना रहे हो। मेरे जीवन में अब शेष बचा ही क्या है ?

शुभम —- नीलिमा दीदी, हम सब ने मिलकर एक जीवन को बदहाल होने से बचाया है, अब दूसरे अवसर को भी चूक नहीं सकते ?

शिवि —- हाँ नीलिमा दीदी, देव भैया ने इन सभी दोस्तों के साथ मिलकर मुझे नया जीवन दिया है। आप फ़िक्र न करे, सब ठीक होगा।

देविना —हाँ नीलिमा दीदी, हम तुम्हारे जीवन में नई उमंग, नई रोशनी भर देना चाहते हैं। हमें तुम अवसर प्रदान करो।

(बाहर से ढोल नगाड़ों की आवाज़ सुनाई देती है)

डॉ. गुप्ता —- लगता है कि मंत्री जी पहुँच गए हैं।

देव —- सर, हमें इजाज़त दें।

डॉ. गुप्ता —- हाँ, आप लोग जिस मक़सद के लिए आए हैं, उसे पूर्ण कीजिए।

बाहर आए तो लगा कि सूर्य भगवान अपनी स्वर्णिम किरणें जग पर बिखेरने को विकल है। ज्यों-ज्यों मंत्री जी की कोठी की ओर बढ़ते गए, ढोल

नगाड़ों व जयकारों की आवाज़ ऊँची व स्पष्ट हो रही थी। देव व साथी मंच की ओर बढ़ने लगे, दूसरी तरफ़ मंत्री जी का क़ाफ़िला भी भीड़ से निकलकर मंच पर पहुँच गया था। कुछ ही पलों में शांति सी छा गई और मंत्री जी का संबोधन शुरू हुआ।

मंत्री जी —- मेरे विधानसभा क्षेत्र भिवानी के भाइयों एवं बहनों ! ये गौरव के पुष्प आपके वोटों के वृक्ष पर खिले हैं। यद्यपि मैं पूरे प्रदेश का मंत्री हूँ फिर भी आपका मुझपर प्रथम अधिकार है। मैं आपके सुख- दुख में शामिल रहूँगा। मैं अपने क्षेत्र की सड़कें, बिजली- पानी की समस्या का समाधान करूँगा। मुझे उम्मीद है कि मैं आपकी आकांक्षाओं पर खरा उतरूँगा। आपने मुझे जो आशीर्वाद दिया है उसके लिए धन्यवाद करता हूँ। आज से केवल मैं ही नहीं बल्कि इस क्षेत्र का प्रत्येक जन मंत्री हैं। आपको देर तक इंतज़ार करना पड़ा, क्षमा चाहता हूँ व मेरे सम्मान में जिन पुष्पों व नोटों की मालाओं से मुझे लाद दिया था, उन्हें सरकारी ख़ज़ाने को भेंट करता हूँ। (ज़ोर से तालियाँ की गड़गड़ाहट होती हैं।) आपने बहुत अच्छा प्रोग्राम किया, सब प्रशंसा के पात्र हैं।

सभा समाप्त होने पर मित्र - रिश्तेदार व शुभचिंतकों ने विदाई लेना शुरू किया तो मंत्री जी ने मंच से घोषणा की कि सभी भाई बहन डिनर लेकर जाएं। राजीव व दिव्या रात्रि में मंत्री की कोठी पर ही ठहरे। राकेश व कांति देव भैया के पास कॉलेज के हॉस्टल में पहुँच गए थे, जहां मेस से डिनर लेकर रूम पर आकर बतियाते हुए नींद में समा गए थे।

***

30

तरुण लक्ष्मी की हनीमून पर जाने की अकुलाहट

तरुण- लक्ष्मी की शादी को दो मास से भी ज़्यादा समय बीत चुका था लेकिन हनीमून पर न जाने की कसक दोनों पति पत्नी को साल रही थी। सुबह नाश्ता बगैरह लेकर दोनों अस्पताल अपनी ड्यूटी पर पहुँच जाते व दोपहर को यदा कदा ही घर आकर लंच करते। ज़्यादा व्यस्त होने पर अस्पताल की कैंटीन से ही लंच लेकर फिर से काम में लग जाते। सायंकाल में नियत समय पर छुट्टी होने पर ही घर के लिए निकलते। हालाँकि ड्यूटी का समय आठ घंटे ही निर्धारित था लेकिन दोनों का विचार था कि घर में निठल्ले बैठे रहने से तो अच्छा है कि अस्पताल में ही सेवा में लगे रहें। समय के हर पल का सदुपयोग करते व अपने पेशेंट्स का भरपूर ख़्याल रखते। पिता तरसेम लाल की यह सीख हमेशा तरुण की स्मृति में रहती कि ईमानदारी से परिश्रम करना भाग्य में श्री वृद्धि का प्रमुख कारण होता है। लक्ष्मी का घर भी ऐसे ही विचारों का केंद्र था कि मुफ़्त का लुत्फ़ न उठाएँ बल्कि प्रेम पूर्वक परिश्रम का मीठा फल ग्रहण करें।

तृप्ता तरुण की शादी के बाद दिन भर अकेली रहती, शायद उसे आभास हो गया था कि दिन में तो अकेले ही रहना होगा। तान्या भी शादी के बाद एक दिन पराई हो जाएगी और अपने डॉक्टरी धंधे में लग जाएगी। नौकरी करे या अपना क्लिनिक शुरू करे, फ़ुरसत के पल डॉक्टरों को नसीब नहीं होते। सबका जीवन स्वस्थ रखने वाले डॉक्टर खुद कितना अस्वस्थ जीवन जीने पर विवश होते हैं। लड़का- लड़की की शादी के बाद माँ बाप को लगता है कि सुख व समृद्धि के दिन आएँगे पर परिणाम विपरीत ही मिलता है। एक माला में पड़े हुए मनके प्रतीत होते हैं पर अस्तित्व सबका अलग-अलग, कोई एक दूसरे से जुड़ा नहीं। परिवार आजकल माला की तरह ही एक दिखते हैं पर गिनती सबकी अलग-अलग। आज सायं मार्केट चले जाने के कारण तरुण- लक्ष्मी शाम को कुछ देर से घर लौटे। माँ तृप्ता ने डिनर के लिए पूरी तैयारी कर ली थी। तरसेम लाल भी कुछ ज़्यादा काम न होने से शॉप पर बैठे- बैठे कुछ चिड़चिड़े हुए जा

रहे थे इसलिए सोचा कि घर जाकर नहा धोकर डिनर कर विश्राम करेंगे सो जल्दी घर आ गए थे।

तृप्ता —- आज इतना वक़्त से कैसे आ गए, सब ठीक तो है ना ?

तरसेम लाल —- आज कोई ज़्यादा ग्राहक नहीं था इसलिए चला आया।

तृप्ता —-तरुण भी मार्केट गया है अस्पताल से सीधे ही, शायद लौटने वाले हैं।

तरसेम लाल —- तरुण की शादी को दो महीने से भी ज़्यादा होने को आए हैं, तुमने मुझे कोई ख़ुशी की बात नहीं सुनाई ?

तृप्ता ——कुछ होगी तभी सुनाऊँगी, दोनों बच्चे डॉक्टर हैं, हर काम तोल- मोल कर करते हैं। अपना तरुण तो शादी के एक महीने बाद ही पेट में आ गया था।

तरसेम लाल —- तब के बाद समय बहुत बदल गया है।

तृप्ता —- मुझे तो नहीं लगता कि कुछ बदला है, अपने समय में भी दो ही बच्चे होते थे और अब भी।

तरसेम लाल —- तुम भी कुछ समझदार सी होने लगती दिखाई पड़ती हो। दो डॉक्टरों की माँ जो बन गई हो।

तृप्ता —- तीसरे डॉक्टर को क्यों भूल रहे हो ? और तीसरे के साथ चौथा भी तो मिलेगा ?

तरसेम लाल —- समीर बाबू तो शायद ही प्रैक्टिस करें। डी. डी. शर्मा को एक आदमी का साथ तो चाहिए ही। बिज़नेस बड़ा है, छोटा भाई अभी बाहर पढ़ाई कर रहा है।

तृप्ता —- अब अपनी तान्या की पढ़ाई को कितना और समय लगेगा ?

तरसेम लाल —- बस दो महीने में सब काम हो जाएँगे, अप्रैल में एग्ज़ाम और मई में शादी।

तृप्ता —- रश्मि की शादी भी तान्या के साथ - साथ हो जाएगी।

तरसेम लाल —- अभी तक तो यही प्लान है।

(तरुण- लक्ष्मी का आगमन)

तरुण —- (पिताजी को देखकर) आप आज कुछ जल्दी आ गए लगता है मुझे या हम ही कुछ विलंब से हैं।

तरसेम लाल —- दोनों ही बातें सही हैं।

तृप्ता —— मैंने डिनर पहले ही तैयार कर लिया था अगर कहें तो परोस दूँ।

तरुण —- हाँ माँ, मार्केट करते करते भूख कुछ ज़्यादा ही बढ़ गई है, नहाना भी ज़रूरी था, क्या करूँ या सोचता ही रहूँ ?

तरसेम लाल —- बरखुरदार, सोचते ही रहोगे तो कुछ नहीं कर पाओगे। अब हनीमून के लिए क्या सोचा ?

तृप्ता —- अब मार्केट से आए हैं, डिनर पर कर लेना सब बातें ।बेटा तरुण, तुम स्नान के लिए चले जाओ, आते ही डिनर तैयार मिलेगा।

तरसेम लाल —-इतने तक मेरे लिए लगा दो, दवाई लिए आधा घंटा हो गया है।

तरुण—- हां मम्मी जी, पिताजी के लिए खाना लगा दो और हम भी साथ ही कर लेंगे।

तृप्ता —- जैसी तुम सब की इच्छा।

(तृप्ता व लक्ष्मी दोनों डिनर टेबुल पर लगाती हैं)

तृप्ता —- आ जाओ सब, तरुण बेटा, तुम अपने पिताजी के पास ही बैठ जाओ?

तरसेम लाल —- हाँ बेटा, एक ही घर में रहकर भी हम मिल नहीं पाते। आज कुछ पहले घर आने का लाभ मिल रहा है।

तरुण —- आप हनीमून जाने के बारे में पूछ रहे थे। अमेरिका के अपने दोस्तों के संपर्क में हूँ, अभी वहाँ सर्दी का मौसम चल रहा है और लगभग अप्रैल तक बना रहेगा।

तरसेम लाल —- इतने दिनों के बाद हनीमून का कोई अर्थ नहीं रह जाता ।यह केवल ख़ानापूर्ति ही होंगी। हनीमून का अभिप्राय आनंद व मौज मस्ती करते हुए एक दूसरे को समझना होता है।

तरुण —- एक-दूसरे को तो अस्पताल में काम करते हुए हमने समझ लिया था।

तरसेम लाल —- वह समझना कुछ और है, उसमें वह आत्मीयता नहीं दिखतीं जो हनीमून की यात्रा में परिलक्षित होती है।

तृप्ता हाँ बेटा, वर्षों से जो रीति रिवाज चल रहे हैं वे कुछ मंतव्य अपने भीतर छुपाए हुए हैं ।अगर अमेरिका में सर्दी ज़्यादा है तो अपने देश में मार्च/ अप्रैल में किसी भी कोने में जा सकते है।

तरुण —यह आपका सुझाव काबिले तारीफ है मैं लक्ष्मी के साथ मिलकर सब प्लानिंग कर लूँगा व आपको अपडेट रखूँगा। मैं जब शादी के बाद अपनी ससुराल जींद शहर गया था तब पापाजी (तनेजा) ने बताया था कि उनके कोई परिचित एडवोकेट हनीमून के लिए बैंगलुरु / कुरग गए थे जो पहाड़ी व मैदानी दो जगह एक साथ है।

लक्ष्मी —- हाँ, उनके ससुर कुछ समय पहले ही मंत्री बने हैं।

तरुण —- तुम्हें कैसे मालूम हुआ यह सब ?

लक्ष्मी —- वे एडवोकेट अपनी पत्नी दिव्या जो मंत्री जी की बेटी है, के साथ पापाजी के रेस्तराँ पर आते हैं। पापा ने ही एक दिन बात- बात में ज़िक्र किया था। वह वकील डॉ. राकेश कुमार का भी पक्का दोस्त है। मंत्री बनने पर सब लोग भिवानी पहुँचे थे जलसे में शिरकत करने के लिए।

तरसेम लाल —- (डिनर ले चुकने के बाद) अब सब आराम करो।

तरुण—- हम थोड़ा पार्क तक टहल कर आएँगे। डिनर के बाद टहलना अच्छा रहता है।

तृप्ता —- हाँ बेटी लक्ष्मी, घर का काम मैं सब संभाल लूँगी। तुम घूम आओ व विचार- विमर्श भी कर लेना।

तरुण —— ठीक है मम्मी पापा, आप दोनों आराम करो, हम आते हैं।

तरसेम लाल —- प्रोग्राम संक्षिप्त ही रखना, डॉक्टरों को लंबी छुट्टियाँ नहीं मंज़ूर होतीं।

तरुण —— हां पिताजी, हम देख लेंगे।

(दोनों टहलने के लिए निकल जाते हैं)

***

31
शेखर बाबू पर ऑफिस में ही विजीलैंस की दबिश

दोनों सज्जनों के चले जाने के बाद शेखर बाबू ने दराज़ खोला तो हरे हरे नोटों की गड्डी देख कर मन ही मन आनंदित हो उठे। क़िस्मत चमक गई मेरी जो एस डी ओ के पद पर प्रोमोशन मिल गई। जे.ई . रहते हुए शहर भर की ख़राब टेलिफोन की शिकायतों से ही छुटकारा नहीं मिलता था।खुदा भी जब देता है, चुपके ही दराज़ फ़ुल कर देता है। इतनी तो दो महीने भर की तनख़्वाह भी नहीं जितने एक दिन नहीं बल्कि एक पल में नसीब हो गए। क्या नसीब पाया है शेखर बाबू, बेशक पत्नी व बच्चे ठीक ढंग के नहीं मिल पाए पर नोटों का पैकेट सूरज की लालिमा की तरह आँखों में चमक पैदा कर रहा है। अब ठेकेदार के काम पर भी निगरानी रखनी होगी, कहीं उद्घाटन के मौक़े पर या कुछ दिनों के बाद पुल नीचे व रेलगाड़ी ऊपर न पहुँच जाए। पैसे दिए हैं तो कोई मुझे ख़रीद थोड़े ही लिया है। काम दिया है तब जाकर कुछ मिला है। अब इस 'कुछ' को अपनी जेब के हवाले करना उचित रहेगा, कहीं एक दम जाना पड़ जाए तो चिंता नहीं सताएगी। (नोटों का बंडल दराज़ से निकाल कर पेंट की जेब के हवाले करता है। ऑफिस में कुछ लोगों का प्रवेश।)

शेखर —- आपका बिना अनुमति के ऑफिस में प्रवेश उचित नहीं है। आपको गेट पर तैनात कर्मचारी को परिचय पर्ची देकर अनुमति लेकर ही आना चाहिए था।

एक व्यक्ति —- ऑफिस के गेट पर कोई कर्मचारी तैनात नहीं है इसलिए बिना अनुमति प्रवेश करना पड़ा। आप श्रीमान शेखर बाबू है न एस.डी.ओ आप्रेशन?

शेखर —- कोई संदेह ? मुझे ही शेखर बाबू कहते हैं।

बाहर खड़ा व्यक्ति - गागा जी क्या मैं भी ऑफिस में आ सकता हूँ ?

शेखर —— जिसे पूछ कर आना चाहिए था वे अंदर आ गए और जिसे ऑफिस के अंदर होना चाहिए था, वह बाहर खड़ा है। आओ राजू, तुम अपनी मम्मी के साथ उस लड़की के घर नहीं गए ?

राजू ——शेखर बाबू, तुम्हें भी और मुझे भी पता है कि वह लड़की शिवि कहाँ है?

शेखर —- राजू, तुम मुझे मेरे नाम से क्यों पुकार रहे हो, मैं तुम्हारा पिता हूँ। तुम्हारी मम्मी कहाँ है ? क्या तुमने नया मोबाइल फ़ोन ख़रीद लिया है?

राजू —— वे रुपए तो तुम्हारी पत्नी लेकर चली गई।

शेखर —— राजू, मैं तुम्हारे इस अनोखे व अपूर्व संबोधन से आहत हूँ। मुझे लगता है कि जब तुम घर में पागल से रहते थे तब तुम्हारा व्यवहार ठीक होता था और अब ठीक लग रहे हो तो व्यवहार अटपटा सा लग रहा है।

राजू —— (अंदर खड़े एक व्यक्ति की ओर गर्दन घुमा कर) मि० मोरे! एस डी ओ साहब को अपना आई कार्ड दिखाओ और मेरा परिचय भी बताओ।

मोरे —- एस डी ओ साहब, मैं सहायक इंस्पेक्टर विजीलैंस (दूरसंचार) व आप जिसे राजू कह / समझ रहे हैं, डिप्टी विजीलेंस ऑफ़िसर हैं।

शेखर — (मुसकुराते हुए) वाह ! बड़ी ख़ुशी की बात है कि मेरे विभाग के महानुभावों की सेवा करने का अवसर मिला है। मि० एम.एम. गुप्ता डिविज़न ऑफ़िसर मेरे अच्छे मित्र हैं।

राजा साहब —— हम उनकी कद्र करते हैं। आपकी बेटी शिवि उनकी लड़की के साथ भिवानी कॉलेज में ट्रेनिंग कर रही है। एक ईमानदार व नेक ऑफ़िसर का हवाला देकर आप अपनी बुराइयों से नहीं बच सकते?

शेखर —राजा साहब, मैंने कोई बुराई नहीं की है, आख़िर मैं किसके लिए यह सब करूँगा ?

राजा —-अपनी इच्छाओं की पूर्ति के लिए ही मनुष्य सब लालच-स्वार्थ करता है। मोरे ! साहब की दराज़ में रखा नोटों का बंडल चैक करो।

मोरे —-(दराज़ खंगालकर) सर, यहाँ तो कुछ दिखाई नहीं पड़ रहा।

शेखर —- (कुछ घबराया हुआ सा) मैं अभी आ रहा हूँ, लघु शंका के लिए वॉशरूम जाना है।

मोरे —- पहले हमें वह हरे हरे नोटों की गड्डी दे दो, फिर वॉशरूम जाने की कोई पाबंदी नहीं है।

शेखर —— आपका संदेह निराधार है, मेरे पास जो सज्जन आए थे, वे मेरे रिश्तेदार थे। आप नाहक ही शंका से अभिभूत हैं।

राजा —-वे हमारे भी रिश्तेदार थे लेकिन तुम्हारे गूढ मित्र जो तुम्हें इतने सारे रुपए और हमें केवल सूचना।

शेखर —- उन्होंने आपको जो बताया वह सब झूठ के सिवाय कुछ नहीं है।

राजा —- हो सकता है कुछ अंश असत्य हो लेकिन आपको जो पैकेट मिला है, वह तो सत्य है न ? वह हमें निकाल कर दे दीजिए।

शेखर —- मेरे पास ऐसा कोई पैकेट नहीं है।

राजा —- एस डी ओ साहब। ! हमें आपकी तलाशी लेनी पड़ेगी।

शेखर —— आप दोनों में से किसी के पास भी मेरे रैंक के अधिकारी की तलाशी लेने का अधिकार नहीं है।

राजा —- आप दुरुस्त फ़रमा रहे हैं लेकिन हम ऐसा काम पहली बार तो नहीं कर रहे।तुम्हारे से दस हज़ार रुपए गए थे, कुछ लेने के लिए ही तो गए थे। मोबाइल फ़ोन न सही, तलाशी की परमिशन तो लाए ही है। मोरे ! इन्हें अथारिटी पत्र दिखाओ।

मोरे —- यस सर !

शेखर —— (अधिकार पत्र देख कर) इस अथारिटी पत्र को मैं नहीं मानता क्योंकि इस पर न तो किसी अधिकारी के हस्ताक्षर हैं और न स्टांप बगैरह लगी है।

राजा —- मि० शेखर बाबू —- आप अच्छे से जानते हैं कि कंप्यूटर जैनरेटिड डॉक्यूमेंट हस्ताक्षरित नहीं होते ।आप जेब से वह पैकेट हमें दे दें वरना हमें आपकी तलाशी लेनी होगी।

शेखर —राजा साहब ! आप अपना अधिकार पत्र ओरिजनल लेकर आएँ, तभी सर्च के पात्र होंगे।

राजा —- मि० शेखर, फिर आपको हमारे साथ चीफ़ के पास चलना होगा। हम आपको यहाँ स्वतंत्र नहीं छोड़ सकते।

शेखर —- क्या आपके पास मुझे चीफ़ के पास ले जाने की कोई शक्ति या विभागीय इजाज़त है, यदि है तो दिखाइए। मैं सहर्ष आपके साथ चलने को तैयार हूँ।

राजा —- एस डी ओ साहब ऐसे नहीं मानेंगे ।तुम इनकी तलाशी शुरू करो व अपनी रिवाल्वर लोड करके रखो, ताकि ये कहीं भाग न जाए।

शेखर —— आप लोग मेरे साथ ज़्यादती कर रहे हैं। मेरी जेब में यह जो उभार आप देख रहे हैं, वह उन सज्जनों की ओर से मेरी पत्नी के लिए दिया गिफ़्ट पैक है, पैकेट नहीं।

मोरे —- तो हमें वह पैक एक बार दिखा दीजिए, अगर नोट / रुपए नहीं हुए तो हम तुम्हें वापिस सौंप कर अपनी ड्यूटी पर लौट जाएँगे।

शेखर —— पैक में क्या है? यह तो वे दोनों सज्जन जानते हैं। मैं तो केवल कूरियर हूँ गिफ़्ट पहुँचाने का।

मोरे —— यह गिफ़्ट पैक हमें सौंप दो, तुम्हारी कूरियर की ड्यूटी पूरी हो जाएगी।

शेखर —- यह गिफ़्ट पैक उसी को दूँगा जिसके लिए यह दिया गया है। आप बिना वजह मुझे परेशान कर रहे हैं ।आप मुझे वॉशरूम भी नहीं जाने दे रहे, मुझे पेट में पेन होने लगा है।

राजा —- तुम जेब में रखा पैकेट हमें दे दो, तुम्हारा व हमारा दोनों का पेन ख़त्म हो जाएगा। अगर तुम ईमानदारी से काम करोगे तो तुम्हारे विरुद्ध दर्ज केस में धाराएं कुछ कम व नरम की जा सकती हैं ?

शेखर —- इन चिकनी चुपड़ी बातों में मैं फिसलने वाला नहीं।

(कुछ सिपाहियों के साथ चीफ़ विजीलेंस ऑफ़िसर का प्रवेश)

ऑफ़िसर—- मि० राजा, इतनी देर क्यों लग रही है ? अपराधी तुम दोनों के सामने इतने समय से मौजूद है और तुम क़ानून को बेबस बना रहे हो।

राजा —-सर, इस की जेब में ही वह नोटों का पैकेट है, हमने कई बार आग्रह किया है।

ऑफ़िसर —— अब आग्रह नहीं, आर्डर होगा। (सिपाहियों से) एस डी.ओ. साहब को अपने दफ़्तर ले चलो।

(शेखर दूसरी जेब से रूमाल लेकर पहली जेब में रखे पैकेट को निकाल कर कूड़ेदान में डालता है व अधिकारी उसे पैकेट के साथ हिरासत में लेकर ऑफिस के लिए निकल जाते हैं।)

***

32

प्रिंसिपल मैडम की दर्शन शास्त्र पर क्लास

कॉलेज में अब गिनती के ही दिन शेष थे। भित्ति पत्रिका का अंतिम अंक प्रकाशित हो चुका था। कुल मिलाकर देव व साथियों ने पूरे सैशन में सात अंक निकाले। विद्यार्थी व स्टाफ़ सदस्य इस वर्ष के प्रकाशन से संतुष्ट थे। प्राचार्या ने भी सभी संपादकों की प्रशंसा की थी। डॉ. गुप्ता अपनी सेलेक्शन पर गर्व कर रहे थे। आज एक विशेष घटना से कॉलेज का माहौल उत्साह में बदल गया जब प्राचार्या महोदया ने फिलॉसिफी की संयुक्त क्लास लेने का निर्णय किया।

प्रो. गुप्ता व दर्शन शास्त्र के आचार्य रजनीश को भी इस दौरान कक्षा में उपस्थित रहने को कहा गया। खेल विभाग के तेवतिया व वर्षा सिंह की ड्यूटी लगाई गई कि ठीक सवा ग्यारह बजे हॉल में छात्र- छात्राओं को एकत्रित करें। ग्यारह बजे ही डॉ. गुप्ता व आचार्य रजनीश जी प्राचार्या के ऑफिस पहुँचे व निवेदन किया कि बी.एड. के सभी सेक्शन व ओ.टी. का एक सेक्शन हॉल में बैठ गए हैं। आप कृपया छात्र छात्राओं का मार्ग दर्शन करें।

सभी छात्र - छात्राएँ प्राचार्या के कक्षा में पहुँचने पर सम्मान पूर्वक अपने स्थान पर खड़े हो गए थे। प्राचार्या के 'Sit down please' कहने पर सब स्टूडेंट्स बैठ गए थे। प्राचार्या ने अपना संबोधन आरंभ करते हुए कहा —-

स्टूडेंट्स ! आज ऑफिस में बैठे-2 ही विचार आया कि क्यों न एक बार स्टूडेंट्स से कक्षा में रूबरू हुआ जाए ? क्यों रूबरू हों जब दर्शन शास्त्र के प्रोफ़ेसर मौजूद हैं। मैं भी प्राचार्य बनने से पहले इसी विषय की प्रोफ़ेसर थी इसलिए मन हुआ कि कुछ संवाद किया जाए अपने स्टूडेंट्स से। आपने पढ़ लिया होगा कि फिलॉसिफी क्या है ? कोई स्टूडेंट बता पाएगा। जब आठ- दस स्टूडेंट्स खड़े हो गए तो आचार्य रजनीश का मुख-मंडल चमकने लगा था। उन्होंने एक एक कर उत्तर देने को कहा। सबसे पहले भूप गुप्ता ने कहा- मैडम

जी, फिलॉसिफी शब्द दो शब्दों से मिलकर बना है। फिलॉस व सौफिया, जिसमें फिलॉस का अभिप्राय है प्रेम व सौफिया का अर्थ है ज्ञान । अत: फिलॉसिफी का अर्थ हुआ ज्ञान के प्रति प्रेम, विद्यानुराग। जबकि भारत वर्ष में इसे दर्शन के रूप में जाना जाता है जिसका मतलब है 'देखना'।

प्राचार्या —- बहुत अच्छा कहा, क्या नाम है तुम्हारा ?

भूप —- मैडम, मुझे भूप गुप्ता कहते हैं सब। बी.एड. सेक्शन C.

प्राचार्या —- स्टूडेंट्स, मनुष्य एक ऐसा प्राणी है जो सोच- विचार कर सकता है, जिसमें चिंतन की शक्ति विद्यमान है। मानव की बुद्धि अनेक प्रश्नों के उत्तर जानने को उत्सुक रही है, यथा - विश्व का स्वरूप कैसा है? कैसे विश्व की उत्पत्ति हुई ? ईश्वर है या नहीं, यदि है तो उसकी उत्पत्ति कैसे हुई ? आत्मा व जीव क्या है ? दर्शन इस प्रकार के प्रश्नों के उत्तर देने का प्रयास है। आप सभी फ़ॉलो कर रहे हैं ?

स्टूडेंट्स —- यस मैडम !

प्राचार्या —- दर्शन शास्त्र एक ऐसा विज्ञान है जो मानव जीवन तथा प्रकृति की वास्तविकता को जानने और समझने का प्रयास करता है । दर्शन शास्त्र की प्रकृति को समझना अन्य शास्त्रों की तुलना में बहुत अलग है ।इसमें दर्शन शास्त्री मानव जीवन और जगत की व्याख्या करने का प्रयास करता है । सभी के जीवन जीने के कुछ सिद्धात होते हैं और उस जीवन को जीने की एक प्रक्रिया होती है ।जैसे - महात्मा गांधी जीवन पर्यंत सत्य और अहिंसा के मार्ग पर चले, यही उनका जीवन दर्शन बन गया। स्टूडेंट्स ! दर्शन शास्त्र का अध्ययन करने का उद्देश्य केवल तर्क प्रस्तुत करना नहीं बल्कि चीजों के पीछे छिपे रहस्य को जानना भी है । जैसे- उत्पत्ति का रहस्य, ईश्वर, आत्मा, चेतना, ग्रह, तारे, नक्षत्र, मानव शरीर, जन्म- मृत्यु आदि ।दर्शन शास्त्र से हमें पता चलता है कि जीवन क्या है ? संसार भर के महापुरुषों ने जीवन और जगत के विभिन्न पहलुओं पर चिंतन किया और ज्ञान अर्जित किया ।यही ज्ञान की प्राप्ति ही दर्शन शास्त्र का अभिप्राय है। भौतिक दृष्टि से मानव कितना ही विकास कर ले, चंद्रमा पर पहुँच कर घर बना ले, समुद्र के गर्भ में प्रवेश कर ले, परंतु आध्यात्मिक दृष्टि से दरिद्र

है तो उसका जीवन व्यर्थ है । अत: संक्षेप में कह सकते हैं कि दर्शन शास्त्र का अभिप्राय आत्मा- परमात्मा, पुनर्जन्म, जीवन - मोक्ष आदि पहलुओं पर चिंतन-मनन करना व मानव के आध्यात्मिक विकास में सहायक बनना है।

स्टूडेंट्स ! अब हमें यह देखना है कि दर्शन शास्त्र तथा शिक्षा का क्या संबंध है ? मनुष्य में पहले ही से विद्यमान आध्यात्मिक तत्व की पूर्णता ही शिक्षा है व शिक्षा मनुष्य के जीवन का समस्त विश्व के साथ संबंध स्थापित करती है। यूँ भी कह सकते हैं कि शिक्षा संपूर्ण जीवन का कार्य है, जो जन्म से आमरण जारी रहता है ।बीज में जो विद्यमान है उसे खोजना ही शिक्षा है। शिक्षा की इन परिभाषाओं पर दर्शन किस तरह प्रतिक्रिया देता है, हमें जानना है।

स्टूडेंट्स ! दर्शन शास्त्र शिक्षा को सही रास्ता दिखाता है। वह शिक्षा के विभिन्न आयामों का निर्धारण करता है । शिक्षा के उद्देश्यों, पाठ्यक्रम, अनुशासन का महत्व आदि पर दर्शन शास्त्र का प्रभाव देखा जा सकता है। अब हम जानेंगे कि दर्शन का शिक्षा पर क्या प्रभाव पड़ता है। दर्शन शिक्षा के अनेक पहलुओं को प्रभावित करता है अर्थात् जब भी किसी दार्शनिक विचार धारा में परिवर्तन होता है तभी शिक्षा के उद्देश्य, पाठ्यक्रम, शिक्षण विधियाँ एवं पाठ्यपुस्तकों में भी बदलाव शुरू हो जाता है।

दर्शन वह तथ्य निर्धारित करता है जिस पर शिक्षा को चलना है। शिक्षा के माध्यम से जीवन के सिद्धांतों को व्यावहारिक रूप प्रदान किया जाता है। महान दार्शनिक, महान शिक्षा शास्त्री भी हुए हैं। जैसे— प्लेटो, सुकरात, रूसो, गांधी तथा अरविन्द घोष इसी वर्ग में आते हैं। शिक्षा ही वह स्वरूप है जो जीवन के सिद्धांतों एवं आदर्शों को प्राप्त करती है।

प्रिय भावी अध्यापकों ! आप मुझे फ़ॉलो कर पा रहे हैं ? दर्शन, जीवन दर्शन एक लक्ष्य है, अनुभव है जिसे व्यक्ति या समाज अपने विकास व उन्नयन के लिए नियत करता है। शिक्षा उस लक्ष्य या अनुभव जन्य आदर्श को गति प्रदान कर मानवों व समाज में मूल्यों का संचार करती है।

महात्मा गांधी ने जीवन में अनुभव व बुद्धि से सत्य और अहिंसा को अपने जीवन का दर्शन बनाया जिसे शिक्षा के द्वारा बच्चों व बड़ों तक पहुँचाया।

भारतवर्ष का मूल दर्शन 'वसुधैव कुटुंबकम्' है। इस दर्शन को पाने के लिए हमने पंचशील बनाए व तदानुसार शिक्षा का ढाँचा। भाव यह है कि दर्शन व शिक्षा का आपस में गहरा संबंध है। समाज व राष्ट्र ने जो भी दर्शन निर्धारित किए हैं उनको प्राप्त करने का साधन शिक्षा ही है। सरल व व्यवहारिक रूप से समझें तो कोई स्टूडेंट् बताए कि उसके जीवन का दर्शन क्या है ?

देविना —- मैडम, मेरे जीवन में मैंने निश्चित किया है कि मैं भगवान पर विश्वास करते हुए उत्तम व उचित कार्य करूँ।यह मेरे जीवन का दर्शन बन गया है।

प्रिंसिपल— बहुत अच्छा, मैं यह कहना/ बताना चाह रही हूँ कि हर मनुष्य का अपना जीवन दर्शन है। बच्चों को इन्हीं जीवन दर्शन की प्राप्ति के लिए शिक्षा की व्यवस्था की जाएगी। भारत- पाक के बीच कई युद्ध हुए जिसके प्रभाव से यह दर्शन बना कि हर नागरिक को देश की सुरक्षा में सहयोग करना चाहिए।इस सिद्धांत (नियम) को शिक्षा द्वारा पूरा किया जाना था अत: देश में धड़ाधड़ सैनिक स्कूल खुले, रक्षा अकादमियाँ शुरू हुई व अधेड़, जवान, यहाँ तक कि बूढ़ों को भी राइफल ट्रेनिंग व अन्य हथियारों का प्रशिक्षण दिया जाने लगा।अब शायद आप लोग कुछ स्पष्ट समझ पा रहे होंगे।

स्टूडेंट्स —- यस मैडम !

प्रिंसिपल दर्शन केवल किताबी वस्तु नहीं, यह व्यक्ति, समाज व राष्ट्र का सपना होता है जिसे शिक्षा व्यवहार व प्रयोगों द्वारा हासिल किया जा सकता है। आपका जीवन दर्शन क्या है ? हर प्राणी का अपना जीवन दर्शन होता है, उसी से वह जीवन को देखने लगता है। उसी के अनुसार वह प्रतिक्रिया व व्यवहार करने लगता है। अनेक धर्मों में हिंसा की वृत्ति को नफ़रत की दृष्टि से देखा जाता है, उसी के अनुसार उस धर्म की शिक्षाएँ बन जाती हैं। भाव यह है कि शिक्षा दर्शन को प्राप्त करने का ज़रिया है, साधन है। शिक्षा कैसी हो ? यह दर्शन ही निर्धारित करता है। दोनों का चोली दामन का साथ है। दर्शन की प्राप्ति शिक्षा के द्वारा होती है और शिक्षा की विधियाँ, पाठ्यक्रम, उद्देश्य आदि दर्शन निर्धारित करता है। आज इतना ही।

देव —- हम सभी बी.एड. व ओ.टी. के छात्र छात्राएँ इतने सुंदर व स्पष्ट रूप से दर्शन शास्त्र पर चर्चा के लिए प्राचार्या महोदया का हार्दिक धन्यवाद करते हैं।

प्रिंसिपल —- आप सभी ने दर्शन विषय को ध्यान से सुना, इसके लिए आशीर्वाद व धन्यवाद।

***

33
राकेश, कांति व राजीव की गप्पशप

कोर्ट का टाइम समाप्त होने पर भी कांति एक फ़ैसला लिखने के लिए जज साहब के साथ मौजूद रहा। उसका मन बाहर निकलने को मचल रहा था पर फ़ैसला लिखना अनिवार्य था। बहुत दिनों से राकेश से मुलाक़ात नहीं हुई थी, पं० शंकर प्रसाद (राजीव के ससुर) के मंत्री बनने पर ही भिवानी में सबसे मुलाक़ात हुई थी। देव, शुभम के पास हॉस्टल में ठहरे थे। बहुत दिनों के बाद हॉस्टल में ठहरने का मौक़ा मिला पर ऐसा लगा कि मैं ही पिछड़ रहा हूँ, सब मुझसे आगे बढ़ गए हैं। देव, शुभम दोनों प्रेम के पंछी बन कर गगन में उड़ रहे हैं, राजीव की शादी हो गई और आज कोर्ट में जंगल की आग को तरह दिव्या के पाँव भारी होने की खबर फैल गई थी। राकेश रश्मि के प्यार में पागल है, सभी पागल मौज मस्ती कर रहे हैं, एक हम ही हैं जो पागल नहीं हुए इसीलिए अकेले है। जब दो होने का मौक़ा मिलेगा तो हम भी पागल हो कर मौज मस्ती करने लगेंगे।

फ़ैसला नोट करने के बाद सीधे राकेश के रूम पर। रूम खुला दिखा तो जान में जान आई। अंदर पहुँचे तो सब ओर शांति, कहीं नज़र नहीं आया कोई ? अरे डॉ. साहब ! किस कोने में रश्मि भाभी की फ़ोटो लिए सिसक रहे हो ? कुछ देर के लिए बाहर की दुनिया भी देख लिया करो ?

राकेश — कांति भाई, बहुत देर तक तुम्हारा इंतज़ार करता रहा, जब नहीं आए तो पूजा के लिए बैठ गया।

कांति —-डॉ. साहब, पूजा तो हमें करनी पड़ेगी, तुम्हें तो बिना पूजा के ही सब कुछ मिल गया।

राकेश —- कांति भाई, तुम ही सुखी हो, हम तो न इधर के न उधर के। एग्ज़ाम क्या हुए ? काम तमाम हो गया। इतने लंबे इंतज़ार का पहला ही अवसर है।

कांति —- हमारा कोई 'रोका' करवा दे, हम तो इंतज़ार में ही ज़िंदगी गुज़ार देंगे।

राकेश —कांति भाई, आज हमें क्यों इंतज़ार करवाया ? क्या कोर्ट से कहीं मार्केट निकल गए थे ?

कांति —एक आवश्यक फ़ैसला लिखना था, जज साहब ने रोक लिया था। अब सीधे ही कोर्ट से आ रहा हूँ। रेस्टोरेन्ट में झांककर देखा था पर कोई हो तो तनेजा हाँ कहे।

राकेश ——अब तो यह रूम ही रोम हो गया है, कहीं निकलने को दिल ही नहीं करता ?

कांति —-आज निकलना पड़ेगा, अपने वकील राजीव भाई के पिता बनने की खबर जो आ गईं है।

राकेश —- अपने राजीव की बात कर रहे हो ? क्या दिव्या भाभी से मिले हो ?

कांति —- नहीं, राजीव ही कोर्ट में सबको चाय पानी कर रहा था।मेरी कोर्ट में भी आज दीक्षित जी की बहस होनी थी पर न जाने क्यों, आगे की तारीख़ लेने आया था राजीव, तब कुछ समय बात हुई थी इस बारे मैं।

राकेश —- तो हमें राजीव के घर चलना है ?

कांति —- सुबह दिव्या की तबीयत ख़राब हो गई थी, हो सकता है डॉक्टर के पास चैक करवाने गए हों।

राकेश —— हाँ, आजकल तो किट से घर पर ही जाँच हो जातीं हैं।हमें राजीव से घर जाकर मिल लेना चाहिए।

कांति —- हो सकता है रेस्तराँ में बैठा हो।, हम वहाँ देख कर ही घर जाएँगे।

(अचानक राजीव का आगमन)

राजीव —- न रेस्टोरेन्ट जाना, न घर जाना, हम तो यहीं है।

कांति —- अरे राजीव भाई, मुबारक हो !

राकेश —- हाँ, मेरी तरफ़ से भी बधाई, कांति भाई ने अभी- अभी ज़िक्र किया था।

राजीव ——दोनों की बधाई स्वीकार है। कोर्ट से काफ़ी पहले घर पर आ गया था ताकि दिव्या को डॉक्टर के पास ले जा सकूँ पर वह तो मम्मी के साथ पहले ही डॉक्टर से गारंटी ले आई थीं। क्या राकेश भैया, इतना जल्दी सब मालूम हो जाता है ?

राकेश —कुछ होगा तो पता चलेगा ही। आजकल मेडिकल साइंस ने भी बड़ी तरक़्क़ी कर ली है।

कांति —- अब तुम ख़ुद ही क़बूल कर रहे हो तो मुझे पार्टी बगैरह के लिए कहने की ज़रूरत नहीं पड़ना चाहिए। एक बार रोने से ही माँ को पता चल जाना चाहिए कि बच्चे को भूख किस समय लगती है, रोज़ रोने की ज़रूरत नहीं होनी चाहिए।

राजीव —— कांति भाई, पार्टी करते-करते जीवन बिताओगे, कुछ कहीं जुगाड़ कर लो, हमें भी पार्टी का हक़ है।

कांति —- जिस दिन कहीं जुगाड़ बन गया, तिवारी की दुकान में बिठा दूँगा और चौबीस घंटे हिलने नहीं दूँगा।

राकेश —- कांति भाई, जो गरजते हैं वे बरसते नहीं, तुम तो शादी के बाद नज़र भी नहीं आओगे। तनेजा भी मुँह बाए देखता रह जाएगा ?

कांति —- अब क्या कहूं राकेश भैया, एक बार आँगन में पायल खनकने दो, हम तनेजा के रेस्टोरेन्ट में सदियाँ गुज़ार देंगे।

राकेश उस दिन हॉस्टल में तो तुम्हारी आवाज़ नहीं निकल रहीं थीं जब देव भैया ने किसी लड़की का ज़िक्र किया था।

कांति अब देव भैया की बात टालने की हिम्मत न तुम में थी, न मुझ में है।

राकेश —- आने दो देव भैया को, अप्रैल के बाद तुम्हारा भी बैंड बजवा देंगे। हनीमून पर साथ ही चलेंगे।

राजीव —- कांति भाई, डॉ. साहब अप्रैल फूल बना रहे हैं। अभी इनकी ही नाव भँवर में फँसी है।

राकेश —- राजीव भाई, डॉक्टर बेशक खुद रोगी हो, बीमार हो, दूसरों का इलाज तो करता ही है। अब बातें मत घुमाओ, कांति भाई को कहाँ ले जाना है- रेस्टोरेन्ट या नदी किनारे।

राजीव —- कांति भाई जहां कहेंगे, उसी अनुसार होगा ?

राकेश —- कांति भाई, बोलो, आज का क्या प्रोग्राम है ?

कांति —- बहुत दिनों से नदिया की सैर नहीं की, आज वहीं चलेंगे।पार्टी तो राजीव पर ससुर के विधायक व मंत्री बनने की भी शेष है। मैं सब हिसाब रख रहा हूँ।

राजीव —- हाँ गिनते रहो और एक दिन जब दिल करे, कोर्ट की तरह आवाज़ लगा देना- एडवोकेट राजीव हाज़िर हो————।

राकेश —— (मुस्कुराते हुए) और हमारे नाम की आवाज़ कौन लगाएगा? हमने भी तो डिग्री प्राप्त कर ली है।

कांति —— वाह ! शेर पिंजरे में खुद ही आ फंसा। तुम्हारा नाम भी रिकार्ड में चढ़ गया। वक़्त आने पर कोर्ट वाली आवाज़ भी पड़ेगी।

राजीव —— कांति भाई, तुम्हारी आवाज़ कब पड़ेगी ? तुम तो कोर्ट में ही रहते हो। तुम्हें आवाज़ देने का क्या तरीक़ा है ?

कांति —- मुझे आवाज़ तो तब दोगे जब मैं कोई ऐसा काम करूँगा, प्रभु की कृपा से अब तक ऐसा अवसर ही प्रस्तुत नहीं हुआ।

राकेश —अब सभी का कुछ न कुछ हो चुका है, बारी तुम्हारी ही है।

कांति —- मुझे कब इंकार है, मैं अपने मित्रों का पूरा सम्मान करता हूँ। कोई शुभ अवसर प्रदान करोगे तो मै हां के सिवाय कुछ नहीं बोलूँगा।

राजीव —-ठीक है, अपनी बात याद रखना और अब चलो नदिया किनारे, कोई चटपटी कथा- कहानी- क़िस्सा सुनाओ ?

कांति —- ओ.के. आज मौसम भी सुहावना हो रहा है। खूब बातचीत करेंगे व आनंद लेंगे नदिया की झिलमिल करती लहरों का।

(सभी नदी किनारे की सैर के लिए निकल जाते हैं)

***

34

सतलोक की सपरिवार अपनी ससुराल (भिवानी) की यात्रा शुरू

छत्रपति शिवाजी एयरपोर्ट से सुबह दस बजे की फ़्लाइट निर्धारित थीं दिल्ली के लिए इसलिए सभी प्रातःकाल में अपने- अपने काम निपटा कर सात बजे के क़रीब घर से निकल चुके थे एक किराए की गाड़ी से। क्योंकि लगभग आधा घंटे की ही यात्रा है यहाँ से एयरपोर्ट की और सुबह सवेरे सड़कें ज़्यादा भीड़ न लिए होने के कारण सुनसान सी ही लगती हैं इसलिए बीस मिनट में ही एयरपोर्ट पर पहुँच गई थी टैक्सी और सभी ने नीचे उतरकर अपना सामान डिकी से निकाला व ट्रॉली पर रख गेट न० तीन पर प्रवेश करने के लिए क़तार बद्ध हो गए थे। हाथों में अपना पहचान पत्र व टिकट लिए पंक्ति में आगे-आगे बढ़ने लगे। दस मिनट की कैटवॉक के बाद सारा परिवार एयरलाइंस के काउंटर पर चैक इन के लिए फिर पंक्ति में खड़ा था। एयरलाइंस के कर्मचारी बड़ी तत्परता से सभी यात्रियों के सामान को लेकर उन्हें बोर्डिंग पास भी मुहैया करवा रहे थे। पंक्ति में पीछे खड़े कई यात्री आगे काउंटर तक बढ़ आए थे जिन्हें देखकर आगे खड़े यात्रियों के माथे पर बल पड़ गए थे लेकिन जब उन्हें ज्ञात हुआ कि बैंगलुरु के लिए फ़्लाइट का टाईम बहुत क़रीब आ गया है इसलिए उन यात्रियों को एयरलाइंस के कर्मचारियों द्वारा ही आहूत किया गया है, उनका क्रोध तिरोहित हुआ। चेक इन के बाद सभी परिवार जन गेट के लिए निकल पड़े थे लेकिन उससे पूर्व सुरक्षा जाँच से भी गुजरना था इसलिए फिर पंक्ति बद्ध हो गए।छोटे दोनों बच्चे बार- बार की पंक्ति बद्धता से उकता से गए थे पर मम्मी पापा के समझाने से दोनों मन मसोस कर सांपनुमा पंक्ति में बढ़ते रहे व पंद्रह मिनट के बाद उन्होंने अपना मोबाइल फ़ोन, पर्स, रुपए-सिक्के, बेल्ट आदि वस्तुएँ, यहाँ तक कि दोनों बच्चों की एप्पल वॉच बास्केट में जाँच के लिए सुपुर्द कर दी थी व स्वयं भी सुरक्षा घेरे से निकलकर दूसरी ओर पहुँचे। सबने अपना सामान एकत्रित किया व निर्धारित गेट की ओर बढ़ने लगे।

अब लगभग आठ बजकर पचास मिनट ही हुए थे सो मौक़ा था लाउंज में नाश्ता बगैरह करने का। मम्मी पापा के priority pass से ही सबको लाउंज में प्रवेश मिल गया था।लाउंज के कुछ दूरी पर ही निर्धारित गेट था इसलिए देरी की परवाह किए बग़ैर सभी ने अपनी पसंद के व्यंजन चुने। सुबह नाश्ते में अमूमन ब्रेड, टी, ऑमलेट, Boiled egg, अंडा- भुर्जी, इडली, कटलेट,व कुछ फल केला, सेब आदि रहते हैं। आधे घंटे के भरपेट नाश्ते के बाद सभी ने गेट की ओर रूख किया जहां बोर्डिंग शुरू हो गई थी लेकिन अभी वरिष्ठ नागरिक व बिज़नेस क्लास के लोग ही अंदर जाना शुरू हुए थे। उसके बाद ग्रुप अनुसार कॉल होती रहीं व ठीक पौने दस बजे तक सभी यात्री विमान में सवार हो गए थे। कमर पेटी बांधने की उद्घोषणा हुई व सभी ने तत्परता से पेटी बाँध ली। छोटे बच्चे जैसे स्कूल ड्रेस की बेल्ट लगाकर ख़ुश होते हैं, यहाँ भी दोनों बच्चे प्रसन्नचित दिखाई दे रहे थे। अब विमान ने पुश बैक लिया और कुछ ही पलों में रनवे पर आकर गगनचुंबी हो गया। विमान ऊपर ही ऊपर चढ़ता गया और लगभग तीस हज़ार फुट की ऊँचाई पर स्थित होकर कुछ विराम सा लेता नज़र आया। अब लगभग सभी यात्रियों ने अपनी सीट बेल्ट खोल दी थी व आज़ाद होकर बैठ रहे थे। दोनों बच्चे खिड़की के पास बैठे कुछ नीचे झांक रहे थे तो विमान को बहुत धीमा चलता देख बोले —- मम्मी, यह विमान तो बहुत धीमी गति से चल रहा है, हमे दिल्ली पहुँचने में कई दिन लग जाएँगे ?

मम्मी —- विमान ऊपर से धीरे चलता हुआ ही प्रतीत होता है, असलियत में इसकी गति एक हज़ार कि०मी० प्रति घंटा है।

बच्चा —- नहीं मम्मी, अगर स्पीड इतनी होती तो पापा को सोते समय झटके नहीं लगते क्या ?

मम्मी —- विमान में सड़क मार्ग की तरह झटके नहीं लगते, हा, कभी-कभी जब बादलों के बीच से होकर गुजरता है तो गिरता हुआ सा महसूस होता है और यात्रियों को घबराहट भी होती है।

बच्चा —-आज तो बादल नहीं हैं मम्मी इसीलिए पापाजी आराम से नींद में खोए हुए हैं।मम्मी जी, आप भी सो जाओ, बहुत सवेरे से जगी हुई हो।

मम्मी —— हाँ मुझे भी कुछ नींद का नशा सता रहा है (कुर्सी की पेटी बाँध कर सोने लगती है) मुबारक हो आपको प्रथम पुरस्कार पाने पर- एक आवाज़ सुनाई पड़ी।

शैली —- धन्यवाद ! क्या आप मुझे जानते हैं ?

सत्तू— क्यों नहीं, आप शैली जी है, बी.एड. स्टूडेंट, के.एम. कॉलेज से।

शैली —- यह सब तो स्टेज पर अनाउंस हो गया था इनाम के समय, वही आप दोहरा रहे हैं। आपको भी मुबारक हो, दूसरा स्थान प्राप्त करने के लिए।

सत्तू —- आदमी तो दूसरे स्थान पर ही हमेशा रहा है, लेडीज़ ही अव्वल रहती हैं।

शैली —- आप टी. आई. टी. से हैं न ?

सत्तू —- कैसे जाना आपने ?

शैली —- मेरे बाद आपको ही पुरस्कार मिला है न। वहीं सब स्टेज से सुना था पर नाम नहीं सुन पाई, कुछ शोर शराबा हो रहा था तालियों का।

सत्तू —- मुझे सत्तू कहते हैं। मैं जींद शहर से संबंध रखता हूँ व T I T के अंतिम वर्ष में पढ़ रहा हूँ।

वैली —— अब चलो शैली, पहले ही बहुत देर हो चुकी है। सुबह से प्रतियोगिता चल रही है, दो बजने को आए हैं।

शैली —- हाँ चलो, रत्नाकर नहीं आया अभी ?

वैली —- वह कॉलेज के बाहर वाले गेट पर ही हमारी इंतज़ार में होगा ?

सत्तू —— क्या रत्नाकर आपका ड्राइवर है शैली जी ?

शैली —- यस, बहुत साल से टिका है हमारे यहाँ।

सत्तू —- क्या संयोग है, हमारे ड्राइवर का नाम भी रत्नाकर ही है।

शैली —-आपका कोई दोस्त साथ नहीं है क्या ?

सत्तू —- आपसे मिलने अकेला ही चला आया, दोस्त तो साथ में सब ही हैं कॉलेज के सहपाठी। आप यहीं भिवानी से हैं क्या ?

शैली —- हां, मैं अर्बन एरिया में ही अपने भाई के साथ रहती हूँ।

सत्तू —- भाई साहब से भी मिलेंगे कभी किसी बहाने।

शैली —- मेरा भाई मुझे इतना मिलने जुलने की इजाज़त नहीं देता।

वैली —- शंकर भाई साहब नहीं चाहते कि उनकी बहन कहीं भी किसी ग़ैर से बात करे।

सत्तू —— हमें अपना ही समझो वैली जी, हम किसी ऐरे गैरे में नहीं हैं।

वैली —- अब हम जा रहे हैं। मुबारकबाद को मुलाक़ात मत बनाइए प्लीज़।

(दोनों बिना विश किए निकल जाती हैं, सत्तू अपने साथियों की ओर चला जाता है।)

चंदन —- अरे सत्तू भाई, पहली ही बॉल पर छकका जड़ दिया।

सत्तू —- बहुत मीठी आवाज है शैली की, मारा छकका था पर बाउंड्री पर कैच आउट हो गए।

चंदन —- लगता है कि जादू हो गया। मुबारकबाद का कुछ असर दिखा?

सत्तू उस पर तो इतना नहीं पर हम उसके दीवाने हो गए।वह तो उसकी सहेली ही ले गई वरना मेरे कान तो शहद टपकाने लगे थे।

चंदन —— कानों में ही नहीं, पूरे तन- बदन में अमृत फैल रहा होगा ?

सत्तू —-चंदन, हमने तीन वर्ष कॉलेज में फोकट में ही खो दिए, आज जीवन में कुछ ताजगी सी महसूस हुई है।

चंदन —— पहली मुलाक़ात में ही इतने फूल बरस गए, बेटा, एक साल अभी शेष बचा है, पूरा कर लो, फिर पड़ना प्यार -व्यार के चक्कर में।

सत्तू —— तुम इतने रूखे क्यों हो चंदन ? क्या तुम्हें प्यार अच्छा नहीं लगता ?

चंदन —- प्यार में पेंच बहुत हैं सत्तू, प्यार सीधी राह पर नहीं चलता, अपनी ही राह पर चलता है।

सत्तू —— क्या तुमने भी कभी इस सागर में डुबकी लगाई है ?

चंदन —- सब सुनी बातें ही चल रही हैं, कभी तुम्हारी तरह मौक़ा मिला तो खुशनसीब समझेंगे।

सत्तू —— उसकी सहेली से पेंच लगवा दूँ ?

चंदन —- भाई साहब, पहले अपनी ट्रेनिंग पूरी कर लो, फिर मेरे विषय में सोचना।

सत्तू —- प्यार बारी बारी नहीं, एक साथ भी चल सकता है, पर उसकी सहेली है बड़ी रूखी तुम्हारी तरह।

चंदन —माइनस मिलकर ही प्लस होंगे ।अब चलो कॉलेज, कैंटीन में चाय बगैरह लेंगे।

बच्चा —- पापाजी जागो, देखो दीदी गैलरी में चाय - कॉफी लेकर आ गई हैं।

पापाजी —- (आँखें खोलकर) अभी तक एक घंटा ही बीता है ?

बच्चा —- आप बहुत गहरी नींद में सो रहे थे, क्या कोई सपना देख रहे थे?

पापाजी —- सुबह से जाग रहे हैं, नींद तो आएगी ही, नींद आएगी तो सपने भी आएँगे। तुम दोनों कोल्ड ड्रिंक ले लो।

बच्चा —- हम तो कोल्ड ड्रिंक ही लेंगे। पापाजी, कॉफी लेंगे। मम्मी, चाय लेंगी।

विमान में उद्घोषणा हुई कि अभी दिल्ली के लिए एक घंटा और लगेगा। दिल्ली में मौसम 30°c के क़रीब है, कुछ बादल भी मंडरा रहे हैं। यात्रीगण कृपा करके अच्छी आवाज़ पाने के लिए hearing aides का इस्तेमाल करें जो उन्हें क्रू मेंबर्स से निःशुल्क उपलब्ध होगा।

विमान में धूम्रपान, मद्यपान क़ानून के अनुसार प्रतिबंधित है। यदि बीयर, व्हिस्की, वाइन आदि क्रू मेंबर द्वारा प्रस्तुत की जाती है तो उसे ले सकते हैं क्योंकि वह उच्च गुणवत्ता व सीमित मात्रा में दी जाती है। अपनी कुर्सी ज़्यादा पीछे न ले जाएं व लेवोट्री का प्रयोग सावधानी से करें। सभी का धन्यवाद।

छोटा बच्चा —- पापाजी, मेरे टी.वी. का सिग्नल कहाँ चला गया है ? पिछले दो तीन मिनट से कोशिश कर रहा हूँ ?

पापाजी— बेटा, जब विमान में कोई घोषणा होती है तो आपका प्रोग्राम बैकग्राउंड में चला जाता है और घोषणा के बाद स्वतः आ जाएगा। देखो, तुम्हारा पिक्चर चल रहा है।

बच्चा —- ओ. के. पापाजी ! मम्मी अगर आप सोना चाहें तो अभी एक घंटा शेष है।

पापाजी —(पत्नी से) हाँ, बच्चों ने पहले मुझे नींद से जगा दिया, अगर पूरा आराम नहीं मिलेगा तो सायं तक आलस्य बना रहेगा। तुम बच्चों का ख़्याल रखना। और हां, तुम वह स्लीपिंग नेक रिंग लेकर आई हो न ? ज़रा मुझे देना, गर्दन को आराम मिलता है।

मम्मी —- वह तो मैं भूल ही गई।

पापाजी —- ठीक है, कोई बात नहीं, तुम भी आराम करो।

***

35

डॉ. जैन व डॉ. राकेश का दार्शनिक मंथन

डॉ. जैन ने यह सब दार्शनिकता मेरे ऊपर ही क्यों डाल दी। क्या उनके अनुसार मैं निकम्मा हूँ जो काम करने की सीख दे रहे थे या मैं रिश्वत या रुपए पैसे के लालचवश अपनी ड्यूटी कर रहा हूँ जो मुझे परोपकार की शिक्षा दे रहे थे। मानता हूँ कि वे उम्र दराज़ है, बहुत वर्षों का तजुर्बा भी है, मन से शांत प्रकृति के हैं पर मैं भी कोई दुराचरण नहीं करता। सबके साथ मिलकर रहता हूँ। कांति, राजीव, देव भैया मेरे सब साथी मुझसे ख़ुश हैं। डॉ. भगवत स्वरूप जी ने भी कुछ सोच समझ कर ही मुझे अपनी पौत्री रश्मि के योग्य वर माना है तो डॉ. जैन को क्यों भ्रम हो गया कि मैं कुछ चाहकर ही मैं काम को अंजाम देता हूँ। शायद उन्हें कुछ किसी ने ग़लतबयानी कर दी हो। हो सकता है वे मुझ में इस तरह की क़ाबिलियत पहचान गए हों कि मैं कुछ बड़े उद्देश्यों को लेकर जीवन में आगे बढ़ूँ। घर पर मिलने के बाद अस्पताल में मुझसे कभी इस संदर्भ में बातचीत नहीं की।

इस समय रोगी भी कम आते हैं इसलिए मुझसे बात कर लेते, कुछ स्पष्ट कर देते, कुछ विधि- विधान का निर्देश करते पर ऐसा कुछ नहीं हुआ। उन्होंने सब कुछ मुझ पर ही छोड़ दिया। क्या वे मेरी परीक्षा ले रहे हैं या जीवन परीक्षा के लिए तैयारी करवा रहे हैं। मुझे उनके घर जाकर ही खुले मन से बातचीत कर लेनी चाहिए। उनके दोनों बच्चे अपने- अपने कॉलेज चले गए होंगे व नलिनी ही घर पर होगी। डॉ. जैन की पत्नी क्या है? कभी कुछ सुना नहीं और न ही पूछा। आज सब बातों का खुलासा करके ही घर लौटूँगा।

डोरबेल पुश कर डॉ. राकेश इंतज़ार करने की बजाय अंदर की तरफ़ चलने लगे थे तभी अंदर से डॉ. जैन बाहर आए और राकेश को देख कर हर्षित होते हुए बोले — मुझे अहसास था कि एक दिन कुछ जिज्ञासा वश मुझसे ज़रूर मिलोगे।

राकेश —- सर, आपने मुझे कुछ ऐसी स्थिति में पहुँचा दिया है कि मैं सोचने पर विवश हुआ कि किस प्रकार आपकी नेक सलाह व निर्देशों पर खरा उतरूँ।

डॉ. जैन —- जिन्हें आप मेरी सलाह व निर्देश मान रहे हैं असल में वे किसी की व्यक्तिगत संपत्ति नहीं बल्कि जीवन जीने के वे मूल मंत्र हैं जिनसे मानव कीं सांसारिक यात्रा सफलताओं को प्राप्त होती है।

राकेश —- एक सामान्य प्राणी अपने कर्तव्यों की ईमानदारी से पालना करते हुए अगर अपना जीवन बसर कर रहा है तो क्या यह जीवन के लक्ष्यों की प्राप्ति का सही मार्ग नहीं है डॉ. जैन ?

डॉ. जैन —- प्राणी मात्र को अपना कर्तव्य निभाने में अनेक कठिनाइयों, आकर्षणों एवं आकांक्षाओं से रूबरू होना पड़ता है, वह पथ विचलित भी हो सकता है या फिर अमृत वचनों का नैतिक बल प्राप्त कर सपनों को साकार भी कर सकता है।

डॉ. राकेश —- हर इंसान ऊँचे स्वप्न नहीं पाल सकता, कुछ गिने चुने बिरले लोग ही ऊंचे आदर्श स्थापित करने का सामर्थ्य रखते हैं और उस दिशा में पूर्ण रूप से प्रयत्नशील भी रहते हैं।

डॉ. जैन —- मुझे लग रहा है कि तुम मेरी इच्छाओं की पूर्ति करने में सक्षम होते जा रहे हो बल्कि मैं कहूंगा कि मेरी नहीं, जीवन की इच्छाओं की।

डॉ. राकेश —- आप मुझ में ऐसा क्या खोज पाए हैं कि मैं ही इन लक्ष्यों की प्राप्ति का माध्यम हूँ, साधक हूँ।

डॉ. जैन —— आपकी प्रतिक्रिया ही इसका सर्वोत्तम जवाब है। आपके विवेक ने इन उच्च संवेदनाओं पर तर्क - वितर्क किया, मुझे याद किया व स्व प्रेरित हो मेरे घर चले आए। अगर आपकी आसक्ति नहीं होती तो मुझे क्यों स्मरण करते?

डां. राकेश —- इसका मतलब मैं समझूं कि आपकी नज़रें बड़ी पारखी हैं।

डॉ. जैन —- यह तो तुम पहले ही मेरी नज़रों को 'एक्स-रे' बता कर स्वीकार कर चुके हो। तुम्हारे संस्कार व चरित्र में वह ख़ासियत व ख़ूबसूरती है जो एक साधारण इंसान को भी एक ऊँचे प्लेटफ़ॉर्म पर आसीन कर सकती है, बस उसके लिए एक संकेत भर की ज़रूरत होती है जिसे मैंने प्रेषित कर दिया है। मैं समझता हूँ कि तुम्हारा जीवन अब संसार के लिए प्रेरणास्रोत होगा। मैंने भी कोशिश की है, काफ़ी सफलता भी मिली है लेकिन जो मेरी चाहत थी, मैं उस तक नहीं पहुँच पाया। शायद मेरे संस्कार या चरित्र निर्माण में कहीं कोई गफ़लत रही होगी ?

डॉ. राकेश —- तो आप अब भी अपनी स्थिति से संतुष्ट नहीं हैं ?

डॉ. जैन —- मैं संतुष्ट शब्द की बजाय अतृप्त या अपर्याप्त शब्दों का प्रयोग करना उचित समझता हूँ ।अपने कामों से मैं संतुष्ट हूँ लेकिन ये प्रयास अपर्याप्त साबित हुए ।प्राणी के जीवन में कर्म के दोनों अर्थों कार्य व भाग्य का जब सम्मिश्रण होता है तब वांछित, अकल्पनीय सिद्धि प्राप्त होती है ।शायद मेरे भाग्य ने मेरा कम सहयोग किया है।

डॉ. राकेश —- वाक़ई सर ! भाग्य का भी जीवन में बड़ा महत्व है या भाग्य जीवन को ही बदल भी डालता है ।एक ही दिशा में काम करने वाले दो व्यक्तियों को समान फल प्राप्त नहीं होते बेशक उनके साधन, ढंग, प्रयास एक समान हो।

डॉ. जैन —— मि० राकेश, मैं तुम्हारे में अपने लक्ष्यों की पूर्ति नहीं खोज रहा और न ही स्वयं को तुम्हारे सामने आदर्श के रूप में प्रस्तुत करना चाह रहा हूँ। अगर मेरे सामने तुम नहीं, तुम्हारे जैसा कोई भद्र पुरुष होता तो उसके लिए भी मेरा यही संदेश होता।

डॉ. राकेश —- इसका अभिप्राय यह हुआ कि आप निजता को तिलांजलि देकर सर्वता का ध्यान रखे हुए हैं।

डॉ. जैन —- बिल्कुल, मेरा लक्ष्य किसी एक का उन्नयन नहीं बल्कि संपूर्णता का उन्नयन है, बेशक वह किसी अद्भुत शक्ति से भी हो ।भूतकाल में भी धरा पर बहुत से लोग अवतरित हुए हैं जिन्होंने उच्च मानदंडों को स्थापित

कर समाज, राष्ट्र व मानवता का कल्याण करने में अपना योगदान किया है।ऐसे लोग ही भविष्य में भी अपनी उपस्थिति दर्ज करते रहेंगे।मैं तुमसे ऐसी महान चेतना की इच्छा पाले हुए हूँ।

डॉ. राकेश —- सर, आप खुद पुनीत व पवित्र है, आपने समाज को बहुत कुछ दिया है और अन्यों को भी प्रेरित कर इस धारा को प्रवाहित रखे रखना चाहते हैं। आप मुझसे चाहते हैं कि मैं इस धारा को और शक्तिशाली करता हुआ भविष्य के लिए भी प्रेरणास्रोत बन जाऊँ।

डॉ. जैन —- बहुत खूब ! बड़े सरल शब्दों में तुमने खुलासा कर दिया है व मेरी अभिलाषा को अभिव्यक्ति भी दी है।

डॉ. राकेश —— मेरा प्रयास इस दिशा में बढ़ने का रहेगा और मैं बिना किसी अभिलाषा, आकांक्षा व आकर्षण के काम करता रहूँगा।

डॉ. जैन —- मैंने केवल तुम्हें नहीं अपने परिवार को भी यही राह दिखाई है। मेरी पत्नी रीटा जैन एक सरकारी दंत चिकित्सक व उच्च अधिकारी है। वे सब इसी दिशा में बढ रहे हैं।मेरा बड़ा लड़का जैन धर्म में दीक्षित हो गया, उसका भी जीवन लक्ष्य यही है।

डॉ. राकेश —- अपने पूरे परिवार को ही उच्च आदर्शों का केंद्र बना दिया है।

डॉ. जैन —- इससे आप जीते भी संतोष से है और मृत्यु को प्राप्त भी संतोष से होते हैं।

डॉ. राकेश —- सर ! आपने मेरे जीवन का दर्शन स्थापित कर दिया और इस दिशा में बढ़ने की प्रेरणा भी दे रहे हैं, क्या इससे मेरे जीवन में स्वाभाविकता की न्यूनता व कृत्रिमता की अधिकता पैदा नहीं होगी ?

डॉ. जैन —— मुझे लग रहा है कि तुम बहुत गहरे से मेरा मंतव्य समझ गए हो और उसे पूरा करने के लिए टूल भी तलाश रहे हो।मेरा तो यही विश्वास है कि बिना आसक्ति व स्वार्थ के काम में स्वाभाविकता बनी रहती है। कृत्रिमता इच्छित प्रयास में जन्म लेती है।

डॉ. राकेश —- यह भाव मैं फ़ॉलो नहीं कर पाया। कृपया पुनः बयान करें।

डॉ. जैन —सरल शब्दों में मेरा कथन स्पष्ट है कि हमारे प्रयास तब बनावटी लगने लगते हैं जब वे इच्छा, वासना, तृष्णा रखकर किए जाते हैं। निर्लेप भाव के प्रयास स्वाभाविकता बनाए रखने में सक्षम होते हैं। नलिनी बेटी, आज हमें चाय नहीं मिलेगी क्या ?

नलिनी —- (पास आकर) मैंने एक दो बार झांक कर देखा तो आप बातों में मशगूल थे, मैं चाय आदि की बात कर आप दोनों का ध्यान इधर-उधर नहीं करना चाहती थी।

डॉ. जैन — लेकिन अब हमारा ध्यान चाय-कॉफी पर आकर अटक गया है।

नलिनी —मैं कुछ पलों में ही बनाकर ला रही हूँ। डॉ राकेश, आप तो चाय में शक्कर ले सकते हैं न ?

डॉ. राकेश —- यस मैडम, अभी मुझे ऐसा कुछ परहेज़ नहीं है।

डॉ. जैन —- अभी नेहा के एग्ज़ाम शुरू हो गए होंगे ? भविष्य के लिए क्या योजना है उसके बारे मैं ?

डॉ. राकेश —- अभी एग्ज़ाम में कुछ दिन शेष हैं। जहां तक भविष्य की बात है, वह डॉक्टरी नहीं पढ़ना चाहती, शायद क़ानून में रूचि है।

डॉ. जैन —- अगर उसने अपना जीवन पथ स्वयं चुन लिया है तो और अच्छा है।पसंद के मार्ग से व्यक्ति प्रतिष्ठा को प्राप्त होता है।

डॉ. राकेश —- जो भाग्य में लिखा होगा वही मिलेगा, इंसान का फ़र्ज़ अपना कर्तव्य करना है।

(नलिनी का चाय की ट्रे के साथ प्रवेश)

नलिनी — पापाजी, चाय लीजिए। राकेश बाबू, शहनाई कब बजवा रहे हो ? हम बेसब्री से इंतज़ार कर रहे हैं मुँह मीठा होने के समय का।

डॉ. राकेश —- मुझे तो एग्ज़ाम दिए बहुत दिन हो गए शायद रिज़ल्ट ही देर में घोषित होगा।

(डॉ. जैन व नलिनी हल्की मुस्कान बिखेरते हुए)

डॉ. जैन —- परिणाम तो सफलता ही होगा पर समय का महत्व भी अपना ही है।

डॉ. राकेश —- (चाय के बाद) सर, अब मैं इजाज़त चाहूँगा। आप से मिलकर बेहद संतुष्ट महसूस कर रहा हूँ। आपका बहुत धन्यवाद।

(नमस्कार कर निकल जाते हैं)

***

36

डॉ. गुप्ता की "सीखने की प्रक्रिया" पर क्लास

आज मनोविज्ञान की क्लास में डॉ. गुप्ता का आख़िरी लेक्चर था। बी.एड. के दोनों सेक्शन नीचे हॉल में एकत्रित थे। डॉ. गुप्ता ने पहले दिन बताया था कि हम सीखने से संबंधित विषय पर चर्चा करेंगे इसलिए सभी स्टूडेंट्स अपनी मनोविज्ञान की पुस्तक से इस विषय को पढ़ कर आएँ ताकि सार्थक चर्चा हो सके। आज स्टूडेंट्स का उत्साह देखते ही बनता था। प्रिंसिपल साहब, डॉ आर्य भी क्लास में शामिल होने वाले थे इसलिए डॉ. गुप्ता ने भी अपने लेक्चर की पूरी तैयारी कर ली थी। निश्चित समय पर क्लास शुरू हुई व डॉ. गुप्ता ने प्रिंसिपल साहब व डॉ. आर्य को अभिवादन कर अपना लेक्चर आरंभ किया।

प्रिय स्टूडेंट्स ! मनुष्य जन्म के बाद से ही सीखना प्रारंभ कर देता है और जीवन भर सीखता रहता है। धीरे-धीरे वह स्वयं को वातावरण से समायोजन की कोशिश करता है, इस समायोजन की प्रक्रिया के दौरान वह अपने अनुभवों का लाभ उठाने का प्रयास करता है। इस प्रक्रिया को ही मनोविज्ञान की भाषा में 'सीखना' कहा जाता है। जिस व्यक्ति में सीखने की जितनी अधिक शक्ति होती है उतना ही उसके जीवन का विकास होता है। सीखने की प्रक्रिया में व्यक्ति अनेक क्रियाएँ एवं उपक्रियाएं करता है। अत: सीखना किसी स्थिति के प्रति सक्रिय प्रतिक्रिया है।

प्रिय स्टूडेंट्स ! सीखने की प्रक्रिया क्या है ? हमें यह देखना है। प्रत्येक प्राणी में कार्य करने की प्रवृत्ति पाई जातीं हैं। कार्यों के द्वारा ही वह अपने जीवन की रक्षा करता है। बालक सहज क्रियाओं व मूल प्रवृत्तियों के अनुसार सीखते हैं। व्यक्ति के अनुभव के आधार पर उसके कार्यों में परिवर्तन होता रहता है, अनुभव के इस प्रकार लाभ उठाने की प्रक्रिया को सीखना कहते है। प्रत्येक प्राणी अपने जीवन में कुछ न कुछ सीखता ही रहता है। बालक हर समय व हर स्थान पर कुछ न कुछ सीखता रहता है। भाव यह है कि सीखना ही विकास की

प्रक्रिया है। सीखने को मनोविज्ञान की भाषा में (अधिगम) के नाम से भी जाना जाता है जो शिक्षा के क्षेत्र में महत्वपूर्ण भूमिका निभाता है। क्योंकि शिक्षा का प्रथम व महत्वपूर्ण उद्देश्य ही 'सीखना' माना जाता है। हम सभी जानते हैं कि मनुष्य हर पल सीखता ही रहता है और उससे वह अपना बहुपक्षीय विकास करता है।

प्रिंसिपल —- डॉ. गुप्ता, हो सके तो इसे किसी उदाहरण से समझाएँ, जो सभी के दैनिक जीवन से भी जुड़ा हो।

डॉ. गुप्ता —- यस मैडम ! छोटे बालक के सामने जलता दीपक ले जाने पर वह दीपक की लौ को पकड़ने की कोशिश करता है जिससे उसका हाथ जलने लगता है। वह हाथ को पीछे खींच लेता है व पुनः कभी उसके सामने दीपक लाया जाता है तो अपने पहले अनुभव के आधार पर लौ पकड़ने के लिए हाथ नहीं बढ़ाता, बल्कि दूर ही रहता है। दूसरे शब्दों में हम कह सकते हैं कि अनुभव के आधार पर बालक के स्वाभाविक व्यवहार में परिवर्तन हो गया। यह एक प्रकार से सीखने की प्रक्रिया है।

प्रिय छात्र छात्राओं ! अब हम सीखने के मुख्य नियमों पर चर्चा करेंगे। पशु- पक्षी, पौधे, मानव, सभी प्रकृति के नियमों के अनुसार जीवन व्यतीत करते हैं। इसी प्रकार सीखने के भी कुछ नियम हैं जिनके अनुसार ही सीखने की प्रक्रिया चलती है। इन नियमों के प्रयोग से अध्ययन- अध्यापन को और प्रभावशाली बनाया जा सकता है पहला नियम है — तत्परता का नियम, जब हम किसी काम को सीखने के लिए तत्पर (तैयार) होते हैं तो शीघ्र ही सीख लेते हैं। किसी समस्या को हल करने के लिए कोशिश करना (तत्परता) कहलाता है। बच्चे में यदि गणित के प्रश्न हल करने की इच्छा है तो तत्परता के कारण उसे अधिक शीघ्रता व कुशलता से करता है व आनंद एवं संतोष भी अनुभव करता है।

दूसरा नियम — अभ्यास का नियम, यदि हम किसी कार्य का अभ्यास करते हैं तो उसे सफलतापूर्वक करना सीख जाते हैं और उसमें कुशल हो जाते हैं। हम बिना अभ्यास के साइकिल पर चढ़ना- उतरना या कोई खेल खेलने में कुशल नहीं हो सकते। अभ्यास से सीखना स्थायी हो जाता है।

तीसरा नियम है — प्रभाव का नियम, अक्सर हम उस काम को ज़्यादा अच्छे से करना चाहते हैं जिसका प्रभाव या परिणाम हमारे लिए हितकारी होता है। इससे हमें सुख व संतोष मिलता है। स्टूडेंट्स ! आप सभी फ़ॉलो कर रहे हैं ?

स्टूडेंट्स — यस सर !

डॉ. गुप्ता —- सीखने के कुछ गौण नियम भी है जिन्हें आप अपनी पुस्तक में देख / पढ़ सकते हैं। सीखने की प्रक्रिया में इन सभी नियमों का विशेष महत्व है। सीखने की तत्परता, सतत अभ्यास व संतोषप्रद परिणाम से इच्छित फल मिलता है इसलिए शिक्षकों को चाहिए कि वे कार्यक्रम निश्चित करते समय इनका ख़ास ख़्याल रखें।

डॉ. आर्य—— गुप्ता सर, अब आप हमारे ट्रेनिज को ये बताएँ कि बच्चों के सीखने की कौ-नसी विधियाँ हैं और उनका प्रयोग कैसे करें ?

डॉ. गुप्ता —- यस डॉ. आर्य, मैं बताना चाहूँगा कि सीखने की क्या विशेषताएँ हैं, इसके बाद ही विधियाँ पर चर्चा करेंगे। सीखने की विशेषताएं संक्षेप में —

1. सीखना आजीवन चलता रहता है।
2. सीखना परिवर्तन होता है।
3. सीखना सार्वभौमिक है।
4. सीखना विकास है।
5. सीखना अनुभवों का संगठन है।
6. सीखना उद्देश्यपूर्ण है।
7. सीखना सामाजिक एवं व्यक्तिगत दोनों है।
8. सीखना वातावरण की उपज है।
9. सीखना खोज करना है।
10. सीखना सक्रिय है।

स्टूडेंट्स ! इनका विस्तृत वर्णन आप सभी अपनी पाठ्यक्रम में निर्धारित पुस्तक से देख / पढ़ सकते हैं। अब हम सीखने की विधियों पर चर्चा करेंगे।

प्रिय छात्र छात्राओं ! सीखने की विधि का संबंध छात्र और विषय दोनों से है। विधि जितनी रुचिकर व उपयुक्त होगी अधिगम उतना ही सरल होता है इसलिए प्रारंभिक कक्षाओं में 'खेल' और 'करके सीखना' विधियों का प्रयोग होता है।क्योंकि हमारा संपर्क कुछ बड़े छात्र- छात्राओं से रहेगा, उनके लिए 'पूर्ण सामूहिक 'व' सह संबंध' विधियों का प्रयोग किया जाता है।

किसी नई क्रिया या नए पाठ को सीखने के लिए विभिन्न विधियों का प्रयोग किया जाता है। हम यहाँ सभी की नहीं बल्कि कुछ जो मनोविज्ञान की दृष्टि से उपयोगी व प्रभावशाली है उनका ज़िक्र करेंगे।

1. करके सीखना (Learning by doing) किसी काम को बार-बार करके देखना, यह सीखने की बहुत प्रभावशाली विधि है।
2. निरीक्षण- परीक्षण कर सीखना
3. वाद विवाद प्रतियोगिता विधि,
4. वर्कशॉप विधि,
5. विचार गोष्ठी,
6. मिश्रित (पूर्ण व आंशिक) विधि।

अंत में कहना चाहूँगा कि सभी विधियाँ व्यक्ति के मनोविज्ञान पर आधारित है। इन विधियों के प्रयोग से अधिगम (सीखना) व शिक्षण दोनों ही सरल व प्रभावशाली हो जातें हैं।

आप सभी ने मुझे ध्यानपूर्वक सुना, इसके लिए धन्यवाद !

प्रिंसिपल —- प्रिय स्टूडेंट्स! डॉ. गुप्ता ने सीखने के विषय में जो जानकारी दी है वह हमारे भावी अध्यापकों के लिए महत्वपूर्ण एवं मार्गदर्शक का काम करेगी। बच्चों को कैसे सिखाया जाए कि वे आसानी व रूचि से समझें तो जल्दी सीखना हो जाता है।

मैं डॉ. गुप्ता की मुक्त कंठ से प्रशंसा करती हूँ कि इनका अपने विषय पर पूरा आधिपत्य है। आप सभी को इनके वक्तव्य से भरपूर लाभ मिला होगा, ऐसा मुझे विश्वास है। धन्यवाद !

देव —— (अपने स्थान पर खड़े होकर) मैं कुछ शब्द बोलने के लिए इजाज़त चाहूँगा।

प्रिंसिपल —- बोलिए मि० देव !

देव —- इस सैशन का डॉ. गुप्ता का यह आख़िरी लेक्चर था। हम संस्थान के सभी प्रोफ़ेसर्स व प्रिंसिपल साहब का तहेदिल से धन्यवाद करते हैं कि इन सब ने हमें बहुत अच्छा वातावरण देकर ट्रेनिंग करने का सुअवसर प्रदान किया।

सभी उपस्थित छात्र छात्राएँ —- देव भैया सही फ़रमा रहे हैं।

देव — सम्मानित 'सर' समूह ! हम सभी आपके ऋणी रहेंगे।

***

37

मेडिकल कॉलेज में प्रिंसिपल का छात्र- छात्राओं को अंतिम संबोधन

कॉलेज में नोटिस बोर्ड के सामने ट्रेनिज की भीड़ सी जमा हो गई थी। जो भी छात्र- छात्रा क्लास रूम की ओर जाने के लिए आता, वह यहाँ रूककर पढ़ने लगता। नोटिस बोर्ड पर हालाँकि कोई सनसनीख़ेज़ या चौंकाने वाला समाचार नहीं लिखा था बल्कि स्टूडेंट्स को पाँच पीरियड के बाद कांफ्रेंस हॉल में पहुँचने के लिये कहा गया था। जो भी पढ़ता, सोचता कि आज क्या हो सकता है ? इतनी सी जिज्ञासा प्रकट कर वह क्लास रूम की ओर बढ जाता। श्रेया ने तान्या को अपनी सहेली रश्मि के साथ आते देखा तो वह नोटिस बोर्ड के पास कुछ और समय के लिए रूक गई।

तान्या — (श्रेया के पास आकर) हैलो श्रेया, आज क्या ख़ास लिखा है नोटिस बोर्ड पर ?

श्रेया —पाँचवें पीरियड के बाद कांफ्रेंस हॉल में पहुँचना है, प्रिंसिपल का संबोधन होगा।

तान्या —— मुझे लगता है कि एग्ज़ाम नज़दीक आ गए हैं व तैयारी के लिए अवकाश की घोषणा हो सकती है।

रश्मि —- मुझे भी यही लगता है, सांय तक हॉस्टल ख़ाली हो जाएगा।

तान्या —- यह तो हर साल ही होता है।

रश्मि —- पर इस वर्ष ख़ास रहेगा। हम अंतिम वर्ष में हैं इसलिए एग्ज़ाम के दिनों के लिए आवश्यक व संक्षिप्त सामान रख कर शेष सामान घर ले जाना होगा ?

श्रेया —- हाँ, रश्मि दीदी सही कह रही है।

रश्मि —- आप श्रेया हैं न ?

श्रेया —— यस दीदी, आपसे आज ही मिलना हुआ है, तान्या दीदी से तो पहले भी मुलाक़ात होती रही है।

रश्मि —- हां श्रेया, तान्या ने मुझे तुमसे हुए अत्याचार के बारे में सब कुछ बता दिया है। हमें तुमसे सहानुभूति है।

तान्या —— अब क्लास का टाइम हो गया है, श्रेया ! हम सायं कॉलेज के बाद रूम पर मिलेंगे।

श्रेया —- हां, मैं तुम्हारे रूम पर ठीक सात बजे आ जाऊँगी, वही से हम डिनर के लिए चलेंगे।

तान्या —- ओ.के. अब चलो क्लास में, यहाँ भीड़ कम हो गई हैं।सब स्टूडेंट्स क्लास रूम में पहुँच गए हैं।

रश्मि —— अब हमें पीछे बैठना पड़ेगा, बैक- बैंचर्ज हो जाएँगी।

तान्या —- पीछे वाले बैंच सबसे ऊँचे होते हैं। अब चलो जहां भी जगह मिलेगी, बैठ जाएँगे।

कांफ्रेंस हॉल में सब स्टूडेंट्स एकत्रित हो गए थे। टीचिंग स्टाफ़ के साथ मैडम प्रिंसिपल साहब ने जब हॉल में प्रवेश किया तो सभी ने खड़े होकर उनका अभिवादन किया व करतल ध्वनि की। प्रोफ़ेसर महता ने माईक से घोषणा की कि कुछ ही देर में प्रिंसिपल साहब का संबोधन होगा। आप धैर्य व शांतिपूर्वक सुनेंगे।यह सामूहिक मिलन आपकी ट्रेनिंग का अंतिम मिलन होगा इसलिए सब बातें ध्यानपूर्वक सुनें। अब मैं मैडम प्रिंसिपल से गुज़ारिश करूँगा कि वे भावी दंत चिकित्सकों को संबोधित करें।

प्रिंसिपल —-(अपनी सीट पर बैठे हुए ही) कोई फ़ैकल्टी मेंबर अपने उद्गार व्यक्त करना चाहे तो स्वागत है।

मैडम भल्ला ने हाथ खड़ा किया और स्वीकृति मिलने पर संबोधन आरंभ किया।

मैडम भल्ला —- प्रिंसिपल साहब, साथी गण, प्रिय स्टूडेंट्स ! चार साल की यात्रा का सफ़र आज विराम पा रहा है।आपने बिना थके, अविरत रूप से

यह यात्रा साहस व ख़ुशी से तय की। आमतौर पर ट्रेनिंग कॉलेज एक साथ दो डिग्रियाँ दिए जाने के लिए प्रसिद्धि प्राप्त कर रहे हैं। हम भी इस क्षेत्र में पीछे नहीं है। हमारे स्टूडेंट्स ने प्यार की पींगे चढ़ाई हैं लेकिन होश - हवास नहीं खोया बल्कि बड़ी सहजता से दोनों डिग्रियों के लिए समझदारी का परिचय देकर कॉलेज की मान - मर्यादा व प्रतिष्ठा का भी ख़्याल रखा है। प्यार की परीक्षा में भी लोग उत्तीर्ण- अनुत्तीर्ण होते हैं लेकिन हमारे स्टूडेंट्स ने दोनों पक्षों को सरलता से स्वीकार किया। आप बधाई के पात्र हैं कि कई साल के बाद दीक्षांत समारोह का आयोजन कर सके। मुझे उम्मीद है कि हमारे संस्थान से प्रशिक्षित डॉक्टर समाज व राष्ट्र को बेहतर सेवा प्रदान करेंगे। आप सभी का बहुत धन्यवाद।

प्रोफ़ेसर महता — मैडम भल्ला ने बेशक़ीमती विचार व्यक्त किए हैं। ये मनोविज्ञान की भी ज्ञाता हैं इसलिए मस्तिष्क के साथ- साथ दिलों की धड़कन भी टटोल लेती है। (हँसी का फ़व्वारा छूटता है) अब प्रिंसिपल साहब का संबोधन होगा ?

प्रिंसिपल साहब— मेरे प्रतिष्ठित साथियों एवं ऊर्जावान स्टूडेंट्स ! हर वर्ष कांफ्रेंस हॉल में यह आयोजन संपन्न होता है और पचास दंत चिकित्सक हम समाज व राष्ट्र के लिए तैयार कर उन्हें सुपुर्द कर देते हैं।यहाँ से प्रशिक्षित डॉक्टर्स ने, न केवल देश में बेहतर सेवाएँ दी है बल्कि विदेशों में भी अपनी प्रतिभा का डका बजाया है। कई सालों से कोविड-19 महामारी के प्रसार से हम किसी समारोह का आयोजन करने में कामयाब नहीं हुए लेकिन आप ख़ुशक़िस्मत हैं कि केंद्रीय स्वास्थ्य मंत्री ने आपके समारोह का मुख्य अतिथि बनकर मान- सम्मान बढ़ाया। डॉ श्रीमती भल्ला के श्री मुख के वचनों का भी मैं स्वागत करतीं हूँ कि वे अपनी पैनी पर इनायत नज़रें प्रेमी दिलों पर रखतीं हैं। (सभी कनखियों से मैडम भल्ला को देखते हुए मुस्कुराते हैं)

स्टूडेंट्स ! कॉलेज में बिताए आपके चार साल चार दिन की चाँदनी की तरह बीते। हमने आपको नियम- क़ानून में रहते हुए पूरी स्वतंत्रता दी। मुझे ख़ुशी है कि आपने उस स्वतंत्रता को स्वच्छंदता में परिवर्तित नहीं किया। इसी तरह संपूर्ण जीवन को भी फिर अंधेरी रात में परिवर्तित न करना बल्कि अपनी

ज़िम्मेदारी का निर्वहन करते हुए बिना पक्षपात के समाज व देश को अपनी उच्चतम सेवाएँ देने की परंपरा बनाए रखना। डॉक्टर्ज पर समाज का जो विश्वास और आदर भाव बना हुआ है, उसे छिन्न भिन्न न होने देने का सतत प्रयास करना। उससे ही आपकी चार दिन की चाँदनी जीवन भर की चाँदनी बन जाएगी और अंधेरी रात का काला साया आपसे कोसों दूर रहेगा। ज़िला जींद के शासकीय अस्पताल में कार्यरत डॉ. ज्ञान चंद्र जैन ने हमारे कॉलेज का सम्मान बढ़ा कर हमें गौरवान्वित किया है। उन्हें सरकार की ओर से पद्म विभूषण पुरस्कार से सम्मानित किया गया है। डॉ. जैन की पत्नी भी एक सुविख्यात दंत चिकित्सक है, हालाँकि उन्होंने हमारे कॉलेज से प्रशिक्षण नहीं लिया फिर भी कहीं से भी प्रशिक्षित डॉक्टर सभी के लिए डॉक्टर है। डॉ. जैन मिलनसार तो हैं ही, कर्तव्यनिष्ठ एवं परिश्रमी भी है। वे एक उच्च कोटि के लेखक भी हैं। उनकी प्रकाशित पुस्तकें समाज व चिकित्सा जगत की धरोहर है। डॉ. जैन इंडियन मेडिकल ग्रुप के प्रतिष्ठित सदस्य हैं व कई विदेशी संस्थानों से भी जुड़े हैं।मैं आपको डॉ. जैन का उदाहरण आपको प्रेरित व प्रोत्साहन देने के लिए ही प्रस्तुत कर रहीं हूँ।

मैं अपने टीचिंग स्टाफ़ की शुक्रगुज़ार हूँ जो कड़ी मेहनत व लग्न से छात्र छात्राओं को उम्दा प्रशिक्षण प्रदान करते हैं। हमारा टीचिंग स्टाफ़ आदर्श, नैतिक, चरित्रवान व राष्ट्र प्रेम की भावना से ओतप्रोत है। अंत में संस्थान की दो प्रशिक्षणार्थियों रश्मि व तान्या की तारीफ़ करना चाहूँगी जिन्होंने दीक्षांत समारोह को अनथक प्रयासों से कामयाब बनाया। संस्थान की ओर से उन्हें सर्वोच्च ट्रेनी का पुरस्कार दिया जाएगा। किसी भी संस्था की सफलता उसके सभी कर्मचारियों के तालमेल पर निर्भर करती है, इस दिशा में मुझे गर्व है कि हमारे सभी कर्मचारी एक कार्यकर्ता की तरह काम में जुटे रहते हैं।संस्थान के हितसाधकों को मेरी तरफ़ से हार्दिक बधाई।

बहुत धन्यवाद !

प्रोफ़ेसर महता ने प्रिंसिपल साहब से प्रोग्राम समाप्ति की इजाज़त चाही व सभी प्रशिक्षणार्थियों को नोटिस बोर्ड पर सूचना पढ़ कर जाने को कहा। तालियों की गड़गड़ाहट के बीच आयोजन का समापन हुआ।

38

संपादक मंडल के चारों स्टूडेंट्स की डॉ. गुप्ता व आर्य सर से भेंट व नीलिमा को बहन मानकर गोद लेने की प्रार्थना

आज अपने इस सैशन के अंतिम लेक्चर के बाद डॉ गुप्ता अपने साइकोलॉजी कक्ष में आ गए थे। प्राचार्या को ऑफिस तक छोड़ आने के बाद डॉ. आर्य भी अपने कक्ष की ओर जाने वाले थे लेकिन उनके कदम रुके, मुड़े व डॉ. गुप्ता के रूम की ओर बढ़े। दूसरी ओर सामने कक्षा से आकर संपादक मंडल के चारों स्टूडेंट्स गुप्ता सर के रूम की ओर आ रहे थे, आर्य सर को देख कर कुछ धीमें हुए तो डॉ. आर्य ने जानना चाहा— क्या संपादक मंडल डॉ. गुप्ता से मिलने की इच्छा में है ?

देव —- यस सर ! हमें लग रहा है कि जो प्रश्न आप हमसे जानना चाह रहे हैं, उसका अनुसरण आप स्वयं भी कर रहे हैं।

डॉ. आर्य —- आइए ! हम सब मिल बैठकर बात करेंगे।

शुभम —- हाँ सर, बहुत दिनों से रूम पर नहीं आए। आज संस्थान में अंतिम दिन है, सोचा कि डॉ. गुप्ता को भित्ति पत्रिका की चाबी सौंप दें।

डॉ. गुप्ता —- (बाहर के वार्तालाप को सुनकर) देव, शुभम आप सब रूम के अंदर आ जाइए। आर्य सर आप भी तशरीफ़ रखें।

डॉ. आर्य —- (चारों के साथ रूम पर आकर) आपको मुबारक हो जो इतना इंप्रेसिव लेक्चर दिया। पूरी क्लास में शत प्रतिशत शांति का साम्राज्य था। आपको भी आनंद का अनुभव हो रहा होगा ?

डॉ. गुप्ता —- जब लेक्चर पहले से तैयार करके दिया जाता है तो सभी को संतुष्टि व आनंद मिलता है।

देविना —- जी सर ! आज मालूम पड़ा कि कॉलेज में आपका इतना सम्मान व रूतबा क्यों है ?

देव —— हाँ गुप्ता सर, आज सरस्वती माँ आपके कंठ में विराजमान लग रही थी।

शिवि —-देव भैया सही कह रहे हैं, मेरे लिए तो आपका यह प्रथम व अंतिम लेक्चर था।

शुभम —- गुप्ता सर, क्या प्राचार्या की उपस्थिति का आप पर किसी तरह का प्रभाव पड़ा ?

डॉ. गुप्ता —- आप सभी को ट्रेनिंग के दौरान एक महीने की टीचिंग प्रैक्टिस दी जाती है जिसमें एक या दो प्रोफ़ेसर्स व उस ग्रुप के आठ - दस स्टूडेंट्स उपस्थित रहते हैं, उस समय आप लोग कैसा महसूस करते हैं ?

शुभम —- सर हमें कुछ - कुछ तो घबराहट होती है, क्यों देव भैया ?

देव —- मुझे ऐसा कुछ नहीं होता ?

डॉ. आर्य —- देव का पहले ही टीचिंग का काफ़ी तजुर्बा है।अभ्यास से घबराहट,संकोच सब मिट जाते हैं।

डॉ. गुप्ता —- आर्य सर ! सब सही व अनुभव से बोल रहे हैं।

(थोड़ी देर के लिए रूम में सन्नाटा सा छा जाता है जिसे भंग करते हुए)

देव —- गुप्ता सर ! हम चारों स्टूडेंट्स आपके शिष्य आपसे कुछ माँगने आए हैं, हालाँकि हमें ही गुरु दक्षिणा देना चाहिए था।

डॉ. गुप्ता —- डॉ. आर्य, हम अपने चारों स्टूडेंट्स को क्या दे सकते हैं ? जो हमारे पास है, वह हमने सभी स्टूडेंट्स में बांट दिया है। अब तो हमारे पास दुख के पल शेष हैं।

शुभम —- सर, हम आपके दुख के पल बाँटना चाहते हैं। हम सभी ने एक निर्णय लिया है, आप यदि इजाज़त दें तो निवेदन करें।

डॉ. आर्य —- अब आज से ही आप सभी कॉलेज से फ़्री हो गए हैं, एग्ज़ाम की तैयारी करो घर जाकर। हम जैसे भी, जिस हालत में है, अच्छे हैं, जीवन तो बीत ही जाएगा।

देविना —- सर हमें आप दोनों के जीवन के दुखों से इतना दुख नहीं है जितना नीलिमा दीदी के भविष्य को देख कर हमारी रूह काँपने लगती है।

शिवि —- हाँ सर, आप दोनों ने हमें पिता की तरह स्नेह दिया है, हम आपके सुख- दुख में शामिल न हो, यह कृतघ्नता होगी ?

डॉ. गुप्ता —- लगता है कि आप सभी कुछ ज़्यादा ही भावुक हो रहे हैं। यद्यपि आप सभी ने जो भी निर्णय लिया है, सामूहिक रूप से लिया है जिसमें चिंतन, विवेक, सामर्थ्य, स्नेह आदि भावनाएँ प्रबल होती हैं। फिर भी मेरा निजी विचार हैं कि निर्णय लेना शायद जितना आसान होता है, उसको निभाना उतना ही कठिन होता है।

देव —- सर आपने दुनिया देखी है, आपका लंबा अनुभव है। हम मानते हैं कि निर्णय पर टिके रहना व उसे पूरा करना कठिन है पर दुष्कर व असंभव नहीं। 'जहां चाह वहाँ राह'।

डॉ. गुप्ता —- ठीक है यदि आप सभी ने मुझसे संबंधित कुछ फ़ैसला लिया है, जैसा की आपकी बातों से संकेत मिल रहा है तो आप कह डालें।

देविना —- सर आप दोनों सोच विचार कर ही हमें फ़ैसला देना। मैं समझती हूँ कि संसार में ऐसा कोई कार्य नहीं जो मनुष्य नहीं कर सकता यदि उसमें इच्छा शक्ति की कमी न हो ?

डॉ. आर्य —- लगता है कि आप लोग दृढ़ संकल्प लेकर ही मैदान में उतरे हैं और यही सफलता की सीढ़ी होती है।

डॉ. गुप्ता —- आर्य सर, आप समझ रहे हैं कि इन सभी ने क्या निर्णय लिया है ?

डॉ. आर्य —- शायद मैं वहाँ तक नहीं पहुँच पाया हूँ। आप मनोविज्ञान के प्रोफ़ेसर हैं, सब के मन की भावना को समझने की शक्ति रखते हैं।

डॉ. गुप्ता —-मुझे कुछ संकेत है कि नीलिमा बिटिया के संदर्भ में कुछ फ़ैसला लिया है इन सभी ने। अब क्या निर्णय है, यही लोग खुलासा करेंगे?

देव बाबू —- सर आपने इजाज़त प्रदान कर हम सब को सम्मानित किया है। शुभम, तुम ही निर्णय का खुलासा करो।

शुभम —— देव भैया, आपके व देविना जी के होते हुए मैं किस खेत की मूली हूँ, आप ही निवेदन करें।

देविना — शुभम ठीक कह रहा है, आप सबसे बड़े व ज़िम्मेदार भी है।

डॉ. आर्य —- हाँ देव बाबू, तुम ही बताओ।

देव —- गुप्ता सर, आप दोनों ने हम चारों स्टूडेंट्स को जो प्यार व स्नेह दिया है, उससे हम अभिभूत हैं। आप के जीवन में असीम सागर से भरे दुःखों को हम कुछ हिम्मत के साथ बाँटना चाहते हैं। हम नीलिमा दीदी को अपनी भगिनी मानकर इस निर्णय पर पहुँचे है कि उसे हम गोद ले लें।

शुभम —— हां सर, ये हम सब का निर्णय है।

देविना —- देव जो कह रहे हैं वह हमें मंज़ूर होगा।

शिवि —- सर आप हम सबके लिए फ़ैसले व निवेदन को स्वीकृति देंगे, ऐसी सबको उम्मीद है।

डॉ. गुप्ता ——आप सभी नीलिमा के भाई - बहन बनकर उसे अपनी दीदी बनाना चाहते हो, इसमें शायद ही किसी को असुविधा व एतराज़ हो पर गोद लेने की विधि व मंतव्य आपको स्पष्ट करना होगा ?

डॉ .आर्य —- गुप्ता सर बिल्कुल सही कह रहे हैं।गोद लेने से आप किस तरह गुप्ता सर के दुखों को बांट सकते हैं ?

देव —- सर, हम नहीं चाहते कि जो हम चाहते हैं, उसका खुलासा अभी से करें। काम होने पर स्वयं ही सबको इल्म हो जाएगा।

शुभम —- सर आपको हमपर भरोसा रखना होगा।

देविना —- सर, आप हमें केवल कुछ मास का समय दीजिए और इस समय के दौरान हो सके तो हमारी मदद करें।

डॉ. गुप्ता —- जब तक मुझे काम की नेचर का पता नहीं, कैसे मदद हो सकती है ?

शुभम —— सर इतने समय तक आप को हम पर विश्वास करना होगा।

डॉ. आर्य — लगता है कि आप लोग हमें बिना जानकारी दिए ही कुछ कर गुजरना चाहते हैं। नीलिमा बिटिया को कैसे मनाएँगे ?

देव —— सर, यह ज़िम्मेदारी हमारी होगी। आप केवल हाँ कर दीजिए।

डॉ. गुप्ता —- हमें नीलिमा से बात करनी पड़ेगी, अगर आप सबका फ़ैसला उसे मंजूर होगा तो हमें कोई परेशानी नहीं। हमें आप सभी पर पूरा विश्वास व भरोसा है।

देविना —- सर आप हमारे गुरू रहे हैं, इस नाते हमें आशीर्वाद दीजिए कि हमने जो निर्णय लिया है, उसमें सफलता प्राप्त करें।

डॉ. गुप्ता — आप चारों हमारी आत्मा व प्राण में निवास करते हैं, हमारा आशीर्वाद हमेशा आपके साथ रहेगा।

देव —- सर, आज सायंकाल में हम फिर अपने निर्णय का मूल्यांकन करेंगे, मगर आपसे खुलासा नहीं करेंगे। सर, हम आपको जीवन का सबसे बड़ा सरप्राइज़ देना चाहते हैं। कल हम सब आपके घर आकर नीलिमा दीदी से बातचीत करेंगे।

डॉ. गुप्ता —- क्यों आर्य सर ? आपकी क्या प्रतिक्रिया है ?

डॉ. आर्य —— अब कल ही सबकी क्रियाएँ- प्रतिक्रियाएँ होंगी। सब कुछ नीलिमा बिटिया पर ही निर्भर रहेगा।

देव —— सर, हमें अब जाने की इजाज़त दे।

डॉ. गुप्ता —- हम सभी चल रहे हैं।

***

39

राकेश, कांति व राजीव का नदी भ्रमण

तीनों मित्र अब नदी पर पहुँच गए थे। मंद पवन नदी में उठतीं लहरों को थपकी देकर सोने को प्रेरित कर रही थी पर लहर जैसे बोल उठी हो कि मेरा काम सोना या विश्राम करना नहीं बल्कि सरिता सलिल को गति प्रदान करना है। मैं नदी के जल के साथ क्रीड़ा करती हुई समुद्र में अपने आका के साथ एकाकार हो जाती हूँ। अपना कर्तव्य करते हुए, नाचते गाते अपने जीवन का उत्सर्ग करना मेरी नियति बन गईं हैं। मैं पुनः पुनः जीवित हो कर जैसे अमरत्व को उपलब्ध हो गई हूँ। पक्षी शोर मचाते मानो संसार को अलविदा कहते हुए अपने घोंसलों में विश्राम के लिए दौड़ रहे थे।

राजीव —- कांति भाई, आज कोई ऐसी कथा- कहानी सुनाओ जिससे नदी की लहरों की तरह तन में लहरियाँ उठने लगें।

राकेश —- हाँ कांति, कुछ मज़ेदार कहो।

कांति —— बाबा शहर से बाहर एक मंदिर में अपने घोड़े के साथ सुखमय जीवन बिता रहे थे। अपने घोड़े से इतना प्यार करते थे कि उसे देखे बिना चैन नहीं मिलता था। कहते थे कि मैं इस के बिना रह न सकूँगा ?

राजीव — कांति भाई बाबा होकर भी आसक्ति भाव में उलझे हुए थे।

कांति —- बाबा की आसक्ति निश्छल, पवित्र एवं निःस्वार्थ भाव से ही थीं। उन्हें घोड़े से बहुत प्रेम था। रोज़ सायंकाल में घोड़े की पीठ पर बैठकर दस- बारह मील का चक्कर नहीं लगा लेते, तब तक चैन नहीं आता था। घोड़ा इतना बाँका था कि बाबा उसके रंग-रूप पर मोहित थे। बाबा ने अपने घोड़े का नाम 'सुल्तान' रख छोड़ा था। धीरे-धीरे घोड़े की ख्याति दूर- दूर तक फैलने लगी।

राकेश —- ऐसी उस घोड़े में क्या विशेषता थी कांति भाई ?

कांति —- घोड़ा बहुत सुंदर व उसकी चाल मस्तानी थीं ।जब दौड़ता तो पवन से बातें करता ।

खड्ग सिंह उस इलाक़े का मशहूर डाकू था । होते- होते सुल्तान की ख्याति उसके कानों तक पहुँचीं और एक दिन वह बाबा के पास पहुँचा ।

राजीव —- खड्ग सिंह का क्या प्रयोजन हो सकता था ?

कांति —— खड्ग सिंह घोड़ा देखना चाहता था । उसने बाबा से कहा- सुल्तान की बहुत तारीफ़ सुनी है, मैं उसे देखना चाहता हूँ । बाबाजी खड्ग सिंह को अस्तबल ले गए और गर्व से घोड़ा दिखाया । खड्ग सिंह घोड़े को देख कर आश्चर्यचकित रह गए और उसकी चाल देखने को लालायित हो उठे ।

राकेश —- हो सकता है खड्ग सिंह चाल देखने के बहाने घोड़े को उड़ा न ले जाए ।

राजीव —- हाँ कांति भाई, चोर- डाकुओं पर कैसे विश्वास किया जा सकता है?

कांति —- राजीव भाई, पहले तो चोर- डाकुओं के भी अपने नियम सिद्धांत होते थे जिनका वे पालन करते थे । खड्ग सिंह घोड़े को लेकर काफ़ी दूर निकल गया था । वापिस आकर घोड़े को अस्तबल में बांधकर सोचने लगा — बाबा को ऐसे घोड़े से क्या मतलब ? ऐसा घोड़ा तो खड्ग सिंह के पास होना चाहिए था । वह बाबा के पास आकर बोला- बाबा जी, मैं आपका दास हूँ, घोड़ा देखकर आश्चर्य हुआ । जाते- जाते कहने लगा- बाबाजी, यह घोड़ा मैं आपके पास नहीं रहने दूँगा । ये शब्द सुनकर बाबा भयभीत हो गए ।

राजीव —- खड्ग सिंह उसी समय घोड़े को भगाकर ले जा सकता था?

कांति —- इसीलिए मैंने पहले उल्लेख कर दिया था कि चोर - डाकुओं के भी कुछ नियम सिद्धांत होते थे ।अब बाबाजी घोड़े के बारे मैं दिन रात चिंतित रहने लगे थे ।

राजीव — मेरा यह कथन अब सच्चाई के क़रीब है कि बाबाजी को घोड़े में आसक्ति हो गई थी ।

कांति —- बाबा की आसक्ति कोई उद्देश्य पूर्ण नहीं बल्कि स्वाभाविक ही थीं। आप कहानी ध्यान से सुनेंगे तो आपका भ्रम मिट जाएगा।

राजीव —- कांति भाई, यह तुम्हारा भ्रम है कि हम तुम्हारी कहानी ध्यान से नहीं सुन रहे।

कांति —- बाबाजी अब चौबीसों घंटे घोड़े की सुरक्षा में बिताने लगे। कई मास बीत गए पर खड्ग सिंह नहीं आया। बाबाजी भी अब कुछ लापरवाह से होने लगे थे। हर रोज़ की तरह एक दिन बाबाजी सुल्तान की पीठ पर सवार होकर घूमने निकले थे कि रास्ते में एक करूणा भरी आवाज़ सुनकर रुक गए। पास ही पेड़ के नीचे एक अपाहिज को पड़े देखा जो कराह रहा था - बाबाजी, मैं अपाहिज हूँ, पास के रमावाला गाँव में जाना है, मुझे घोड़े पर बैठा लो।

बाबाजी — वहाँ कौन है तुम्हारा ?

अपाहिज —- दुर्गादत्त वैद्य का नाम सुना होगा आपने, मैं उसका सौतेला भाई हूँ।

कांति भाई ने कहानी जारी रखते हुए कहा - बाबाजी ने दया करके उसे घोड़े पर सवार कर दिया व स्वयं घोड़े की लगाम पकड़ कर पैदल चलने लगे।

राकेश —- क्या अपाहिज घोड़े पर सुरक्षित बैठे सकता था ?

कांति — हाँ राकेश भैया, गाँव ज़्यादा दूर नहीं था। अपाहिज की ख़स्ताहाल देख कर ही बाबाजी ने धीरे-धीरे पैदल चलने का निश्चय किया था। थोड़ी दूर जाते ही बाबा को एक झटका लगा व घोड़े की लगाम छूट गईं।

राजीव —— वह अपाहिज जरूर डाकू खड्ग सिंह होगा ?

कांति —- तुम्हारा अनुमान बिल्कुल सही है राजीव भाई, पर तुमने कैसे अंदाज़ा लगाया ?

राजीव —- यह तो सरल ही है, घोड़े को पाने की लालसा उसी डाकू की थीं।

कांति —- हाँ राजीव भैया, अब खड्ग सिंह घोड़े की पीठ पर तनकर बैठा था और घोड़े को सरपट दौड़ा रहा था।

राकेश — कांति भाई, खड्ग सिंह घोड़े को लेकर भाग गया और बाबाजी देखते रह गए। कहानी ख़त्म, अब घर चलो, दिव्या भाभी राजीव की इंतज़ार कर रही होंगी ?

कांति —- और हम तुम तो बग़ैर किसी की इंतज़ार के जीवन जी रहे हैं।

राकेश —- तुम्हारा इंतज़ार अब ख़त्म होनेवाला है। देव भैया तुम्हारे लिए खुश खबरी जरूर लेकर आएँगे। वे सब एग्ज़ाम के लिए कॉलेज से फ़्री हो गए हैं।

राजीव —- कांति भाई, धोखे से ले उड़ा घोड़े को खड्ग सिंह, ये कहाँ के नियम व सिद्धांत हैं डाकुओं के ? चलो घर, कहानी ख़त्म हुई न कांति भाई?

कांति —- राजीव भाई, कहानी इतनी भी सरल नहीं है। घोड़ा ले जाते खड्ग सिंह को बाबा ने ज़ोर की आवाज़ लगाई। खड्ग सिंह घोड़े सहित रुक गया, बाबा ने पास आकर कहा- खड्ग सिंह तुम्हें मेरी एक बात माननी होगी ?

खड्ग सिंह —- बाबाजी मैं आपका दास हूँ, जो कहोगे मान लूँगा पर घोड़ा नहीं दूँगा।

बाबा —- खड्ग सिंह ! अब घोड़े का नाम मत लो, यह तुम्हारा हुआ पर मेरी एक बात तुम्हें माननी पड़ेगी। 'इस घटना का कहीं ज़िक्र न करना, वरना लोग अपाहिजों, मजलूमों पर दया करना छोड़ देंगे।' यह कहकर बाबा ने सुल्तान पर एक नज़र डाली व उसकी तरफ़ से अपना मुँह मोड़ लिया।

राकेश —- कांति भाई, वाक़ई कहानी में अजीब मोड़ आ गया है।आगे क्या होगा राजीव बताओ जरा।

राजीव —- बाबाजी परोपकारी प्राणी है, उनके विचार उच्च कोटि के हैं, क्यों कांति भाई ?

कांति —- खड्ग सिंह सोच रहा था कि उसे घोड़ा लेकर कहीं दूसरे स्थान पर भागना पड़ेगा लेकिन बाबाजी ने खुद ही घटना का ज़िक्र किसी को नहीं करने के लिए कहा है। उन्हें मानवता की परवाह है पर मैं अब यह घोड़ा बाबाजी को किसी भी सूरत में नहीं लौटाऊँगा।

राकेश —- अब बाबाजी व खड्ग सिंह दोनों घर चले गए, हम भी चलें कांति भाई ?

कांति —- खड्ग सिंह के दिमाग़ में आया कि बाबाजी कितने ऊँचे विचारो के स्वामी हैं। उन्हें सुल्तान की नहीं मानवता की चिंता ज़्यादा है।खड्ग सिंह का हृदय परिवर्तन हुआ और वह घोड़े को लेकर आधी रात में बाबा के अस्तबल में बांधकर जब बाहर आया तो उसकी आँखों में नेकी के आँसू थे। रात्रि के तीसरे पहर में बाबाजी नित्य प्रति की भाँति स्नान- पूजा कर अचानक अस्तबल की ओर उनके कदम बढ गए। उन्हें भूल का अहसास हुआ कि वे ग़लत दिशा में जा रहे हैं। अब अस्तबल में सुल्तान कहाँ है ? बाबाजी सोचते हुए लौटने ही लगे थे कि उनके क़दमों की चाप सुनकर सुल्तान (बाबाजी का घोड़ा) हिनहिनाया। बाबाजी दौड़ कर अस्तबल पहुँचे व सुल्तान की गर्दन से लिपट कर आँसू बहाने लगे।

राजीव —- बाबा के वचनों से खड्ग सिंह में मानवता के प्रति प्रेम का जागरण हो गया इसलिए चुपचाप घोड़ा लौटा दिया।

राकेश —— ग़ज़ब का हृदय परिवर्तन हुआ खड्ग सिंह का।

कांति —— कोई कितना ही कठोर क्यों न हो अपने सीने में नरम दिल भी रखता है। बाबा भारती घोड़े से अलग हो कर अस्तबल के बाहर उसी स्थान पर आकर खड़े हो गए थे जहाँ खड्ग सिंह के आँसू गिरे थे। बाबाजी ने वहीं पर आँसू बहाते हुए कहा — 'अब कोई ग़रीबों, अपाहिजों, मजलूमों की सहायता से मुँह नहीं मोड़ेगा।'

राकेश —- कांति भाई, कहानी मज़ेदार व उद्देश्य पूर्ण है कहानी का सारांश बाबाजी के शब्दों में समाया हुआ है।

कांति —- राजीव भाई, अब तो तुम्हें चोर - डाकुओं के नियम सिद्धांत का अहसास हो गया होगा ?

राजीव —- हाँ कांति भाई, डाकू खड्ग सिंह ने मानवता के लिए त्याग किया है। बाबा के शब्दों ने खड्ग सिंह का मन बदल दिया।

राकेश —- कांति भाई, आज डिनर कहाँ मिलेगा ? हम पर भी कोई दया करने वाला है क्या ?

कांति —- मैंने केवल कहानी सुनाई है, डिनर तो जैसे डिब्बे वाले से रोज़ मिलता है, वैसे ही मिलेगा।

राजीव —- चलो मेरे साथ, दो दो चपाती ही तो लेते हैं हम लोग।

राकेश —- दिव्या भाभी की तबीयत अब ऐसी नहीं है कि घंटों चूल्हे के सामने खड़ी रहे। आपके साथ तो कभी तनेजा के यहाँ ही चलेंगे। क्यों कांति भाई ?

कांति —— तनेजा है तो जीवन है, जीवन है तो हम हैं, हम हैं तो डिनर भी मिलेगा। चलो अब घर की ओर, अंधेरा बढ़ रहा है, बहते पानी की आवाज़ सुनाई पड़ने लगी है।

***

40

फ़्री डेज में घर जाने से पहले रश्मि, श्रेया व तान्या का समीर के साथ फ़िल्म दर्शन

स्कूल- कॉलेज जब खुलते हैं तब मेला सा लग जाता है और जब परीक्षा के दिन नज़दीक आते हैं तो खामोशी छा जाती है। हर कोई एग्ज़ाम के लिए चिंतित दिखाई पड़ता है। अभी हमारे तीन युवा पात्र नेहा, अश्मि व काम्या स्कूल स्तर की परीक्षा से गुजर रहे हैं। उनका परीक्षा पास करने का लक्ष्य केवल परीक्षा उत्तीर्ण करना ही है जबकि हमारे अन्य युवा पात्र रश्मि, तान्या शादी के लिए एग्ज़ाम को फटाफट निपटाने की कोशिश में हैं। आज कांफ्रेंस हॉल से निकलकर नोटिस बोर्ड पर ध्यान किया तो गदगद हो गई थी दोनों, एग्ज़ाम में ही उन्हें शहनाई की गूंज सुनाई पड़ने लगी थी। आज से कॉलेज से फ़्री हो गए थे सब, एग्ज़ाम की तैयारी के लिए। देव भैया एवं साथी फ़्री डेज में परोपकार की परीक्षा से गुजर रहे थे। बार- बार डॉ. गुप्ता से निवेदन कर रहे थे नीलिमा दीदी के लिए। आज चारों ने अपने फ़ैसले की समीक्षा करने का मन बनाया व इसके अमल में लाने पर विचार - विमर्श का निर्णय लिया है ताकि कल डॉ. गुप्ता से मिलकर उनके घर पर ही नीलिमा दीदी को राजी कर सकें।

रूम पर आकर रश्मि व तान्या ने फ़िल्म देखने का सपना संजोया और सोनू काका से टिकट का प्रबंध करने के लिए कहने का मन बनाया लेकिन रश्मि ने मना कर दिया क्योंकि उसने पहले ही समीर भैया से टिकटों बात कर ली थी। तान्या मन ही मन मुदित हो रही थी कि आज समीर के साथ फ़िल्म देखने जाएगी पर रश्मि व श्रेया उसके लिए बंधन बन जाएँगी। दोनों के रहते उन्मुक्त प्यार का आनंद कैसे मिलेगा ?

रश्मि —- तान्या, तुम दिमाग़ में क्या चल रहा है ? फ़िल्म देखने के लिए कुछ उत्साहित नज़र नहीं आ रही हो ?

तान्या —- हाँ रश्मि, सबके सामने अब समीर से मिलने में संकोच सा होने लगा है।

रश्मि — मैं काम्या को मना कर देती हूँ और मेरी संगति के लिए श्रेया को साथ ले चलेंगे।

तान्या —नहीं रश्मि, काम्या को इग्नोर नहीं कर सकते ?

रश्मि —ठीक है, तुम चिंता न करो, मैं सब संभाल लूँगी। काम्या के तो एग्ज़ाम ही चल रहे होंगे शायद। नेहा के भी एग्ज़ाम शुरू हो चुके हैं।

तान्या —- ठीक है तुम श्रेया को अभी बुला लो।

रश्मि —-मैं तो उससे इतना परिचित नहीं हूँ अभी तक। तुम ही बुला लो?

तान्या —- ओ. के. मैं ही रूम पर जाकर बुला लाती हूँ।

(फ़ोन की घंटी बजती है)

हैलो रश्मि दीदी ! मैं समीर भैया बोल रहा हूँ।

रश्मि —अच्छा भैया, क्या मुझे तुम्हारी आवाज़ की पहचान विस्मृत हो गई है जो परिचय दे रहे हो ?

समीर —- अरे दीदी, वह बात नहीं है। मैं पूछ रहा था कि 'प्रताप थियेटर' तुम्हारे कॉलेज से पाँच कि०मी० दूर है, मैं लेने आऊँ या तुम ऑटोरिक्शा से आ जाओगी दोनों ?

रश्मि —- समीर भैया, कॉलेज से भी इसीलिए एक डिग्री लेकर घर लौट आए थे। क्या प्यार की क, ख, ग, भी नहीं सीखा है, व्यापार में ही समय बिता रहे हो?

समीर —- सॉरी दीदी ! मैं गाड़ी लेकर आ रहा हूँ।

रश्मि —- आ रहा हूँ नहीं, फ़िल्म के बाद हॉस्टल के गेट तक भी छोड़ कर जाना होगा ?

समीर —- तुम्हारा इतना तजुर्बा कैसे है ? क्या राकेश बाबू से भी समझदार हो गई हो ?

रश्मि —- बुद्धु है तू भैया। काम्या आ रही है क्या ?

समीर —- उसके तो एग्ज़ाम चल रहे हैं, मैं अकेला ही आ रहा हूँ व तुम्हारे कहने पर तीन टिकट बुक कर लिए हैं।

रश्मि —- ओ.के. और ज़रूरत पड़ी तो वहाँ पहुँच कर ख़रीद लेंगे।

'वो सात दिन' फ़िल्म प्रताप थियेटर में काफ़ी भीड़ खींच रहीं थीं। अभिनेता अनिल कपूर की पद्मिनी कोल्हापुरी के साथ रोमांस व प्यार की कहानी है। रश्मि, तान्या व श्रेया तीनों ही समीर के साथ थियेटर पहुँच गई थीं। रश्मि ने समीर से एक टिकट कैंसिल करवाने व दो टिकटें नई ख़रीदने को कहा पर भीड़ इतनी कि टिकटें नदारद। शो भी शुरू होने वाला था, सब लोग हॉल में प्रवेश कर रहे थे पर रश्मि अभी दुविधा में थी। तान्या ने उसे याद दिलाया कि सोनू काका का लड़का शिखर यहीं कहीं होगा, तुम काका से फ़ोन कर बात कर लो।

रश्मि —- ठीक है, मैं बात करती हूँ लेकिन तान्या तुम्हारे पास दो टिकटें बुक हैं। तुम दोनों जाओ, मैं श्रेया के साथ किसी तरह मैनेज कर लूँगी।

तान्या —- रश्मि दीदी, ऐसा सब अच्छा नहीं लग रहा ?

रश्मि —- मैं समीर भैया को बोलती हूँ जब हॉल में फ़िल्म देखना शुरू करोगी सब अच्छा लगना शुरू हो जाएगा। आज के बाद काफ़ी दिनों में मुलाक़ात होगी, अपने सब अरमान पूरे कर लेना।

तान्या —- तुम सोनू काका को फ़ोन लगाओ, मै हॉल में जा रही हूँ तुम्हारे भैया के साथ। बाय श्रेया, बाय रश्मि !

रश्मि —- (सोनू काका को फ़ोन लगाती है) सोनू काका, मैं रश्मि बोल रही हूँ।

सोनू काका — डॉक्टर बेटी ?

रश्मि —- हाँ काका, तुम्हारा लड़का शिखर कौन से थियेटर में है ?

काका —- 'प्रताप' मल्टीप्लैक्स में है। क्या कोई टिकट की प्रॉब्लम आ गई है ?

रश्मि —- हाँ काका, हम इसी सिनेमा में है। हमें टिकट चाहिए था। भीड़ ज़्यादा होने के कारण टिकट बुक नहीं कर सके ?

सोनू काका —- मैं शिखर को बोल रहा हूँ, तुम दोनों मैनेजर के ऑफिस के सामने आ जाओ।

रश्मि —- हम वहीं खड़े है।

एक नवयुवक कान पर फ़ोन चिपकाए —आपमें रश्मि डॉक्टर दीदी कौन है ?

रश्मि —- मैं हूँ, तुम सोनू काका के लड़के शिखर हो ?

शिखर —- (कान से फ़ोन हटाकर) जी हाँ, क्या प्रॉब्लम है बताइए ?

रश्मि —शिखर भैया, हमारी एक टिकट कैंसिल करवा कर हमें दो टिकट साथ की सीट पर ले दो।

शिखर — देखता हूँ। (अंदर जाता है, कुछ पलों में लौट कर) डॉक्टर दीदी, यह टिकट तो कैंसिल नहीं हुआ क्योंकि शो शुरू हो चुका है पर मै आपके लिए दो टिकटें अलग से ले आया, साथ साथ सीट की हैं।चलो मैं आपको सीट तक लिए चलता हूँ।

फ़िल्म दस मिनट पार कर गईं थीं। फ़िल्म के हीरो अनिल कपूर की नज़दीकियाँ बढ़ रहीं थीं पद्मिनी कोल्हापुरी से। उधर समीर की नज़दीकियाँ भी बढ रही थी तान्या से।

समीर — तान्या, तुम मेरे पास और खिसक आओ, बहुत दिनों से तरस रहा हूँ तुम्हें पाने को।

तान्या —-साथ की सीटों पर भी तो लोग बैठे हैं।

समीर —- आज मुझे तुम्हारे सिवाय कोई कुछ नहीं दिखाई पड़ रहा। आज मैं प्यासा घर नहीं लौटना चाहता।

तान्या —— काम की प्यास जितना बुझाने की इच्छा करोगे उतनी और बलवती होगी, यह कभी मिटती नहीं।

समीर —- आज दार्शनिक मत बनो। सिनेमा हॉल में बैठे हैं किसी सेमिनार में नहीं ?

तान्या —- सार्वजनिक जगहों पर जल्दी ही हो हल्ला मच जाता है। रश्मि-श्रेया को पता नहीं टिकट मिला या नहीं।

समीर —- इंटरवेल में उन्हें ढूँढ लेंगे। (फ़िल्म में अनिल कपूर के पद्मिनी कोल्हापुरी को 'किस' करने पर हॉल में कोलाहल मचता है व समीर मौक़े का फ़ायदा उठाकर तान्या को अपने पहलू में खींच लेता है।) क्या हम अनिल कपूर से कम है ?

(तान्या को प्यार के आवेग में चूमता है)

तान्या —- हाय राम ! इंटरवेल में बाहर निकलना मुश्किल हो जाएगा। फ़िल्म देखो, उनके सीन की नक़ल नहीं।

समीर —- आज मुझे कुछ सुनाई नहीं पड़ रहा, मैं बहुत इंतज़ार में पिसता रहा। अब के बाद शायद दो महीने में मिलें।

तान्या —- क्या दो महीने का प्यार आज ही समेट लोगे ?

समीर —- मैं जन्म- जन्म का प्यार आज पा जाना चाहता हूँ। प्यार कभी ख़त्म नहीं होता। इसका कभी सवेरा - अंधेरा नहीं होता, हमेशा ताजगी से भरपूर रहता है। तान्या, तुम मेरे गले में बाँहों के पुष्प हार पहना दो, मैं प्यार में तृप्त हो जाना चाहता हूँ।

तान्या —- आप ज़्यादा उतावले हो रहे हैं, इंटरवेल होने वाला है, मुझे सीट पर जाने दो।

समीर —- (तान्या को मुक्त करते हुए) अभी आधा समय तो शेष है ही।

तान्या — उस आधे समय का प्यार भी तुमने पा लिया है। अब चलो बाहर, पद्मिनी की शादी नसीरूद्दीन शाह से हो गई है।

समीर —- मैं तुम्हें कहीं नहीं जाने दूँगा, तुम हमेशा मेरे लिए ही रहोगी।

(बाहर आकर रशिम व श्रेया से मिलकर)

तान्या — क्या तुम्हें शिखर ने ही टिकट अरेंज किया ?

रशिम —- हाँ तान्या, फ़िल्म के दस मिनट निकल गए थे। कैसी चल रही है तुम्हारी फ़िल्म ?

तान्या —- चल ही रहे थे हीरो के साथ पर अचानक नसीरूद्दीन शाह की एंट्री से कुछ खेल बिगड़ गया।

रशिम —- श्रेया का मूड भी कुछ और सा हो गया था। उसे अब तक की फ़िल्म अपने जीवन की कहानी ही लग रही थी। आगे क्या होगा, कहीं श्रेया रो तो न पड़े ?

तान्या —- जैसे मुझे संभाल रही हो उसे भी सँभालो। चलो इंटरवेल ख़त्म हो गया।

समीर —- (चार गर्म समोसे संभाले हुए) सभी आराम से सीट पर बैठ कर खाना।

रशिम — एक घंटे में ही प्यार जताना आ गया ? चलो अब हॉल में, पिक्चर शुरू होने वाली है।

तान्या —ओ. के. रशिम दीदी। श्रेया ! तुम केवल फ़िल्म देखो, मन में बात मत लाओ।

श्रेया — हाँ तान्या दीदी, लूट लो प्यार को ! प्यार के लम्हें यूँ ही नसीब नहीं होते। मुझे प्यार की क़ीमत का अनुमान हो गया है।

तान्या —- अपने को कमजोर मत करो श्रेया, जीवन इतना ही नहीं है जो हम जी चुके। आगे भी उजाले है, वे हमारा पथ प्रदर्शन करेंगे।

श्रेया आज दर्शन नहीं चलेगा, प्यार चलेगा, केवल प्यार।

तान्या ——अभी एक घंटा और है फ़िल्म पूरा होने में।

श्रेया —- समीर भैया अच्छे स्वभाव के जान पड़ते हैं। तुम भरपूर प्यार पाओ, गुडलक !

तान्या —- तुम तो पहले से ही अनुभवी हो।

श्रेया —- इसीलिए कहती हूँ कि जो वर्तमान में है उसे भरपूर जीओ, कल समय का पहिया किस ओर घूम जाए, कौन जानता है ?

***

लेखक परिचय

'अनजाना हमसफ़र' हिंदी साहित्य जगत में तहलका मचाने वाले उपन्यास के लेखक हैं जाने- माने शिक्षाविद् एवं जनप्रिय साहित्य- साधक श्री देव गोयल 'देव' जो विभिन्न साहित्यिक विधाओं में अपनी क़लम का जादू विश्व पटल पर बिखेर रहे हैं। प्रथम उपन्यास 'दीपा दीदी' नारी सशक्तिकरण की अनूठी मिसाल है। काव्या पब्लिकेशंस- दिल्ली द्वारा प्रकाशित 'जज साहब' लाखों दिलों की धड़कन, एक क्रांतिकारी सामाजिक उपन्यास जो मनोरंजन एवं जिज्ञासाओं से भरपूर प्रभावशाली कृति है। न्याय और न्यायप्रियता का अजीबोग़रीब सामंजस्य है 'जज साहब'। 'अमेरिका यात्रा- संस्मरण' में आपके प्रिय लेखक की पाँच बार की गई अमेरिका यात्राओं के रोमांचक क्षण समाहित हैं जो बारह वर्षों के कालखंड में विस्तारित हैं। 'अनजाना हमसफ़र' सात असीम महासागरों की अपरिमित जलराशि का संगम, कौन अनजाना है, कौन किसका हमसफ़र है, उपन्यास की सतरंगी वादियों में विचरण करते हुए जब आपको धुंध में स्नान किए नव आभा को प्राप्त हुए दिखाई पड़ेगा तब आपका प्रेम रस आप्लावित मन पुकार उठेगा- 'अनजाना हमसफ़र'।

अनजाना हमसफर

↓

प्रथम खंड- संयोग के पल

द्वितीय खंड-प्यार के पल

*तृतीय खंड-रोमांस के पल

चतुर्थ खंड-फुरसत के पल

पंचम खंड-विदाई के पल

षष्ठ खंड-खुशियों के पल

सप्तम खंड-आनंद के पल

www.ingramcontent.com/pod-product-compliance
Lightning Source LLC
LaVergne TN
LVHW052138041026
849558LV00042B/539
9789364315791